新 潮 文 庫

Fantasy Seller

新潮社ファンタジーセラー編集部編

新 潮 社 版

9190

Contents

Photographs：Tatsuro Hirose

Fantasy Seller

世界が違って見えたこと、
ありますか？

Fantasy Seller

太郎君、東へ

畠中 恵
Megumi Hatakenaka

1

坂東《ばんどう》の地である江戸が、徳川という新しい領主を迎え、発展し始めた頃のこと。利《と》根川《ねがわ》に、その者有りと知られた河童《かっぱ》の大親分禰々子《ねねこ》は、眉《まゆ》を顰《ひそ》める事が多くなっていた。

坂東の地にある一の大河は、利根川であり、長男とも言うべき川だとして、人々に坂東太郎《たろう》と呼ばれている。その大河太郎が、最近流れをきつくしていたのだ。舟の行き来は大変になるし、川の流域に住む人々は、毎日不安そうに、増水した川を見ている。河童ですら、泳ぐのに困っていた。

「坂東太郎は一体、どうしたと言うんだろうね」

禰々子は、いつも過ごす事の多い一本桜近くの堤から、溢《あふ》れ出そうな利根川の流れを見つめていた。するとその時急に、一段と不機嫌そうな表情を顔に浮かべる。何と、禰々子を親分と慕う河童の一匹が、昼間っから、目の前の川を流れていたのだ。

「河童の川流れ。川を住みかとする河童が、本当に流されてちゃ、冗談にもなりゃしない!」

禰々子はしかめ面《つら》を浮かべ、草の茂る堤からさっさと川へ飛び込む。そして情けのない河童と、何故《なぜ》か一緒に流れていた獺《かわうそ》、狸《たぬき》、野寺坊《のでらぼう》などの妖《あやかし》らを捕まえ、堤の上へと引っ張り上げた。

「なんと、赤丸《あかまる》河童じゃないか。川に遊ばれてんじゃないよ！」

子分も妖らも、一斉に頭を下げる。

「姉さん、おかたじけ。川の堤に、蝶柄《ちょうがら》の着物を着た、かわいいおなごがいたもんで。つい見とれていたら、皆で落ちちまいました」

「阿呆《あほう》！　だからって、河童が流されてどうするんだい」

まず子分に、ごつんと軽く一発拳固《げんこ》をくれてから、他の妖たちをも、じろりとにらむ。野寺坊達は急いで礼を言うと、その場から退散した。

禰々子はよく、人が住まう所へ行ったりするので、人の姿をしていることが多かった。禰々子は着物の裾《すそ》を絞りあげてから顔を上げると、近在の河童達を集めるよう、一の子分、杉戸《すぎと》へ声をかける。

「ちょいと、皆に、言いたい事ができた、集まっとくれ」

関八州に聞こえた河童の大親分、禰々子に呼ばれたら、坂東の河童たるもの、雨だろうが洪水だろうが、馳《は》せ参じぬ訳にはいかない。よって翌日には、数多《あまた》の河童達が利根川の河川敷、一本桜が茂って人目につかぬ辺りに集まった。

「とにかく、格好がいい」

「声も深いし響く」

集まった河童達はその様子を仰ぎ見て、しばし己《おのれ》達の親分に見ほれていると、禰々子はそこいらの男どもよりも、余程男前な立ち姿で話を始めた。

「みんな、ちょいと聞いとくれ。最近、河童が溺《おぼ》れかけた、なんてぇ話を、耳にしたことが、あるんじゃないかい」

禰々子にはある。しかも、一度や二度の事ではなかった。実は禰々子自身が川から河童を拾い上げた事も、四回ほどあったのだ。河童達は顔を見合わせると、ぺろりと舌を出し、気はずかしそうに頭をかいている。

「この禰々子の子分、正真正銘の坂東の河童が、利根川を泳ぐことも満足に出来ないってぇのは、どういう事なんだい？　余りにも情けない話じゃないか」

はっきり言われて、姉さんの事が大好きな子分達は、揃《そろ》ってうなだれる。確かに、河童が溺れた、などという話が伝わったら、大いに格好が悪いに違いなかった。

河童仲間どころか、人にだって馬鹿《ばか》にされそうだ。下手をすると、胡瓜《きゅうり》一本を手に入れるのすら、苦労する羽目になるかもしれない。姉さんと一緒に、川端で齧《かじ》れなくなったら、酷《ひど》く寂しいに違いなかった。何より、親分である禰々子に恥をかかせてしまう。

すると、集まった河童の一匹が、おずおずと言い訳を始めた。

「最近、坂東太郎さんが、鉄砲水のような流れを作るんですよ。でなきゃあ、流される河童など、いない筈《はず》なんです」

姉さん、太郎さんは、どうしてこんなに機嫌が悪いんでしょうかねと、その河童は聞いてくる。

ここでこれに答えたのは、つい昨日川から助けられた、河童の赤丸であった。赤丸は、共に溺れかけた獺から、ある話を耳にしていたのだ。

「それがな、我《われ》が聞いたところによると……」

その時であった。

「禰々子河童の親分さん、大変だ大変だっ」

今にも溢れそうな利根川の流れをかいくぐり、一匹の河童が、上流から必死に泳いできたのだ。禰々子の姿を川縁《かわべり》に見つけたのか、その河童は素早く岸に上がると、星川《ほしかわ》に住まう一文字《いちもんじ》だと名乗る。そして、日頃尊敬しているという禰々子親分に、ご注進してきたのだ。

「禰々子姉さん、えらいことになりました。荒川に住む親分、蘇鉄《そてつ》ってぇ無謀な河童《かっぱ》が、じき、こっちに攻め込んでめぇりやす！」

最近、不機嫌な坂東太郎が、大水を出すのは、利根川で番を張る禰々子と太郎の相性が、合わないからに違いない。蘇鉄は勝手な事を言いだし、ならば己が禰々子に代わり、坂東河童の主《あるじ》になると、そう宣言したというのだ。

禰々子の縄張りに攻め入る気らしく、蘇鉄河童は既に、すぐそこまで来ているらしい。

「なに、蘇鉄なんて親分の名は、聞いたこともない。弱いに決まってまさぁ。ですが子分はそこそこいるそうで、厄介だ。姉さん、どうぞ早いところ、子分方に支度をさせ、迎え撃つ準備をなさって下さい」

ところがそれを聞いた禰々子は、眉を顰《ひそ》めると、方向違いな事に頭を悩ませ始めた。

「坂東太郎……やっぱり太郎は、何か怒ってるんだ。荒川の者まで知ってるんじゃ、間違いないみたいだね」

ならば早々に太郎と会い、大水の原因がなんなのか、聞かねばならなかった。

「坂東太郎は利根川そのもの、川の化身だよ。そりゃ大雨が降れば、あいつはたまに、出水をやらかすことはあった。けどいつもは大河らしく、どっしり構えてたんだけどね」

　すると横にいた一文字が、その言葉を聞き、顔を強《こわ》ばらせている。

「あのぉ、禰々子姉さん、落ち着いて考えごとなどしてる場合じゃないです。本当に、襲ってくるんですよ！」

　一文字は、ちらちらと川の方へ目をやりつつ、強い調子で言う。

「丁度、子分方が集まっているとは、幸運だ。ここにいるだけで、数十四はおいでかな。あっ、でも皆さん、素手じゃありませんか」

　急いで何か、戦うための得物を手にせねばと、一文字は気をもむ。相手の蘇鉄河童達は今日、一気に片をつける気だという噂《うわさ》を聞いていた。

　焦《あせ》る一文字をよそに禰々子は、目の前の川の流れを見つめ、ただ溜息《ためいき》を吐《つ》いている。頭が動かないからか、子分達も座ったままでいた。

「太郎は何が気に入らないのかねえ」

「ああ、蘇鉄だ。姉さんっ、来ちゃったよっ」

　一文字の、悲鳴のような声が、川端に響く。川の内から、緑のぬらぬらした面々が、禰々子達を目指し、連なって上がってきていた。

　同じ河童ではあるが、荒川の者達はどちらかといえば赤っぽい禰々子の配下達とは、見た目から違う。総身に鱗《うろこ》が見え、頭の皿には水をたたえており、短いくちばしがあった。

「おや、新参者達は何だか少し、臭くないかい?」

杉戸河童が、ちょいと眉間《みけん》に皺《しわ》を寄せる。

「嫌な奴《やつ》らだねえ。おまけに姉さんの前へ、武器を手に、のこのこやって来るなんて、こいつら馬鹿に違いないし」

「ちょ、ちょっと、子分さん方、何を落ち着いて、話してるんですか。大事《おおごと》ですよ。立ち上がって下さい!」

「でも姉さんは今、考え中だから」

子分達が、禰々子の邪魔は出来ないと首を振ると、一人で立ち向かえない一文字は泣きそうな顔になる。禰々子は己の考えにふけりつつ、つぶやいた。

「さっき誰かが、太郎の事を聞いたと言わなかったかね。どうして途中で、話を止《や》めちゃったんだい?」

そこまで言ったとき、禰々子は何時《いつ》にない悪臭を嗅《か》ぎ、鼻に皺を寄せる。

「なんだい、この妙な臭《にお》いは」

「姉さん、危ないっ」

一文字が悲鳴を上げる。蘇鉄河童達は、挨拶《あいさつ》もせず、仁義をきりもしなかった。岸で、背の高い禰々子の姿を見つけた途端、問答無用で打ち掛かったのだ。

先頭の三匹が棍棒《こんぼう》を手に、禰々子二人に襲いかかる。大将さえ倒してしまえば、後はどうとでもなると考えたらしい。

「ひえっ」

一文字が立ちすくんだ時……三匹はうるさそうに振った禰々子の手で薙《な》ぎ払われ、水際《みずぎわ》に倒れていた。

「坂東太郎は、川に住む者と喧嘩《けんか》でもしたのかね。それとも、どこぞの堤が切れかけているんで、慌《あわ》てているのかな。どう思う？」

「気をつけろ！　こいつ、女のくせして生意気だっ」

蘇鉄河童一派の内、若大将と呼ばれた一匹が怒鳴る。そして次に、禰々子へ打ち掛かったのは、その若い河童であった。

最初の三匹が、予想外にさっさと倒されたからか、今度はどすを得物として取り出した。若大将は、さすがはその名を貰《もら》った者だと、皆が認めるだろう素早さで、どすを振り上げ、禰々子に切り掛かったのだ。

途端、問いを邪魔された禰々子に拳《こぶし》を食らい、若大将は川の対岸まで飛ばされていった。緑色の河童達が、色めき立つ。反対に、利根川の子分達は、ぐっと落ち着きを取り戻して、己達の親分の問いに答えはじめた。

「姉さん、赤丸が獺《かわうそ》から聞いた事によると、今回の利根川の異変には、人が関わっているとか」

流されながら聞いた話故《ゆえ》、少々うろ覚えだが、獺は確かに狸《たぬき》や野寺坊《のでらぼう》へ、人が災いをもたらしたと言ったのだ。獺の知り合いである猫又《ねこまた》のいとこによると、それで太郎が怒っているらしい。

「人が坂東太郎に、なんぞしたって？」

長い棒っきれで殴りかかってきた緑河童を、面倒くさそうに二匹ばかり打ち伏せ、禰々子は眉根を寄せた。その後に団体で襲ってきた奴らも、禰々子は片端から川へ蹴《け》り飛ばす。それから息を吐き、首をかしげた。

「ただの人が、大河たる坂東太郎に、何が出来るっていうんだろう」

人は川の水かさが増しても、静まりたまえと、天に祈ることしか出来ない。それ程太郎は、大きな相手であった。人など太郎の前では、道を這《は》う蟻《あり》のごときもの、畑の中の粟粒《あわつぶ》のようなものなのだ。

「なのに、はて、どういうことかしらん」

するとここで、大層大きな声が、川縁《かわべり》に響いた。

「この化け物女っ、やりやがったなっ」

「おや、誰かね。私は何かしたっけ？」

怒鳴り声を聞き、やっと蘇鉄河童に気づいた禰々子は、一応きちんと尋ねた。途端、相手の河童達は、何故《なぜ》だか一段といきり立ってしまう。

「我《われ》は蘇鉄河童だ。さっきから戦ってるだろうが。今更、誰とは何だっ」

「……そうだっけ？」

もう一度丁寧に聞いたのだが、緑色の河童は、顔を赤くしたのか、何とも不気味な色合いになる。

「あ、気持ち悪い色」

禰々子が思わず漏らすと、益々《ますます》どす黒くなった緑河童は、目をむき奇声を上げた。それから背後に残っていた配下らと共に、一斉に禰々子へ襲いかかったのだ。

「あ、やっぱりあいつら、馬鹿《ばか》だ」

利根川の河童達が、揃《そろ》って首を横に振る中、禰々子は次々と蘇鉄河童達を、増水した利根川へ放り込んだ。殴られ蹴飛ばされたせいか、今し方泳いできた筈《はず》の利根川を、今度は皆、押し流されてゆく。

河童《かっぱ》が団体で川流れをする姿を見て、禰々子がまた不機嫌な表情を浮かべ、不平を言う。すると子分の杉戸が苦言を口にした。

「姉さん、ご自分で川に放り込んだんでしょう？　文句を言っちゃ、可哀想《かわいそう》ですぜ」

「でもさ、あいつらも河童だ。川に落ちたからって、流されなくってもいいじゃないか」

「きっと荒川の河童にゃ、利根川の流れはきついんですよ」

「そんなもんかねえ」

ここで禰々子は、思い出したかのように、皆はもう流されるんじゃないよと、子分達に念を押した。

「承知いたしました」

川岸の皆が素直に頷《うなず》いたので、禰々子はほっとした表情を浮かべ、また坂東太郎の事に考えを戻す。そして悠々と流れてゆく大河へ、困ったような目を向けたのだった。

2

荒川の河童がなすすべもなく利根川を流されてから、半日ほど後のこと。禰々子は川縁のご神木や地蔵、祠《ほこら》などを訪ね歩き、一本桜から少しばかり川を下った所の堤で、ようやっと人の姿に化した利根川の主、坂東太郎と巡り会った。

大河の化身だからか太郎は大男で、迫力も十分だ。並の女であれば、その眼前に居るのも怖くて、逃げ出しそうな御仁であった。

だが、禰々子は坂東の地でも高名な河童の大親分なので、臆《おく》さない。

「土手を行くおなごに、続けて三人ばかりふられた。やはり、ただの人は駄目だ」

太郎はそう愚痴ると、最近やたらと、禰々子を口説くようになっていた。

しかし今日は、やはりというか、せっかく禰々子と出会えたというのに、いつもに比べ明らかに、太郎の機嫌が良くなかった。

「この坂東太郎が、どうして最近荒れてるかって？　そいつは……ああ禰々子、お前さんがつれないからだってぇ考えは、どうかな」

言った途端、太郎は顔面に拳固《げんこ》を食らって、「ふがっ」と、情けのない声を上げる。あげくよろけて、一旦《いったん》己の川へと、飛沫《しぶき》を上げ落ちる羽目になった。

それでも、さすがは武蔵《むさし》の国を流れる大河の化身、荒川の河童達とは違い、一瞬の内に立ち直る。またさっさと人の形で現れると、禰々子に性懲《しょうこ》りもない視線を送ってきた。

「やれやれ、今日も強いなぁ。我は、さっき堤に来ていたような細っこいおなごよりも、禰々子のような者が良いと思うぞ」

「おなごに目が行くとは、元気で結構なこった。なのにどうして機嫌が悪いのかね？」

「うーん、どうしても、そっちの話がしたいのか」

緑が濃い木の下で語らうと、涼やかな風が吹き通って、心地よい季節であった。しかし、禰々子といるのに、一向に親密な事にはならないので、太郎は渋々色恋の話から離れ、ここ最近利根川に何が起こったかを、語り始めた。

「まあつまりだな、禰々子。最近、我ときたら恐ろしいことに、人達に身を削られ、無体な事をされているのだ」

「無体な事？」

こんな大男に、何かしたい人がいるのかと、禰々子が遠慮もなく口にする。すると太郎は、とんでもないことをされているのは、目の前を悠然と流れる太郎の本性、利根川自体なのだと、溜息《ためいき》混じりに言った。

「川で、普請《ふしん》を始めた者がいるのだ」

堤が切れ、出水になった訳でもない時に、川を人にいじられると、太郎は落ち着かない。それが続き、終《しま》いには不機嫌の固まりとなった太郎は、流れを物騒なほど荒くしたのだ。

禰々子は溜息をつく。

「あんたはこの地で、その名を知られた大河だ。落ち着いてくれないと、人が困り河童が流される。田畑が水害にあうと、胡瓜《きゅうり》一本ならなくなって、まいるんだよ」

どうにかしろと禰々子が言うと、自分に手を出す人が悪いのだと、太郎はふくれ面《つら》になる。だが禰々子が心配してくれる様子を見て、段々機嫌を直し、にやっと笑い出した。それから、人達が無体をする訳を探ってはくれぬかと、禰々子に頼み始めたのだ。

「何で私が！　太郎、そうして人の姿をとれるんだ。己でやればいいじゃないか」

「あのなぁ、確かに我の姿は、人そのものだ。こうして喋《しゃべ》る事だって出来るし、顔だって悪くはないさ。うん、いい男だ」

坂東太郎は大いに己を褒める。だが。

「しかし、どういう訳だか人の間に混じると、我は目立つらしい。あげく、避けられる。つまり、人とはろくに話が出来ぬのだ」

それでは、人が利根川で作業している訳など、探れるはずもなかった。しかし、背は高いが、どこから見ても人間のいい女である禰々子であれば、人に混じり、訳を摑《つか》めるだろうと太郎は頼んできたのだ。

「勝手な事を言うんじゃないよ」

禰々子は眉間《みけん》に皺《しわ》を寄せた。だが、しかし。利根川を、荒れるままにしておけないのも、事実であった。すると、その迷いを察したのか、太郎は少し甘えるように、禰々子にすがってくる。

「なあ、頼む。本心困っておるのだ」

先刻、利根川を泳いでやってきた緑色の河童《かっぱ》達は、もう川には入《い》れぬようにするからと、太郎は言い出した。太郎も禰々子の役に立つ故《ゆえ》、禰々子も太郎の困りごとを助けて欲しいと、持ちかけてきたのだ。

「禰々子が頼りなのだ。お願いだ」

こういう言い方に、禰々子は弱い。

「ああ、しょうがないねぇ。じゃあ太郎、私がちゃんと訳を摑んだら、機嫌を直しておくれよ」

「勿論《もちろん》、勿論」

「川の流れを元に戻す事。そして、うちの子分達を、もう流したりしないで欲しいね」

それが交換条件だと、禰々子が言う。すると坂東太郎はここで、そっと禰々子の手を取った。

「子分のことより、お礼に、我《われ》の嫁にしてやろうか。うん、その方が嬉《うれ》しかろう？」

途端、禰々子は太郎をぶん殴り、川の流れの中へとまた突き落とす。それから、水しぶきが上がった方を見もせず、用件を済ませる為《ため》、さっさと堤から離れた。

「面倒くさいことになったね」

人の内に混じるのは、久しぶりであった。仕方ないと嘆きつつ、禰々子は子分達を急ぎ呼び、あれこれ話を集めるよう指示した。


「姉さん、人達は最近、暇なんですかね。川のあちこちで、何かしているようです」

格好の良い姉さんが大好きな、河童達の働きは素晴らしく、二日と経《た》たずにあれこれと話を摑み、禰々子の元へと運んできた。その報告によると、利根川の幹流や、別れて流れている太日川《おおいがわ》に、数多《あまた》の者達が集まっているという。

「へえ、人達は二つの川へ、同時に手を出してるのか。じゃあ同じ理由で、作業をしているのかもしれない。太日川の方が人が少ない？　じゃあ、そっちから探ろうか」

編み笠《がさ》を被《かぶ》った杉戸を供に、禰々子は太日川へと顔を出す。すると確かに、もっこや鍬《くわ》を持った人夫達が大勢で河畔へ入り、作業をしていた。近くの堤に立って、暫《しばら》くその様を見続けるとじきに、人達が太日川で何をしているのか、分かってきた。

「驚いた。ここの堤が切れた訳でもないのに、人の手で川を変えようとしてる。底を深くしてるし、新たな堤まで作ってるじゃないか」

川とは元々、雨が低い地を流れて出来たもので、その水が行く先は、天と地が自然に決める。その流れを定めるのに、人の意向が聞き入れられた事などない。時として川筋以外に水があふれ出ると、人に被害が出ることもあった。

禰々子とて出水は嫌いだが、たまにはそんなこともあると、承知している。何しろ相手は、天が作りたもうた水の流れ、地を割ってゆく川なのだから。河童はその流れの内に、世話になることはあっても、川の主たる坂東太郎へ、あれこれ己の都合を押しつけたりはしない。天地とつきあうということは、そういう事だと思っていた。

ところが。

今、禰々子の目の前にいる、蟻《あり》のように小さな人達は、そうは考えていない様子であった。川へ杭《くい》を打ち、底を浚《さら》い、本気で流れに手を加えようとしている。恐ろしいことに、どう見ても正気でやっていた。

「何で、勝手に川を変えようなんて、思いついたのかね」

あんなに底を掘り下げては、広い川の中ほどを、狭い流れが下ることになる。じきに一部の川底が削られ、自然の堤がもう一重、川原の中に出来てしまいそうであった。

「一体、人達は何を考えて、こんな無駄な事をしてるんだろう」

禰々子は作業の様子をもっとよく見ようと、堤の上から川原へ降り、流れの上へ身を乗り出した。作業はまだ半ばらしく、川の内に深い所と浅いところが出来ているらしい。近くの淵《ふち》で、水が渦巻いている。

するとその時、禰々子の後ろから、慌《あわ》てたような声がした。

「娘さん、おお、危ないですよ。そのように川の方へ身を乗り出しては」

「危ないって……私に言ってるのかい？」

禰々子は驚いて、思わず振り返る。正直な話、今まで姉さんと呼ばれはしても、娘さん、などと言われた事は無かったのだ。

いや、禰々子にも幼い頃はあったのだろうし、もしかしたら昔誰かが、そう呼んだかもしれない。しかし、既に古《いにしえ》の記憶は水の内に流れ去り、禰々子自身ですら覚えていない。それで大いに驚いた顔を、声の主に見せる事になった。

禰々子の近くに来て、心配げな顔を向けてきているのは、一人の若い侍であった。

やたらと背の高い半鐘泥棒《はんしょうどろぼう》で、もっさりとしている上に、少しばかり猫背だ。比べれば、禰々子の方が余程押し出しが良い。それでも、その男の目には、禰々子は若く、守らねばならない娘に映っているようで、急ぎ堤から降りるよう、また話しかけてくる。

「それがしは関東郡代、伊奈《いな》様の配下にて、小日向勘十郎《こひなたかんじゅうろう》と申す」

今、太日川は、流れがいつもと変わっている。よって落ちると危ないのだ。

「若い娘御が、無茶はいけません」

小日向は大真面目《おおまじめ》に禰々子へ、説教をしてくる。禰々子は、苦笑を浮かべずにはおれなかった。

「心配、ありがとうよ。私は禰々子という者だ。でも、大丈夫なんだよ。何故《なぜ》って……」

「禰々子殿、最近、無茶をする娘御が多すぎます。昨日も一人、川の堤を供も連れず、歩いている娘さんがいたとか」

その娘は道に迷っていたらしく、小日向の配下が送ったらしい。どうやら世間知らずの、その小娘と同じように扱われていると知って、禰々子は益々呆然《ますますぼうぜん》としてしまった。

（でもさ、どう考えても、目の前の小日向さんより、私の方が強いよね）

いや、禰々子と向き合っても、そんな自明のことも分からないくらいだから、小日向は大分、腕っ節が弱いに違いなかった。しかし、だ。それでも小日向は、禰々子がおなごだからと、一所懸命守ろうとしてくる。

（変な奴《やつ》）

こういう奇妙な御仁に会うのは、初めてのことであった。武士として、どうしても禰々子を守りたいのであれば、好きにさせぬのも悪いような気までしてくる。

（うーん、どうしようね）

思わずうなった、その時であった。川の方から突然、大声が上がったのだ。

「うわっ、杭が流されたっ」

「何でだ？　どうして全部一度に抜けたんだ？」

どうやら普請《ふしん》が上手《うま》くいっていないようで、小日向は急ぎ、川原の先の方へと駆け戻ってゆく。だが途中で寸の間止まると、禰々子へ声を掛けるのを忘れなかった。

「とにかく、後で送ります。娘さん、そこで待っていて下さらぬか」

そうして、また駆けてゆく先の川へ目をやると、流れの中を杭が何本も漂っていた。

するとその杭を、水の中から腹立たしげに蹴飛《けと》ばす者の足が、ちょいと見えた。

「ありゃ、河童《かっぱ》の足じゃないか」

顔が見えないから、どこの誰だかは分からないが、この太日川に住まう河童かもしれない。人の手によって、いきなり住みかの川底が変えられてしまったら、確かに面白くないに違いない。きっとそれで、水の中から杭を引き抜いてしまったのだ。

「やれやれ」

これでは当分、騒ぎは収まりそうもなく、先ほどの小日向から話を聞くのは無理だろう。そう察しをつけると、禰々子は一旦《いったん》、太日川から引く事にする。生まれて初めて、おのこに送って貰《もら》うという経験をし損ねた事が、少しばかり残念であった。

「また、出直して来るから」

そう言ってから、禰々子は己の言葉に、少しばかり首をかしげた。堤から川原へ降りてゆく小日向は、既に随分と離れている。禰々子のその声が、聞こえる筈《はず》もなかったからだ。

3

翌日の事。禰々子は、一人で太日川へと向かおうとしたのだが、小日向が気になるとかで、杉戸河童が人目からは隠れつつ、草に隠れてくっ付いてきた。だがこの日は、川近くへ着いた途端、禰々子は目を見開く事になる。驚いた事に、華やかな蝶《ちょう》が沢山、堤を真《ま》っ直《す》ぐに飛んでいたのだ。

「いや……あれは、本物の蝶じゃないね。娘御の着物の柄か」

よく見れば駆ける娘の後ろから、誰ぞが追っている。娘はそれが嫌で、逃げているのだ。

「追ってる奴は……妖《あやかし》かね？　人かね？　どっちか分からないなんて、ろくでなしに決まってる」

禰々子は勝手に決めると、娘の味方をする事に決めた。守るのなら、おっかけている方より、逃げている方がいいではないか。

ひょいひょいと駆け寄り、双方の間に、飛び込むように割ってはいる。驚いて一寸《ちょっと》足を止めたのは、妖ではなく、妖に面《つら》が似た男、臥煙《がえん》であった。

「なんだぁ、こりゃ男か。いんや、男女《おとこおんな》か？　でかいの、邪魔だ！」

臥煙の好みは、華奢《きゃしゃ》なおなごであるようで、突然現れ道を塞《ふさ》いだ禰々子へ、堤から消えろと怒鳴る。だが禰々子は、逃げる気はなかった。よって臥煙の方を、さっさと堤から追い払う事にしたのだ。

禰々子が腕を一振りしたところ、いきなり臥煙が堤から消えたので、後ろで立ちすくんでいた娘は目を見開く。その時、遠くで水音がしたが、余りに離れていたので、臥煙が川へ落ちた音だとは考えられなかったようだ。

「あの、その……助けていただき、ありがとうございました」

それでも禰々子が現れたら、臥煙が消えたのは、事実であった。娘は深々と禰々子に頭を下げる。

「笹山《ささやま》なみと申します。危ないところをお助け頂き、本当にありがとうございました」

「こりゃ、ご丁寧に」

禰々子は笑って、己の名も告げる。

「あの、きちんとした家の、お嬢さんのように見えるが……ああ、御武家なんだね。どうして川の堤を、一人で歩いていたんだい？」

何か訳でもあるのかと、単刀直入に問うと、なみは頬《ほほ》を染めた。

「あの、この先の川で働いておいでの小日向様というお方に、少々用向きがございまして」

小日向は最近、太日川に詰めきりで作業をしている。よってなみは、この川にまでやってきたのだが、道に迷ってしまったのだ。

「小日向さん？　ああ、そんなら近くにいるだろう。さっさと会えばいい」

今なら川原で作業中じゃないかと、禰々子がなみを促し、堤を降りてゆく。するとなみが、すこしばかり首をかしげた。

普請《ふしん》をしている人夫には見えないが、さりとて禰々子はおなご故《ゆえ》に、どういう者だか分からないのだろう。まさか河童だと教える訳にもいかず、禰々子は小さく笑った。

「実は私も、小日向さんに用ありでね。普請を指揮してるあの御仁に、利根川と太日川でやってる作業の事を、聞きに来たんだよ」

禰々子は土手から下りつつ、おおざっぱに堤にいる訳を告げる。すると、何故《なぜ》だかなみは少し、ほっとした様子を見せた。

その時、普請場へ近寄ってくる禰々子を見つけたようで、小日向が驚きの表情を浮かべ、作業の手を休めて手を振ってくる。

「昨日のお人ですよね。ちゃんとお一人で帰れましたか」

少し猫背の大男が、優しげに問う。

「うん、大丈夫だったよ。それでさ、今日はたまたまこの堤で、この娘御に出会ったんだ。小日向さんに、用があるようだよ」

「おや、私にですか？」

見覚えが無いのか、小日向がちょいと眉《まゆ》を上げた。するとその時、不意になみが一歩、前に進み出る。そしてひょこりと頭を下げると、意を決したように名乗った。

「私、笹山なみです」

途端、小日向が顔を引きつらせる。

「あ……笹山殿の妹御でしたか。済みません、こりゃ大きくなられた。見違えました……綺麗《きれい》になられて」

まだ、着物の肩揚げをおろす前に会って以来だと言い、小日向は大きな身を二つに折るようにし、久方ぶりですとなみに挨拶《あいさつ》をした。その顔が微《かす》かに赤い。そして禰々子に、なみのことを、道場仲間の妹だと告げたのだ。

すると。

「それだけでは、ございませんでしょう」

華奢ななみが、大きな小日向に向かい、きっぱりと言う。その表情は、合戦にでも今から行くかのように、緊張をしていた。

「私の兄と小日向様は、とても仲が良いお友達なのです。それで兄は妹の私を、小日向様へ添わせる事に決めておりました」

小日向の事を、満足すべき婿《むこ》がねであると思った訳だ。随分前からの事であった。

「何と。お二人は、許嫁《いいなずけ》の間柄なんだ」

禰々子は目を見張る。小日向はなみに、長いこと会っていなかったらしく、それで顔が分からなかったのだ。だが。

(親しい縁の者ならば、どうしてなみ殿は、川原にまで来たのだろうか)

武家ならば住む所は川ではなく、町中の屋敷であろうと思う。そこへ行かず、許婚の仕事先へ顔を出して来た訳は、何なのだろうか。禰々子が首をかしげたその時、なみがその疑問の答えを、自ら口にしてきた。

「小日向様、兄から突然、婚礼の話は無かった事にすると言われました。訳は、教えて貰《もら》えませんでした。聞くなと言われました」

だから、なみは小日向の屋敷を訪ね、子細を問う訳にはいかなかったのだ。

「理由を聞かせては頂けませんか。私、気になって……破談になってからずっと、気になっていて」

なみが、今にも泣きそうな様子で、小日向へ問う。すると大男は一歩二歩、酷《ひど》く困った表情を作り、川原を後ろへ下がっていった。どうも人の世というものは、河童《かっぱ》の暮らしやつきあいよりも、ぐっと面倒くさく出来ているらしかった。

4

「それでそれで？　ああ、面白き話ですのう」

「姉さん、二人は、どうなったんですか？　いや、興味津々《しんしん》」

「男が謝って、おなごとくっつきましたか？」

利根川の近く、いつも禰々子が休んでいる桜の木の下には、これが河童かと思うほど目をきらきらと輝かせた子分達が、小日向となみの、恋の行方を聞きに集まっている。

何しろ昨日は、子分の杉戸連れであったから、河童達の間に、あっという間に噂《うわさ》が広がってしまったのだ。おまけに、なみは綺麗な娘であったと伝え聞いた河童達は、禰々子の元へきて、胡瓜《きゅうり》を片手に喋《しゃべ》りまくっていた。

「あのねえ、お前さん達。それじゃ人が、井戸端で噂に興じている様子と、そっくりだよ。長屋のおかみさん達みたいだ」

禰々子が溜息《ためいき》と共にそう言うと、河童達はきょとんとした表情を浮かべる。

「人が我らを、真似《まね》るのでございますか」

「人も、少しは勤勉になったのですねえ」

子分達は真剣な顔で、深く頷《うなず》いている。そして、それからまた破談の原因について、楽しく話し始めた。

「きっと小日向様という半鐘泥棒が、半鐘を盗んだ為《ため》に違いない。それで妹を嫁にはやれぬと、兄貴に断られたのだ」

「いや、浮気に違いないぞ。ぬぼーっとした小日向さんに、女狐《めぎつね》の恋人が出来たのだ。よって、人の子は振られたに違いない」

「確かに、狸《たぬき》よりは狐の娘の方が、綺麗な事が多いからのう」

「ああ、本当に勝手ばかり言って」

このままでは黙りそうにないので、禰々子は子細を語って、噂話を止める事にした。そして、これからどうするべきか、子分達の意見を聞いてみようとも考えたのだ。

「小日向さんは、なみさんの顔も知らなかったんだよ。だから、相手を嫌って別れた訳じゃなかった」

つまり離別の理由は、当人達とは別の所にあった。そしてそれは、禰々子達河童とも繋《つな》がる大事を、含んだ話であったのだ。

なみに、破談の訳を問われた小日向は、一瞬うろたえた。だが直《す》ぐに周りへ目をやると、作業しつつも、興味津々、耳をそばだてている者たちから逃れるように、川原を離れた。それから堤を上り、一旦《いったん》川の外へ降りてから、近くにある地蔵尊の側《そば》、木陰の木の根に腰を下ろす。禰々子となみが後に続いた。

小日向は一つ息をついてから、口を開いた。しかしその素振りには力が入っておらず、いささか情けない。

「実は」

声までが、何故《なぜ》か小さかった。

「私の主は徳川家から、ある命を受けました。それで私が主から指示され、川の普請《ふしん》を始めたのです」

その普請は利根川幹流と、そこから別れて流れる太日川で、同時に行っている。小日向は、まず太日川の川底を掘り下げる作業から始めていた。

だが、しかし。ここで小日向の声が、一段と低くなる。

「我らはこうして、作業をしてはいるものの……この普請成せるかどうか、分かっていないのです」

「えつ、何でだい？」

禰々子が、なみと顔を見合わせる。川を深くするというのは、確かに大変であろうし、更に言えば、馬鹿馬鹿《ばかばか》しくもある。しかし、実際作業は進んでいるのだ。やれぬ話とも思えなかった。

しかし小日向は、首を振る。

「実は、主が受けたご命令は、川底をどうこうするという事では、ないのです」

それは、最初に聞いたときは、冗談かと思ったような話であった。

「徳川家からのご命令は……利根川の流れを変えよ、という事でございました」

「は？」

「ええっ？」

禰々子となみの声が揃《そろ》う。確かに寸の間、大いなる冗談かと思ったが……小日向は真剣な表情を浮かべている。禰々子は身を乗り出し、恐る恐る聞いてみた。

「あのさ、利根川は坂東の大河だよ。坂東太郎なんだ。そんなものを、どこへやろうっていうんだい？」

太郎は武蔵の地を遥《はる》かに下ってゆく、大きな流れなのだ。ちょいと気が向いたからといって、余所《よそ》へ移せる代物《しろもの》とも思えない。そう言うと、小日向も苦笑と共に、頷いたのだ。

「上の方は、利根川幹流会《あい》の川《かわ》を、かなり上流の川俣《かわまた》で締め切り、その流れを太日川と、合流させたいと考えておいでのようで」

「はあ？　利根川を、他へ流そうっていうのかい」

それで、新たに水量が増えるであろう川の底を、深くしていたのだ。どうやら人が、本心、川の流れを移そうと考えている事を知って、禰々子はしばし、動くことも出来なくなった。まさか、こんな話が飛び出して来るとは、予想もしていなかったのだ。

「で、でもさ。そんな奇妙な事をして、一体何になるって言うんだろう」

一本の川に二本分の水を流そうとする訳が、全く、欠片《かけら》も分からなくて、禰々子はなみの事も忘れ、真剣に小日向へ問うた。

すると更に驚くような話が、小日向の口から転がり出てくる。

「いや、上の方は、太日川の流れを太くしたい訳ではないのです。実はその……余所には言わないで下さいよ」

小日向は、さっと周りへ目をやってから、更に身を小さくして語った。

「今回、利根川の流れを、幾らか変える事に成功したら、ですね。先々もっと、川を東へ向けたいと、そう考えておられるようで」

「東へって……それ以上、利根川をどこへやろうっていうんだい」

太日川の向こうに、川筋などあったかなと、禰々子は引きつった顔で考え込む。するとその時、小日向は〝上の方〟のお考えを、また口にした。そしてそれは、禰々子の想像を、遥かに超えたものであったのだ。

「上の方々は、いずれは途中に、新たな川筋を掘って足し、利根川をはるかに東、下《しも》総国《うさのくに》まで流そうという心づもりと聞きました」

「今は、江戸の湾に流れ込んでいる川を、隣の国へ流そうっていうのかい？」

川筋を、全く違うものに変えようとしている！　これには本気で驚いて、禰々子は呆然《ぼうぜん》とし、しばし声を失ってしまう。小日向がぼそりと付け加えた。

「川が東へ流れれば、治水や新田開発で、都合の良い事があるのでしょう。人は己の利で動きますから」

（坂東太郎、とんでもない話が飛び出してきたよ。お前さんは、これからどうなるんだろう。私たち河童《かっぱ》や、利根川に住まう者たちは、何となるのか）

すると、その場が静まった間に、横にいたなみが少しばかり口を尖《とが》らせ、小日向の顔を見た。

「あの、先ほどから川のお話はされていますが、私の質問には、答えて下さっていないような」

するとのでと小日向は、強《こわ》ばっていた表情を崩すと、溜息《ためいき》をついた。

「ですからその、我が主は、大河を東へ移せと、ご命令を受けたのです」

地勢に従って流れているものを、力尽くで変えろと言われたのだ。仕方なく従ってはみたものの、普請に着手してみると、難しい。実際成せることなのか、小日向には未《いま》だに分からないのだ。

「正直に言いますと、このような御命は、受けたくなかった。ですが、徳川家からやれと言われたら、嫌だとは言えない。そして、作業が難しかったから出来ませんでしたでは、済まないのです」

そもそも川は、人がどう手を加えても、東へなど向かわないかもしれない。普請が難航し作業期間が延びれば、主家が金子《きんす》不足に陥り、途中で立ち往生する事もあり得る。

それだけではない。普請途中、中途半端《はんぱ》なところで大雨でも降ったら、堤が切れ、災害を呼ぶ可能性さえあった。

「そうなったら、我らが責任を問われる事になるでしょう。その時はお家の為《ため》、殿だけはお救いせねばなりません」

つまり、下で実際作業を受け持っている小日向が、全《すべ》ての責任を背負って、腹を切る事になるかもしれぬのだ。普請が始まってから、小日向はその事が、頭から離れなくなっていた。

「下手に私と繫《つな》がっていると、後々、災いが及びかねません。ですから当分妻など持てぬと、そう笹山に言いました」

笹山とて、妹がかわいい。だから双方承知の上で、今回の縁談は流れたのだ。

「済みません、そういう訳です」

話がそこで終わると、まだ驚きの中にある禰々子に続き、今度はなみが、声を無くし黙り込んでしまう。小日向は、溜息をつきつつ、作業の進み具合を淡々と語った。

「丁度今、川底を掘るのと同時に、締め切る事になる会の川の、川俣近くの堤を広げる為、新たな堤を作ろうとしています。ですが、困ったことに、ちっとも進んでいません」

日中少しは作業が進んでも、何故《なぜ》か夜の内に、打った杭《くい》や土嚢《どのう》が崩れてしまうのだ。まるで誰かが毎日来て、暴れているかのような状態だと、小日向は苦笑を浮かべる。

「いや、調べましたが、無法者は目撃されておりません。夜、真っ暗な河の縁で、明かりも点《つ》けずに、やれる事でもありませんし」

小日向達には全く訳が摑《つか》めていなかった。

「まだ、普請《ふしん》は始まったばかりです。なのに今から、こうも難儀をしているようでは、先が思いやられます」

費用ばかりが、かさんでいるのだ。小日向が下を向くと、禰々子は小さく首を横に振った。

「そりゃ、川を変えるとなりゃ、その川に住む者たちから、反発も出るだろうよ。獺《かわうそ》や川の主たる鯉《こい》、それに、水と縁のある妖《あやかし》達まで、揃《そろ》って人のすることを嫌うだろう。邪魔されるのは、仕方がないさ」

「おや禰々子さんは、夜の騒ぎは、妖達の仕業であると、言われますか」

妖の事は、物語の中であれこれ読んだと言い、小日向が僅《わず》かに笑う。どうも、信じてはいない様子であった。しかし。

(人の意向に気がつけば、この先坂東太郎だって、本格的に怒るだろうね)

今でさえ、川原に人がうろつくのが気に障《さわ》って、太郎は流れをきつくしている。人の手で勝手に、馴《な》染《じ》みのない下総国へ移されると知ったら、誇り高い坂東太郎は癇《かん》癪《しゃく》を起こし、人も田畑も、周りにある全てを流してしまうかもしれない。

そして河童の川流れ、禰々子達利根川の河童さえも、ぐっと北の外海にまで、川の水と共に流されてしまうのだろうか。

「どうしたらいいんだろう……」

禰々子がぽつりと言う。

「どうしたら、いいんでしょう」

なみが、座っている木の根を見ながら、深く息をつく。

「幼い頃、兄が縁談を決めてから、ずっと小日向様のことを考えていました。だから再会したら、色々お話ししよう、良き嫁になろうと思ってたんです。あれこれ頑張っておりましたのに」

二人の声は聞こえたようであったが、小日向はどちらへも返答をしない。多分小日向もまた、悩みの津波に、流されかかっているのかもしれなかった。

5

とにかく禰々子は、人が川原にて、作業をしている理由を知ったのだ。

(こりゃ、大騒動になりそうだ)

本心としては、坂東太郎にそんな物騒な話などしたくはなかったが、子分達はちゃんと、知らせなければ駄目だと言う。それで禰々子は仕方なく太日川から帰ると、太郎へ全部伝える為、利根川へと向かった。

結果、禰々子はもの凄《すご》く渋い顔で、一本桜の近く、川の堤に座り込む事になった。そこへ子分達が、ひょこりと顔を出してくる。

「姉さん、姉さんが太郎さんを、思いきりぶん殴ったって本当ですか？」

「それで太郎さんが酷《ひど》く怒って、川が一層、荒れ狂ってるそうですが」

子分の河童《かっぱ》達は、揃って心配してくる。禰々子は疲れたように、深く息を吐いた。

「ああ殴ったし、太郎は腹を立てたよ。でも、あいつが癇癪を起こしてるのは、私のせいじゃないからね」

太郎は、己が無理矢理、東の地へ移されかけてる事を聞き、我慢ならなくなったのだ。川の流れは速まり渦を巻き、手がつけられない。おかげで舟が何艘《そう》もひっくり返った上、何と、川の魚達まで溺《おぼ》れかける始末であった。

「太郎ときたら。訳を突き止めたら、流れを穏やかにすると約束してたのに」

「姉さん、我ら河童は、頑張って流されずにおります。もう川流れは駄目だとの、姉さんのお言葉でしたから」

「そうかい？　偉いね」

禰々子が褒めると、河童達は桜の下で、揃って胸を張った。

だが実を言うと、流されてはいないものの、ここ暫《しばら》くは余りに流れが速いので、皆、岸辺に上がっている事が多くなっている。太郎の癇癪が収まる気配を見せないからで、泳ぐにも魚を捕るにも、不便極まりないという。

「ええい、坂東太郎ともあろうものが、子供のようじゃないか。迷惑な話だ」

禰々子が川端でうめく。勿論《もちろん》、人の思惑で流れを移されるなど、不愉快極まりない事は分かる。共に移る羽目になる、利根川の河童達にとっても、事態は同じなのだ。

だから話の始めは禰々子も共に悩み、愚痴を言い、坂東太郎を慰めていた。しかし、日が暮れて月が昇ってまた朝となっても愚痴が続くものだから、太郎をなだめる事にも、段々飽いてしまい、一旦離れ休んでいるのだ。

「だってねえ、ようく考えれば、流れること自体は、たとえ人であっても止められない。つまりどこへ流れ出ようが、利根川が消える訳じゃないんだから」

もし東へ流れる事になったら、武蔵から下総へ抜ける坂東太郎は、益々《ますます》長い川となり、その姿を大きくする事になるだろう。

「そう、更に大物になるんだ。つまり太郎の方は、小日向さんのように、命が危うくなるって訳じゃないんだからさ」

怒るはいいが、もうちっと大人になれないのかと、禰々子は川縁《かわべり》でこぼした。するとその愚痴が、聞こえてしまったらしい。この時突然、利根川の川内から水しぶきが上がると、何時《いつ》になく怖い顔の太郎が、水の内からぬっと現れたのだ。

「禰々子、酷いではないか！　我《われ》は人から、かように理不尽なことをされているのだぞ。なのに何と我より、作事《さくじ》をしているろくでなしを庇《かば》うのか」

長年、共に過ごしてきた仲だというのに、河童が川より人を大切にするなど、許されるものではないと、太郎は言い立てた。見れば何と、半泣きになって怒っているのだ。

「腹が立った。たとえ、もっと大きくなると言われようが、我はこの地から動かぬぞ。禰々子のお気に入り、小日向さんとやらの命が掛かっていても、絶対に動かぬ！」

「太郎、幼子のように、駄々をこねるんじゃないよ。あんたは大物なのに、みっともないじゃないか」

「禰々子が悪いーっ」

わめいて迫った途端、太郎はまた禰々子に思い切り拳固《げんこ》で殴られ、飛沫《しぶき》と共に川の内へ消えた。それでも太郎は、直《す》ぐにひょいと水から顔を出して来る。

「絶対、絶対にこんな普請《ふしん》、邪魔してやる」

禰々子はそう言い張る太郎を、川端より見下ろし睨《にら》んだ。

「太郎、あんたは利根川の化身、この川そのものだ。今回は、人が手を出して来たんだから、やり返すのはあんたの勝手さ。けど、こすっからい事だけはするんじゃないよ」

禰々子は一帯の大親分、河童を束ねる頭なのだ。いけ好かないやり方をする輩《やから》は、見逃したりしない。今回、小日向は己の命が、坂東太郎は大河としての矜持《きょうじ》が、掛かっている。されば双方がぶつかり合う時は、正面から堂々と。禰々子はそう念を押した。

「勿論だとも。人がぶつかって来るのなら、有り難いくらいだわ」

太郎はそう言い放つと、一段と大きな渦と共に、不機嫌そうに川の内へ消えてゆく。するとと杉戸河童がここで、禰々子へ心配げに言葉を掛けてきた。

「姉さん、いいんですかい？ 小日向さん、まともに太郎さんとぶつかったら、流れに呑《の》まれて、あっさり溺れちまいそうですが」

「あー、あの御仁は人だものねえ。土左衛門《どざえもん》と名を変えたら、膨れて気味悪くなりそうだね」

小日向に水練を勧めておこうかと、禰々子は試しに言ってみる。しかし子分達から揃《そろ》って、人は不器用故《ゆえ》、なかなか泳ぎが上達しないものだと言われ、大きく溜息《ためいき》をついた。

「やれやれ、どうすればいいんだか」

するとその時であった。何故《なぜ》だか子分達が一斉に、素早く水の中へと消えたのだ。

「あん？　皆、どうした？」

言った時には、禰々子も近寄ってくる姿を認めて、すっと立ち上がっていた。だが、それが、かわいい小花模様の着物を着た娘だと分かると、己から手を振って場所を知らせる。

「なみさんじゃないか。どうしたんだい？」

太日川ではなく、利根川の方へ来たということは、なみは今日、禰々子に用があるのだろう。利根川の川縁、大きな一本桜の辺りによく居ると、禰々子は伝えてあったのだ。

なみは、何故だか酷く緊張していた。そして、桜の根本近くの石へ腰を下ろすと、直ぐに禰々子へ、ある頼み事をしてきたのだ。

「あの禰々子さん、今日はお願いがあってまいりました。その、お力をお借り出来ませんでしょうか？」

どうしても叶《かな》えたい事があるが、身内には頼めぬのだと、なみは言い出した。

「あれ、何事かな」

軽い調子で禰々子が問うと、なみは顔を赤くし、必死に言葉を継ぐ。

「私はその……小日向様に、嫁ぎたいのです」

「えっ、まだ縁談、諦《あきら》めちゃいなかったんだ」

「叔父が、まとまらなかった縁談の代わりに、別の縁を持ってきたのです。それが困ったご縁で」

そちらの相手は兄の道場仲間ではなく、顔も知らない。だが小姑《こじゅうと》になるだろう妹が、なみと琴の稽古《けいこ》先が同じであった。

「その妹御と私は、全く合わぬのです」

きっとその兄とも、気が合わぬに違いない。いや、絶対に合わない。しかし笹山家よりも、先方の方がかなり禄《ろく》が上である故、なみの二親《ふたおや》は良き縁だと強く勧めて来たのだ。

「このままでは、直ぐにその縁談が、決まりかねません。禰々子さん、何とか出来ぬものでしょうか」

「あのねえ、縁談を破談にするなんて事は、私には無理だよ」

禰々子は大きく、溜息をつく。そもそも禰々子は人ですらなく、河童《かっぱ》なのだ。子分が山といて、関八州の大親分であろうが、河童は河童、人の仲人《なこうど》とは縁が無かった。

「それにさ、なみさんは新しいお相手と、まだ会ってないんだろ？　連れ添ってみたら、存外合うお人だってぇことも、あり得るわな」

すると禰々子の言葉に、なみはきっぱり首を振ったのだ。

「駄目なのです。どんなに良きお人でも、その、小日向様ではありませんから」

なみは何年も前から、小日向に嫁ぐのだと、そう思い描いていた。

「今更、他の夫など考えられませぬ」

そう話すなみの頬《ほほ》が、僅《わず》かに赤い。

「あー、そういう訳なのか」

なみは、いざとなれば、小日向の屋敷へ駆け込んでも良いとまで話しだした。だがそれをするには、小日向自身が諾と言っていなければならない。

しかし今の状態では、小日向はなみを、妻には迎えぬと思うのだ。

「だからお願いです。この縁がまとまるように、禰々子さん、力をお貸し下さい」

今回の破談は、川の普請が原因であるから、その話を知る人でなければ、相談相手にはなれない。そしてそれを承知しているのは家族と、禰々子しかいないのだ。ならばなみは、禰々子にすがるしかなかった。

「そ、そう言われてもねえ」

一歩身を引き、二歩下がり、禰々子は思わずその願いから、後ずさってしまう。

(だってさ、なみさんの願いを聞く為《ため》には、今回の普請を、無事成功させなきゃ、ならないじゃないか)

だが普請が上手《うま》く行くということは、利根川がどんどん、東へ付け替えられるということでもあった。そうなったら、太郎は一層荒れそうなのだ。いや、がっかりして、力を落とすかもしれない。禰々子は大河のそんな姿を、見たくなど無かった。

(ああ、両方の願いに挟まれるなんて)

おまけに、なみから小日向の事を言われると、禰々子は何だか胸の辺りがざわついて、調子が狂うのだ。ここ最近忙しいので、疲れているのかもしれない。

だがなみは、禰々子が逃げ腰になっても、引いてはくれなかった。

「後生です、禰々子さん。助けて下さい」

「ああ、縋《すが》って来られると、弱いんだが」

若い娘っこの気持ちは、かわいいとも思う。しかしそう思う端から、すねたような太郎の言葉が、頭をかすめたりもするのだ。

（禰々子は冷たい）

長年、利根川に世話になってきた河童としては、太郎の思いも考えてやりたい。だから迷う。頭がふらふらしてくる程に迷う。

（何としよう）

こんなに真剣になったのは、本当に久方ぶりだと思う。己でも、驚く程必死になっているのだ。そして心の底から迷ったのは……初めてのことなのかもしれないと、不意に禰々子は気がつき、妙に戸惑っていた。

6

それから一週間の後、禰々子は悩みに、きっぱりと結論を出した。いつまでも、うじうじとしているのは、性分に合わぬのだ。

そして直《す》ぐ、明日へと踏み出す為、考えを実行に移す。まず手下の、人に化けた河童に、なみを呼んで来させた。それから利根川堤の一本桜の下で、考えを告げる。

「禰々子さん、小日向さんの所へ行って、押しかけ女房になれっていうんですか。本気ですか？　大丈夫でしょうか」

禰々子から話を聞いた木陰で、なみは嬉《うれ》しいような、不安なような表情を浮かべている。

「勿論《もちろん》、本気」

禰々子ははっきりと言った。

「どんな大事な普請《ふしん》なのか、知らないけどさ。失敗したら殿の身代わりで、下の者が死ななきゃいけないなんて、そんな理不尽な事はない」

大体上に立つ者は、額に汗して働いていない事が多い。では、その御仁の役目は何かというと、いざというとき、責任を取る事にあると思うのだ。

「それが出来ない殿様になんか、仕えている事などないさ。お役を辞し浪人になって、この土地から離れればいいと思う」

禰々子はなみの方へ、ぐっと顔を近づけ問う。

「だけどそうなれば禄を失い、貧しい暮らしとなる。勝手に浪人の妻となったら、なみさんはきっと、実家から縁を切られてしまうだろうしね」

それでもいいなら小日向に、妻にして下さいと頼んでみればいい。禰々子はそう、なみに告げたのだ。

「そこまで言えば、なみさんが本気だと、小日向さんも分かるだろうよ」

普請中何があっても、己が一人で済む事ならば、小日向は逃げはしないと思う。だが妻と暮らす明日があるなら、貧しい日々へと飛び込んでゆく勇気を、持つかもしれない。禰々子はそう考えていた。

「さあ、この道を先に行くかい?」

小日向のいる太日川へと繋《つな》がる道を指さし、禰々子はすっと目を細めると、なみの返答を待つ。つてがあるから、二人で江戸へ逃げるのはどうかと、言葉を重ねてもみた。

すると。なみは桜の下で立ち上がり、意外なほどさっさと心を決めたのだ。

「では、押しかけ女房となる事にします。普請が失敗しそうになったら、きっと無理矢理にでも、小日向様を出奔させてみせますわ」

「本当にいいのかい? きっと金に困るよ。友達にも会えなくなる。生まれ育った所に帰る事すら、出来なくなるんだ」

今、なみには良き縁談がある。そちらを選べば喜ぶ者はいても、非難される事はない。

「私だったら……利根川や仲間を捨てるのは、辛《つら》い。うん、考えてみたら、随分と辛い」

もし太郎や子分達から離れ、他の川へ行けと言われたら、総身が半分もがれる気持ちになるかと思う。禰々子はそんなことを、考えたことすら無かったのだ。

(きっと私じゃ、小日向さんと、どこかへ行くとは言えない)

だがなみは、小日向と江戸へ向かう道を、迷わず選ぶと言った。

「私が余所《よそ》へ嫁いで、その後、普請が失敗したら、小日向さんは腹をお切りになるでしょう。それだけは嫌ですから」

ああと思って、禰々子は顔を空の方へと向けた。日差しが妙に眩《まぶ》しくて、目がうるむ。

負けたと思い、誰が、何のことで負けたのかと、ざわついた気持ちと共に、己へ問う。

「なみさんは強い。いっち、強いようだ」

禰々子は生まれた地より、仲間より、どんなものより、好いた相手を取れるなみのことが、心底羨《うらや》ましくあった。そういう思いを、いつか持ってみたいとも思った。心が決まると、二人は細い道を川へと歩き出した。

そして。

禰々子達は、太日川の川俣近くの土手へ上がった。しかし二人は川の様子を見ると、小日向を捜すのも忘れ、目を見開く事になった。

「こいつは、何があったんだい」

一帯が、驚く程荒れていたのだ。

特に、新たな堤の辺りが酷《ひど》かった。石は散乱し杭《くい》が折れた状態で、何もかもが泥まみれで、滅茶苦茶《めちゃくちゃ》であった。

（太郎が暴れたんだろうか）

一寸《ちょっと》そう考えたが、よく見るとそれは間違いだと分かる。何故《なぜ》なら荒らされていた普請の場は、幹流である会の川を締め切る為《ため》、二股《ふたまた》に分かれる太日川の流れの外、今ある堤の外に作られていたからだ。

（あんなところまでは、太郎の流れは届かないよ）

勿論、あの堤が出来なければ、太郎は喜ぶ。会の川から分かれている太日川は、幹流に比べ、川幅がぐっと細いのだ。そこに手を加えぬまま、会の川の方を強引に堰《せ》き止めても、水は上手《うま》く流れないに違いない。いきなり川幅が細くなったら、堰に流れがぶつかって崩れ、水害が起きかねなかった。

「これじゃ……普請を続けるのは、無理ですよね」

ここで不安げな声を出したのは、なみであった。それでなくとも、小日向は普請が出来るかどうか、心許《こころもと》ない様子であったのだ。こんなに場が荒らされては、気力が折れかけているに違いない。

するとなみは、両の拳《こぶし》を握りしめた。

「こうなったら直《す》ぐに、二人で江戸へ逃げなければ。今から、その話をして参ります！」

堤に立ち小日向を捜すと、少し離れた場所で人夫達と、散乱した杭などを拾い集めている。なみはぐっと口を引き結び、好いた男を生かす為、真っ直ぐにそちらへ向かった。

「頑張んなよ」

禰々子は一声掛けた後、これで良かったと頷《うなず》いてから、一番荒れ方の酷い太日川の方へと足を運んだ。そこは泥が積もっているからか、人が来てはいない。

「やっぱり、太郎がやった事じゃないね。一々杭を抜くなんて細かいこと、暴れ川はしやしない」

ならば誰が、普請を邪魔したのか。禰々子は手を下したものの正体を知りたくて、荒らされた場所を上手へと歩いていった。途中、ふと顔をしかめ立ち止まる。

「なんだか臭いね」

川の泥の臭《にお》いとも違う、いつかどこかで嗅《か》いだことのある、嫌な臭いであった。だが。

「うーん、何の臭いか思い出せない」

気になるのだが、頭に浮かばない。ならばいつも側《そば》にいる事の多い子分の河童《かっぱ》、杉戸にでもこの臭いを嗅がせ、考えて貰《もら》おうと決めた。川の魚に使いを頼もうとして……禰々子は、一寸足を止める。

「子分の……河童？」

途端、頭の中に浮かび上がってくるものがあった。

「このうんざりするような臭いは、子分達と一緒に居るとき、嗅いだものだよ」

そう、太郎が、もう利根川には入《い》れないと言っていた、あの緑色の河童の臭いだ。

「荒川の蘇鉄河童達だ！」

あの河童達ならば元の堤を越え、新たな普請《ふしん》の場を打ち壊すくらい、楽にやれる。いや、この場だけでなく、小日向がぼやいていた今までの邪魔立てとて、きっと蘇鉄河童達の仕業に違いなかった。そういえば禰々子は、川の中で杭を蹴飛《けと》ばす河童の足を、見ているではないか。

「あいつらめぇ」

禰々子に伸《の》されたものだから、憂《う》さ晴らしの為、人が大事にしている普請の場を荒らしたのだろうか。禰々子は、そういう陰に隠れた嫌がらせが、大嫌いであった。

「ちょいと、殴り方が足らなかったかね」

直ぐに元の川へ帰る気になるほど、拳固《げんこ》を食らわせなかったのは、大失敗であったようだ。いや蘇鉄河童達の住みかは荒川だ。よって、川筋を二つ三つまたぐ程に投げ飛ばし、一気に荒川へ帰しておけば良かったのかもしれない。

「これから、あの河童達に会おうか」

禰々子は静かにその場から離れると、まず川の魚を呼び、子分達への伝言を頼んだ。それから久々に、拳へぐっと力を込めたのだ。

7

禰々子が相当怒っているのを察し、子分達は、直ぐに蘇鉄河童達の居所を見つけた。荒川の河童達は性懲《しょうこ》りもなく、また別の普請場を荒らしていたのだ。

禰々子の子分達は、全員を囲って捕らえ、一本桜の下に引っ立てる。すると荒川の河童達は、必死に言い訳を始めた。

「違います、違います、普請場で暴れたのは、憂さ晴らしの為じゃありませんっ」

「本当に違いますっ。ちょっとだけ、そんなことも思ったけど、禰々子さん、本当に違います」

「ほおぉ、何がどう、違うって言うんだい」

するとと親分の蘇鉄河童ときたら、殴られ、縛られているくせに、妙に大きい態度で、目の前の禰々子に話し始めた。

「我らは坂東太郎、つまり利根川を助ける為に、普請場を壊したのだ。なんでも人達は強引に、太郎を東へやろうとしてるらしいじゃないか」

本来ならば、利根川に住む禰々子達が太郎を守るべきなのだと、蘇鉄河童は言い立てる。

「なのに、我らに助力を頼むとは、坂東太郎も余程、困っていたに違いない」

つまり、利根川が後ろに付いている故《ゆえ》に、蘇鉄河童は、禰々子に強く出ているのだ。

「は？　太郎がお前さん達に、普請場を壊すよう頼んだっていうのかい？」

禰々子がぐっと、眉《まゆ》を釣り上げた。坂東太郎ときたら、自分では出来ないことを、こっそり他の者にやらせたというのだろうか。あれほどはっきり、正面切っての勝負しかしないと、禰々子に約束したというのに。小日向は、否応《いやおう》なく己の命を賭《か》けているのに、太郎は小ずるい手を使った！

「きっと我らの方が、頼りがいがあると分かったのであろうさ。だから……おい禰々子……いや禰々子さん、どうしたのだ、随分と急に、怖い顔になって」

調子よく喋《しゃべ》っていた蘇鉄河童の声が、急速にしぼんでゆく。禰々子の表情が段々と、それはそれは恐ろしいものに変わっていったからだ。

禰々子はその後、もう興味が無くなったとでもいうかのように、蘇鉄河童達へは目もくれなくなった。その代わり、一本桜の前を流れる大河、坂東太郎の前へと、ゆっくりと進んでゆく。子分の河童達が、ざわめいた。

「あ……姉さんがいつになく、怖いよ」

「もの凄《すご》く怖いよ。怒りが火花に化けて、ばちばち辺りに散ってるみたいだ」

すると何を思ったのか、子分達は急いで蘇鉄河童達の縛《いまし》めを解いた。そして緑色の面々に、急ぎこの利根川の近くから、離れるよう勧めたのだ。

「どうして急に、我らを解き放つ？　利根川のもん、何を企《たくら》んでるんだ？」

いぶかしむ荒川河童へ、利根川の面々は、引きつった表情で言った。

「企みなど無い。とにかくここに居るのは、大いに危険なのだ」

我らも事が決着するまで、水の内にも、利根川の側にも戻らぬと言い、利根川河童達は荒川の面々を置いて、さっさと川筋から離れ走ってゆく。その姿をきょとんとして見送っていたその時、荒川河童達の後ろ、利根川の筋から、もの凄い怒りの声が天に響いた。

「坂東太郎っ、どこにいるんだーっ」

一本桜の枝が、その怒声で震える。一緒に震えだした荒川の河童達は、急に里心が付き、生まれ育った川へと逃げだし始めた。

「太郎ーっ、どこだーっ」

禰々子が思いきり堤を蹴飛ばすと、辺り一帯に地響きがして、堤の天辺《てっぺん》がかなり欠ける。すると、このままでは堤が切れると思ったのか、馴染《なじ》みの顔が渋々、流れの中から顔を出してきた。

「ど、どうしたのだ禰々子。今日はその、随分と機嫌が悪いじゃないか」

坂東太郎が声を掛けた途端、禰々子は太郎の眼前まで、素早く川の流れを突っ切った。そしてその顔の真ん前に、怒りと共に、握りしめた拳固を突き出したのだ。

「太郎は私との約束なんて、破ってもいいと思ってるらしい」

禰々子の声が、不吉なほど低い。

「だがね、私はそういう態度は、承知出来ないんだよ。何としても、出、来、な、い」

禰々子に対して、そういうふざけた態度を取る者は、少ない。何故《なぜ》なら禰々子がいかにして、関八州に聞こえた河童の親分でいるかを、身をもって知らねばならないからだ。

「太郎、相手があんたでも、同じだからね」

「ね、禰々子、冗談は無しだ」

「私は冗談なぞ言ってないっ」

声に一際《ひときわ》、力が籠《こ》もった、その瞬間であった。拳固が振り上げられ、川面《かわも》に打ち付けられたのだ。

見上げる程の水しぶきが立ち上がり、辺り一帯が地震のように揺らいだ。「どごんっ」という、胃の腑《ふ》を締め上げるような音が響く。

「禰々子、止《や》めてくれっ」

太郎が悲鳴を上げた。

「謝るっ。頭を下げるっ。もうしない。約束するっ」

「あんたは、大事な約束を簡単に破る奴《やつ》だ。だから、こうして殴られる事になったのさっ」

「ひ、ひえーっ」

途端、太郎が必死の遁走《とんそう》を始めた。川の水と共に、もの凄い勢いで上流へと逃げ出したのだ。

「あ、待ちな」

それを禰々子が、河童《かっぱ》故の、信じられぬ程の早さで追ってゆく。

「嫌だ、嫌だ、やだやだやだーっ」

「太郎っ、子供のようにわめけば、済むって話じゃないからねっ。さあ、存分に殴られちまいなっ」

「嫌だーっ」

水は太郎の周りで渦を巻き、堤の土や石を巻き込んで、もの凄い色の流れと化してゆく。

「ぼえっ、な、何事っ」

悲鳴のような言葉が聞こえたと思ったら、禰々子の足下を、流れに巻き込まれた小舟程もある鯉《こい》が、転がるように押し流されてゆく。飛沫《しぶき》がぶつかって、川端の木が水の内へ倒れ込んだ。岩さえ川内を、太郎と共に上ってゆく。

幾らも進まない内に、二人の前に、利根川の流れの一部である、会の川と太日川が分かれる場所、川俣が見えてきた。禰々子は太郎が太い幹流の方へ逃げ込むと見て、会の川へと、ぐっと手を伸ばした。

ところが。

禰々子が会の川へと顔を向けた途端、太郎は大いに無理をして、太日川へと流れの向きを変えたのだ。

二股に分かれている場所の寸前で、土石を含んだ大量の水が舵《かじ》を切ったものだから、曲がりきれなかった大岩や土の山が、会の川の入り口に溜《た》まり、反対に太日川の入り端が、大きく欠ける事となった。水が被《かぶ》って広がった川の端に、これまた岩や土が積み上がり、いきなり堤らしきものが現れている。川幅はえぐれて広がり、川俣付近は随分広くなっていた。

「おおっ」

途端、大きな声が、近くの堤の上からわき起こった。いきなり地響きがしたものだから、普請《ふしん》をしていた小日向や人夫達は、堤の上へと逃げていたのだ。すると、信じられぬ程の大水が逆流して来て、どういう訳だか、川筋と流れを一気に変えていった。

「これは……大いに助かる！」

小日向が堤から身を乗り出し、震えつつも、なみを片手で支えている。

「見ろ！　流れが何故だか太日川の方へ、突き抜けて行ったわ。後に、土石の山が残っている」

人夫達も、揃《そろ》って利根川を見つめている。すると直《すぐ》に、その疲れたような表情に、生気が戻ってきた。

「いける……これならば、きっと普請は上手《うま》くいく！」

突然の流れが作った堤を後で強くし、川底を整えれば、利根川の流れをこのまま東向きに止めておけるかもしれない。この堤は、小日向達普請場の者が作ったのではないが……そんなことを、馬鹿《ばか》正直に報告する事は無いのだ。そして、普請の過程を気にする上の御仁が、居るとも思えなかった。

「ああ、助かった！」

小日向が、腹の底より安堵《あんど》した表情で、流れを見つめ続ける。総身が僅《わず》かに、震えていた。これで、主家は大丈夫となったのだ。

「つまり、私も腹を切らずに済みそうだ」

そう言ってから、小日向はやっと目を、眼前の利根川から堤へと戻した。そして、依然として不安げな顔をしているなみの方を見ると、久々の笑みを向けたのだ。

「御仏《みほとけ》が助けて下さったようだ」

だから、その。小日向は妻を迎えても、心配しないで済むことになったようであった。つまり、その、つまり。

「もし、なみ殿さえ良ければ、だが。その、新たな縁談は断って……」

するとなみは、その言葉を最後まで待たず、大急ぎで返答をした。

「はい、小日向さんへお嫁に行きます」

言われた当人は目を見張り、赤くなる。

「だって、また駄目にならない内に、急いでご返事しなきゃと思いまして」

なみの正直な言葉に、小日向は寸の間、言葉を失う。するとそこへ、周りの人夫達の押し殺したような笑い声が聞こえてきた。やがて二人も一緒に、大いに照れくさそうに笑い出した。


結局、禰々子は随分と遠くまで逃げた太郎を、三発ほど殴って事を納めた。太郎は逃げる途中でよろけ、太日川の川筋から外れて土手をえぐり、東へ転がったものだから、その場の堤が大きく壊れた。

そのせいかどうかは定かではないが、後年その同じ場所から更に東へ、新川通《しんかわどおり》が開削され、利根川と渡良瀬川《わたらせがわ》の流れが結ばれる事となった。

「ありゃ、あんまり酷《ひど》い追いかけっこは、するべきじゃなかったかね」

禰々子はちょいとばかり反省し、太郎の愚痴をまた、聞いてやることにする。何故《なぜ》だかこの頃から、背の高い男が好みになったので、太郎のことも格好が良いと褒めたら、随分と喜んでいた。

時が下ると、利根川には更に東へ東へと、流れを変える普請がなされていった。そしてついには銚子《ちょうし》を河口とする大河へと、姿を変えていったのだ。その時期、小日向となみの孫達が、利根川普請の現場で働いていた。

坂東太郎は大いに臍《へそ》を曲げた故《ゆえ》、この後何度も、大きな氾濫《はんらん》を繰り返した。しかしそれでも、利根川の河童や魚の主達が共に移っていった為《ため》か、いつもは何とか癇癪《かんしゃく》を起こさず、東へと流れ下っている。

桜の木が川端に何本か植えられ、じきに禰々子達河童もその流れで落ち着き、その地を故郷として暮らし始めた。

だが禰々子はやっぱり時々、太郎と喧嘩《けんか》をしている。

畠中恵（はたけなか・めぐみ）

一九五九年高知県生まれ。名古屋造形芸術短期大学卒業。二〇〇一年『しゃばけ』で第一三回日本ファンタジーノベル大賞優秀賞を受賞し、デビュー。病弱若だんなと妖《あやかし》が痛快に活躍する同作は、発売直後から話題を集め、すぐにシリーズ化。現在累計《るいけい》四〇〇万部を越え、日本を代表する歴史ファンタジー小説として、多くのファンを魅了し続けている。

畠中恵
Megumi Hatakenaka

著作リスト（刊行順）

『しゃばけ』（新潮社）
『ぬしさまへ』（新潮社）
『百万の手』（東京創元社）
『ねこのばば』（新潮社）
『ゆめつげ』（角川書店）
『とっても不幸な幸運』（双葉社）
『おまけのこ』（新潮社）
『アコギなのかリッパなのか』（実業之日本社）
『うそうそ』（新潮社）
『みぃつけた』（新潮社）
『まんまこと』（文藝春秋）
『ちんぷんかん』（新潮社）
『つくもがみ貸します』（角川書店）
『しゃばけ読本』（新潮社）
『ころころぞう』（光文社）
『いっちばん』（新潮社）
『アイスクリン強し』（講談社）
『こいしり』（文藝春秋）
『ころころろ』（新潮社）
『つくも神さん、お茶ください』（新潮社）
『ゆんでめて』（新潮社）
『若様組まいる』（講談社）
『ちょちょら』（新潮社）

雷のお届けもの

仁木英之

Hideyuki Niki

1

陽光の照り返しで白く輝く雲庭《うんてい》の片隅に、二人の少年が向かい合って立っている。

背の高い方の少年は背筋を伸ばし、頭頂部からつま先までが一本の棒になったと想起しながら、気を凝らしていた。

「両耳を結ぶ線上に二つの突起を作り、そこに光が集まってる様子を思い浮かべるんだ」

小柄な友の声を聞きながら、少年は懸命にその様子を想像しようと試みる。だがうまくいかなかった。わずかしか光は集まらず、すぐに周囲に散ってしまう。

「董虔《とうけん》、落ち着いて」

少年を見守っているのは、鬼であった。肩を落としつつも励ましてくれる友のためがんばるが、上手《うま》くいかない。

雲上からは燦々《さんさん》と陽光が降り注いでいるものの、風を呼ぶ彩鳥《さいちょう》が常に頭上で舞っているため、快適な気候が保たれている。

「ちょっと休もう」

口火を切ったのは、華南雷王《かなんらいおう》の子、砰《ばん》である。

かつて長沙《ちょうさ》城内で貧しい暮らしをしていた董虔は、ある日砰の落とした雷神の武器、叉《さ》を拾った。それをきっかけに二人は友だちになったが、九月九日生まれの董虔は魂に強い〝陽〟気を蔵しており、その力に目をつけた妖《あやかし》の道士に捕えられてしまう。仙人僕僕《ぼくぼく》先生の弟子である王弁《おうべん》や、雨止めの祈禱《きとう》をしに来ていた不空《ふくう》法師の力を借りた砰は、己の魂を削って戦った末に董虔を救い出した。そして、砰の住む雷の国へと移り住むという願いを砰の父親である曇王《どんおう》に叶《かな》えてもらった董虔は、真の雷となるため、修行に励んでいる。

ちかちかと、わずかな雷光しか放てない友を見て、砰はため息をついた。

「仕方ないよ。ぼくはまだ雷になりたてなんだから」

「そういう慰めは教えてる方が言うもんだって」

董虔の暢気《のんき》な言葉に砰は頭をかきむしる。彼がこのように躍起になるのには、もちろん理由がある。二人の背後から、わいわいと子供たちの騒ぐ声がする。砰よりも大柄な雷の子たちが数人、遠くから何かを喚《わめ》いていた。これこそ、その理由だ。

「人の子、地虫、出来そこない、さっさと地べたに降りちまえ!」

董虔は声のする方を向いて、ちょっと悲しそうな顔をして俯《うつむ》いた。対照的にこめかみに青筋を立てた砕は牙《きば》をむき出しにして唸《うな》ると、全身に怒りの稲光を充満させる。

「いま言った奴《やつ》は、誰だっ」

「止《や》めなよ」

顔を真っ赤にして走り出そうとする砕の肩を摑《つか》んで、董虔が止める。

「ぼくが一人前の雷じゃないことは本当なんだから」

「だってよ……」

と言いつつも、董虔には弱いので、しぶしぶ雷を収めようとしたところ、子供たちが投げた数本の稲妻が突き刺さった。

「臆病者《おくびょうもの》の王子さま、いつしか地虫の仲間入り！」

怒りを堪《こら》え切れなくなった砕は雲を呼び、子供たちを追いまわす。だが追われている方も負けてはいない。いかずちを放って砕と五分に渡り合う。空の上は雷光と暴風でとんでもないことになった。あっという間に董虔も風に飛ばされてしまい、為《な》す術《すべ》もなく空中でくるくると回っているところを大きな手のひらに包まれた。

「あ、曇王さま。こんにちは」

手の中でぺこりと頭を下げる。飛ばされた董虔を手のひらで受け止めたのは、見上げるような大雷神である。手のひらだけで董虔の背丈よりも大きく、全身は光沢を放つ赤い肌で覆《おお》われている。頭に生える二本の角は巻き毛の間から長く突き出て、その力の偉大さを示している。

華南雷王の曇は董虔の挨拶《あいさつ》に頷《うなず》きながらも苦々しげな表情を浮かべて、縦横に雷光が走る一画を眺めていた。

「また砰は喧嘩《けんか》しているのか。今日の理由は？」

「すみません。ぼくのせいで……。ぼくが半人前なのはその通りなんだから、あんなに怒らなくてもいいのに」

歯がゆそうな董虔を見て、曇は苦笑いを浮かべた。

「お前が悪いのではない。砰の心が弱いのだ」

「砰は強いです。いつも守ってもらってる」

「いや、違う。お前に頼り切っておる」

「ぼくに？」

「そうだ。お前のことが気にかかると言いながら、その実、自分の近くからお前がいなくなることを恐れているのだ」

董虔にはよくわからない。

「まだ理解出来ぬかもしれぬがな。砰は、いやお前たちにはもう少し強さが必要だ」

仁木英之
Hideyuki Niki

そう言って董虔を手のひらから下ろすと、

「いい加減にやめんか！」

と大喝《だいかつ》した。間近で聴いた董虔は頭が揺れて倒れそうになったが、曇から放たれる青白い雷光の群れに見とれてしまった。雷王の体から立ち上った光は、鎌首《かまくび》をもたげた大蛇のような形となって、追いかけっこに夢中になっている子雷たちに殺到する。

砰たちも気付いて迎え撃とうとしたが、到底かなわず雷雲の大蛇に抑えつけられ、尻《しり》を何度も叩《たた》かれては悲鳴を上げていた。

「あの、あんまり叱《しか》らないで……」

と言いかけた董虔はぎろりと睨《にら》まれて縮みあがる。砰や他の雷神にはない、別格の威厳が雷王にはあった。

「元気がいいのは悪いことではないがな」

小鼻を膨らませて嘆息した曇は董虔に向かい、

「後でわしの部屋に来い。お前に頼みたいことがある」

そう命じると大股《おおまた》で雷王宮《らいおうきゅう》へと戻って行った。

2

やはり砕に一声かけてから行こうか、と董虔は思った。けど、王の間に来いと呼び出されるのは初めてで、董虔は緊張してはいたが胸が躍ってもいた。雷としては半人前以下の自分に、王が何を任せてくれるのか、楽しみで仕方がなかったのだ。だから結局、砕には黙って来てしまった。

初めて訪れた雷王宮は、長沙の州城しか知らない董虔にとっては別世界の建物のように思えた。積乱雲の石垣に、層雲で微細に描かれた彫刻が施されている。

董虔は王族の砕とは同じ敷地内に建つ別の小屋で生活している。もちろん砕は同じ寝殿で暮らすべきだと主張したが、董虔はそれを断ったのだ。

「ぼくと砕は違うから」

その答えに砕はいたく気分を損ねてしまった。

「もう同じ雷だろ！　一緒に住んだっていいじゃないか。お前は人間から雷になったばかりなんだから、俺の近くにいた方がいいって」

それでも董虔は頑《かたく》なに首を横に振り続けた。

「まだ雷に成りきれていないぼくが、王さまと同じ屋根の下で暮らすわけにはいかない」

しかし砕は中々受け入れようとしないので、

「雷になるまで砕とは一緒に暮らせないんだ」

ときっぱり宣言した。曇もその言葉に賛同したものだから、砕はそれ以上無理強いできなかった。

あきらめきれない砕は、雷王宮の敷地内の小屋に住むことだけは何とか説得して合意させた。だが、董虔は曇たちの住む豪壮な屋敷へ行かないし、執務を行う集雯殿《しゅうえいでん》に足を向けることもなかった。

董虔の背丈よりも何十倍も高い門の両脇《りょうわき》には、恐ろしい顔をした雷神が二人、三叉の大槍《おおやり》を地に付けて立っている。

「曇王さまに呼ばれて来ました」

「よし、通れ」

門番は董虔に恐ろしい視線を送って検《あらた》めると、槍を交叉させてその下をくぐらせた。

城門から長い長い回廊を巡っていくと、やがて目の前に集雯殿の威容が迫ってくる。

華南雷王の城の外郭も長沙城と大きく異っていたが、雷王が政《まつりごと》を行っているその建物は、別して奇妙な形をしていた。

根元は一周何里もありそうな円形を象《かたど》っていて、上に行くに従って細くなっている。その頂で、華南雷王は雲と風と雨の手配をするのだという。根元までたどり着くと、小さな扉があり、その両脇をやはり二人の雷神が守っていた。

「王から話は伺っている。だが、お前は王の間まで行ったことがなかろう」

「はい」

「王の間へはこの扉を越えて行かねばならぬ。行けるか？」

「行きます」

董虔は肩を張り、力を込めて扉を開けようとした。だがその時、手を誰かに摑《つか》まれた。振り返ると、顔のあちこちに焦《こ》げ跡をつけた砰が立っていた。

「やっと見つけた。さっきの喧嘩の途中で父上と話しているのが見えたからまさかと思ったけど……」

ほっとしたように息をついて、額の汗を拭《ぬぐ》う。

「王さまが助けてくれたんだ」

「ふうん。俺は父上にひどい雷を落とされたよ」

くちびるをへの字に曲げて、砰は尻をさすった。

「それにしても何でこんなとこにいるんだ?」

「何でって、王さまに呼ばれたから」

「ここは雷神でも限られた者しか入れないとこだぞ。命を落とす危険だってあるんだ。お前が入って無事でいられるわけないだろ」

「でも王さまはぼくに来いって」

砭は渋い顔をして舌打ちすると、董虔の手を握ったまま扉へと向かった。だがその前で二本の三叉槍が交叉される。

「王からは董虔一人を通すように命じられております」

門番は声を合わせて王子の通行を拒む。

「ほら、門番さんたちもこう言ってるし、一人で……」

「董虔は黙ってろ!」

砭は董虔を自分の背後に押しやると、腰に手を当て胸を張り、自分より数倍大柄な門番の前に進み出る。

「俺が通せと言ってるんだ」

門番は砭の剣幕に押されたように顔を見合わせた。

「こうしろ。董虔は父上に呼ばれてここを通る。俺も父上に用があってここを通る。

その時機がたまたま同じだっただけだ。お前たち門番に責はない」

「はあ、そういうことでしたら」

二人の前で交叉されていた槍は解かれる。

「董虔、行こうぜ」

しかし、董虔はどこか不服そうな顔をして立っている。

「どうしたんだよ」

「……ぼくは一人で来いって」

「そんなこと言ったって、お前はここの風がどんなに危ないか知らないだろ」

「知らないよ。でも一人で来なさいって言われたんだから一人で行く」

「だめだって。俺が連れてってやるから」

董虔は、いいって、と止めようとしたが砰は構わず先に進んでいく。扉を開けた砰は董虔を扉の縁に立たせ、見てみろと手で指し示す。董虔は中を覗《のぞ》き込んで息を呑《の》んだ。

扉の中には大きな穴が開き、その下には空が延々と続いており、遥《はる》か下に華南の大地が見える。人家は見えず、ただ川の青と山の緑と、そして田畑の整然と並ぶ様子が望めた。その風景をかき消すように、暴風と霰《あられ》が吹きすさんでいる。

仁木英之
Hideyuki Niki

「な？　怖いだろ」

砕はほれ見たことかと、董虔の背中を叩《たた》いた。

「今の董虔じゃここを飛んで王の間に行くのは無理だって。それにしても父上も無茶させるよな。一言文句言ってやらないと気が済まないよ。ほら、行くぞ」

かりかりと角の間に小さな稲妻を光らせた砕は、董虔の手を握り直すと、穴の中へと飛び込んだ。董虔の全身にぐっと力が入り、落ちる感覚に身が縮む。

「よし、捕まえた」

砕は何かに手をかけると、ひょいと腰かけた。目には見えない椅子《いす》に乗っている。董虔も引っ張り上げられて、その隣に座らされた。

「ど、どうなってるの？」

「風を捕まえたんだ。一人前の雷になれば見えるんだぞ。見えたか？」

「見えなかったよ」

砕は尻《しり》の下にある透明の座布団《ざぶとん》のような感触を確かめながら、ため息をついた。砕がうまく御しているので、ごうごうと吹き荒れているように見えていた風も吠《ほ》えるような音を出さなくなり、拳《こぶし》ほどもあった霰はふわふわと綿帽子が風に舞っているようにすら見えた。

「ほら、まだ俺が一緒にいないと危ないんだってわかったろ」

「うん……」

そうこうしているうちに、風は二人を塔の頂へと運んでいった。向こうが見えないほど巨大だった塔の径《みち》も、手を伸ばせば触れられそうなところまで近付いた。

「父上なんか、風を捕まえなくてもひとっ飛びでここまで来れるんだぜ。そろそろ着くぞ」

砕が自慢げに言ったところで、二人は風から下ろされた。周囲には濃い霧が立ち込めている。

「来たか」

曇の声が響いた途端、霧は一瞬にして消えた。視界が開けると、方百丈はありそうな雲の広間が広がっていた。数十人の雷神が忙しそうに立ち働き、広間の縁は空と繋《つな》がっているのか、四方から雲がやってきたり、出て行ったりしている。

「ここが王の間だ。華南雷王の指示で、各地に必要な雨を降らせているんだ」

砕の姿に気付いた数人の雷神が、胸の前に手を当てて頭を下げた。広間の奥に進むと、四方へと光る雷光の彫刻で飾られた豪華な玉座があり、曇が厳しい表情で座っていた。彼が左右へ目くばせをすると、家臣たちは二人の通ってきた穴へと飛び入り、姿を消した。

「近くへ」

曇の低い声はよく通った。砗は董虔の手を引いて王の前に進み、拝礼する。

「砗よ。お前は呼んでおらぬ。帰れ」

砗は一瞬怯《ひる》んだが、顎《あご》を上げて言い返した。

「俺は俺で父上に用があるんです。董虔と会ったのは偶然ですからお気になさらず」

「……そうか。まあよい。では董虔への命を先に下そう。古来より天地の水を司《つかさど》る雷と竜は、世界の均衡を守るため、〝雷竜珠《らいりゅうじゅ》〟という宝貝《ほうばい》を作り上げた。そしてどちらかに力が偏《かたよ》らぬよう、一年ごとに預かる役目を交代して華南の水がつつがなく巡るように見守っているのだ」

王は懐《ふところ》から大きな封印をした書状を取り出し、董虔に手渡した。

「董虔よ、華南竜王、洞庭君《どうていくん》にこの書状を渡してくれ」

続けて玉座の脇息《きょうそく》を指で軽く叩くと脇息が両側に開き、中から小さな首飾りが出て来た。

「これが雷竜珠だ。持って地上に下り……」

そう命じかけたところで、砗がちょっと待ってよ父上、と口を挟んだ。

「どうした」

「雷竜珠の使いは、雷神の中でも限られた者にしか許されないはずでしょ？　それを董虔にやらせるなんて。まだこいつには無理です。それにここに一人で来いって命じたのもおかしいよ。何かあったらどうするんですか」

曇は息子の苦情を目を閉じて聞いていたが、聞き終わるなりぎろりと睨みつけた。

「お前は董虔が来てから随分おしゃべりになったな」

いつにも勝る迫力に、砕は口をつぐむ。

「華南雷王として董虔に命じる。お前はこれから洞庭君のもとに一人で出向き、わしの代わりに雷竜珠を渡す使いとなるのだ」

「父う……」

砕が何か言いかけたが、董虔はその袖《そで》を摑《つか》んで制した。董虔は砕に目をやることなく、じっと曇を見上げている。その真剣なまなざしを前にして、砕は黙るしかない。

「行って参ります」

董虔はぺこりと頭を下げる。曇は彼を手招きし、その首に雷竜珠をかけた。きらきらと輝くそれは、意外に軽かった。

「これは秘宝である。不注意でなくさぬよう、この雷竜珠にはある呪《まじな》いがかけられておる」

「呪い？」

「そうだ。この首飾りはある口訣《くけつ》を聞くまでお前の首から離れることはない。わしと洞庭君でそう取り決めてある」

「そうなんですか……」

「試しに外してみろ」

董虔は首から外そうとした。最初は軽いのに耳のところまで持ち上げると急に重さが増し、それ以上動かなくなる。

「手を放すがよい」

董虔が手を放すと首飾りは軽やかな音を発して元の位置に戻り、重さもほとんど感じさせなくなった。

「砰、席を外せ」

「え？　どうして」

「洞庭君との間で取り決めた口訣を董虔に教える。これは我ら二人と使者となる者しか知ることを許されぬ」

「俺も行きます」

「駄目だ」

「行きます」

砕は絶対に引かない、と目を見開いて父に抗《あらが》う。しばらく黙っていた曇だったが、突然、噶《ごう》、という音を立てて吠《ほ》え、手を振りかざし、砕へと向けた。すると宮殿の柱ほどもある雷柱が砕を取り囲み、閉じ込めてしまった。そして雷王が軽く手のひらを振ると、雷の檻《おり》は転がって王の間の縁から落下していった。

「心配いらん」

慌《あわ》ててその後を追おうとする董虔を、雷王は重い声で止めた。

「わしは、人間であるお前を雷の国に迎えることを、多くの反対を抑えて承知した。それはお前が、砕に出来た初めての友人であったからだ。砕は王の子として生まれ、雷としての力は他の子供たちよりも秀《ひい》でておるのに、周囲と和することがなかった。しかし、雷はただ無鉄砲にどんがらやっていればいいわけではない。雨、風、海、山、川に常に気を配らねばならん」

曇は立ち上がり、無人となって広々とした王の間の端まで歩いて行った。

「わしがお前を受け入れたのは、砕との間に絆《きずな》があるからこそ。その絆の強さと温かさが、砕を良き雷王に育ててくれると期待しておる。だが今はまだ、その絆がお前たちを苦しめてもいるのだ」

「何故《なぜ》絆に苦しめられるのですか。ぼくは、砰のためになることならなんでもしてあげたいです」

董虔の言葉を聞いて、曇は微笑《ほほえ》んだ。

「何故そう思う」

「砰のおかげで、ぼくは明るい世界があることを知りました。笑えることを知りました」

「それだけか？」

「ぼくにはそれ以上に嬉《うれ》しいことなんてないです。だから砰には、いつでも笑っていて欲しい」

大きな手のひらが、訥々《とつとつ》と話す董虔の頭を優しく撫《な》でた。

「お前はいい子だ。だからなおのこと、お前たちはそれぞれの足で立たねばならん。そして、旅に出て友と遠く離れ、背中合わせになったとしても、友でなければならん。旅に出た友を信じて待つこともまた、大切なことだ。友の気持ちを支えとすることも、旅に出た友を信じて待つこともまた、大切なことだ。行け、董虔。吉報を待っておるぞ。これは人の世を捨てて我らの一員となったお前が、今なすべきことなのだ。その成果は任を成し遂げた時、自《おの》ずと明らかになるであろう。

それでは口訣を教えるぞ。北冥有魚《ほくめいにうおあり》、化為鳳凰《かしてほうおうとなる》。繰り返してみよ」

菫虔が間違いなく言えるまで復誦《ふくしょう》させると、曇は大きく頷いた。

3

これまで見たこともない美しい絹の褥《しとね》の上で目覚めた菫虔は腰でも打ったのか、体がしびれてしばらく動けなかった。

(地面に激突して、その後どうなったんだっけ……)

記憶は曖昧《あいまい》だが、首を撫でてひと安心した。曇から預かった雷竜珠《らいりゅうじゅ》は無事である。辺りを見渡すとやけに暗い。耳をすますと、頭の上の方から絶え間なく流れる水の音が聞こえてくる。

「お目覚めですか」

驚いて振り向くと、立派な官吏の衣に身を包んだ男が、提灯《ちょうちん》を手に立っていた。恰幅《かっぷく》のいい男の襟元はぬらぬらと光っている。よく見ると、男の顔は鰻《うなぎ》そっくりである。

「申し遅れました。私、竜王さまの執事を務めております渓曼《けいまん》と申します。わが君はあなた様のお目覚めを心待ちにしておられます。ささ、こちらへ」

「ここは、どこですか？」

渓曼はおやおやと大げさに両手を広げ、

「おかしなことをおっしゃる。あなたは華南雷王の曇さまに何と仰《おお》せつかって地上へと降りられたのですか」

と董虔に訊《たず》ねた。

「この雷竜珠を竜の王に渡すよう命じられました」

「でありましょう？　その竜王さまの宮殿に、あなたはいらっしゃるのです」

「そうですか……」

「服を着替えたら、私について来られるとよい。王は既に謁見《えっけん》の間においてお待ちかねですよ」

そう言って、巨大な鰻は一度部屋の外へと出て行った。

寝床の横には飾棚が設《しつら》えられ、衣紋《えもん》かけには銀糸で織り上げられた衣が掛けられてある。身に付けてみると、董虔の体の大きさをあらかじめ知っていたかのようにぴったりだった。着心地もよく、洞内の湿った空気が爽《さわ》やかな風に変わったようにすら思える。

扉を開けると、渓曼が居眠りをしていた。廊下は薄暗く、遠くで重く長い鳴き声が聞こえる。薄気味の悪いところだなぁ、と戦《おのの》きつつ、菫虔は応対に出た男の裾《すそ》を引っ張った。

「着替えましたけど……」

鼻ちょうちんを破裂させて目覚めた渓曼はあたりを見回し、

「いかんいかん」

と壁を探り、突き出た岩を激しく叩《たた》いた。

「あれ？　壊れたかいな」

さらにがんがん叩くと、突起は無残にもへし折れた。あっけにとられている菫虔の前で、壁やら天井に妖《あや》しい光が灯りだした。紫やら緑の灯籠《とうろう》でも壁の中に仕込まれているのか、けばけばしい光が四方から菫虔を照らす。

「も一つ」

渓曼が壁の穴に手を突っ込んで何やらいじる。

「さっさとやらんかい！」

怒鳴りながらさらに手を深く差し入れると、壁の向こうで何かが倒れるような音がした。すると渓曼が悲鳴を上げてこちら側でも倒れている。しばらくすると、穴の向こうから調子外れの祭囃子《まつりばやし》に似た、賑《にぎ》やかな旋律が聞こえてきた。

「我が王宮は常に高貴の光に満たされ、天恵の旋律によって彩《いろど》られておる。この美しさにひれふさない者はいない。皆、真の竜王の威厳に涙するのだ」

「そ、そうですか」

「何か疑問でもあるかな」

「いえ……」

渓曼は長い髭《ひげ》を波打たせ、董虔を見下ろす。

「さあ、王に謁見するのだ。さっさとついてこい」

渓曼の口調が徐々に荒っぽくなっている。立ち居振る舞いも最初は内股《うちまた》でしゃなりしゃなりと歩いていたのに、どすどすと野卑な歩き方に変わってしまった。さっきとは別人みたいだ。そう思いながらでたらめに光る壁と気分の悪くなるような旋律の中をしばらく歩くと、石造りの広間に出た。

渓曼の姿を見て、貧相な蜥蜴《とかげ》の兵が二人、槍を掲げる。

「華南雷王、曇さまよりの使者、董虔、王へのお目通りを求めております」

「これへ」

玉座に座っている巨大な影は、重々しい声で許可を与えた。董虔は渓曼に促され、玉座の前に跪《ひざまず》いた。

「董虔とやら、ご苦労であった。雷竜珠は雷と竜の秘宝である。よくぞ無事に届けてくれた。褒めてつかわす」

董虔はじっと待った。竜王がこの首飾りを外す口訣《くけつ》を唱えれば、仕事は終わりである。彼は雷として与えられた初めての務めを無事終えられる、砰にも認められるかもしれないと安堵《あんど》していた。だが竜王はいつまでも黙ったままで、董虔も立ち上がることができない。

「どうした。雷竜珠を置いて下がるがよい」

竜王は奇妙なことを言った。

「え?」

董虔は思わず顔を上げる。玉座に座っているのは、緑青色《ろくしょういろ》の大衣をまとった、でっぷり肥《ふと》った竜であった。

「あの、洞庭君さま」

董虔の呼びかけに、竜は居心地悪そうに大きな尻《しり》を動かした。

「雷竜珠を外すには、口訣が必要なんですよね」

「口訣? ああ、そうじゃな……口訣、口訣っと」

竜王はきょろきょろとあたりを見回し、渓曼に助けを求めるような視線を送った。

しかし渓曼も困惑した表情を浮かべてうつむいてしまう。

「それがじゃな、そのう、忘れてしまったのだ。教えてくれんかの」

董虔は耳を疑った。

「忘れた？」

「そうなんじゃよ。確かに曇とは口訣を決めてあったのじゃが、年のせいかきれいさっぱり忘れてしもうて」

ここの王は董虔に、口訣を教えよと命じている。董虔は口訣を曇に教わって知っているがそれは、あくまでも確認のために教えられたものだ。

「お、お教えすることは出来ません」

董虔は体が震えないよう奥歯を嚙《か》みしめ、用心深く答えた。

「逆らうとためにならんぞ」

「もし王様が口訣をお忘れならば、雷王さまに直接訊《き》いてください」

すると竜は顔を真っ赤にした。

「貴様は竜の王たるわしに恥をかかせる気か。忘れたからといって訊ねてはわしのメンツに関わる」

董虔は怖い気持ちを必死にこらえて態度を変えない。そこで竜王は、機嫌を取るように猫なで声でせがむ。

「そうつれないことを言わず、こっそり教えてくれ」

しかし、董虔は頑として拒む。

「お前は使者として大きな過《あやま》ちを犯そうとしておる。雷と竜の間はここ数千年、実に平穏なものであった。それをお前は、一方の誇りを傷つけ、間柄を悪くしようというのか」

「違います」

董虔は震えそうな恐怖がいつの間にか消えていることに気付いた。務めを立派に果たさなきゃ、という想《おも》いが彼の背筋を伸ばさせた。

「雷竜珠《らいりゅうじゅ》は雷と竜の至宝だとお聞きしました。だとすれば、そのやり取りを司《つかさど》る口訣も同じく宝のごとく大切なものであったはずです。それをお忘れになられたのは、竜王さまの失態であり、私の責めではありません」

歯噛みして竜は董虔をにらみつける。その口角からは青い炎が漏れ出しているが、それでも董虔は怯《おび》えた様子を見せなかった。

竜王は渓曼に、この生意気な子供を牢屋《ろうや》に放り込め、と喚《わめ》きながら命じた。

4

南から巨大な雲が帰ってきて、東の方へと出て行った。

雷神が人間の住む大地に雷と雨の恵みを与えて、また雲上の都へと戻ってくるのだ。父にたてついてたっぷりお仕置きされた砕は、面白くなさそうな顔で雲都《うんと》の縁に座っていた。

はるか下を流れていく華南の豊かな風景を眺めていた。無数の山と川それぞれに、神仙が住んでいる。その川の集まるところに、洞庭湖《どうていこ》という巨大な湖がある。

天下に無数に往来する人間の胃袋を支えるのは、華南の米である。そしてその米の源となっているのは、水だ。洞庭湖の竜王は華南の膨大な水を司り、砕の父である曇とその循環を守っている。

(董虔のやつ、洞庭君の機嫌損ねなきゃいいけどなぁ。洞庭君は真面目《まじめ》だから)

竜と雷は百年に一度、互いの宮殿を行き来して親交を深めあうのだが、いたずらの過ぎた砕は、洞庭君にこっぴどく叱《しか》られて拳骨《げんこつ》をもらったことがある。曇をはじめ雷神たちは色をなしたが、砕を想ってこその叱責《しっせき》だと知るや、かえって彼への敬意を深くした。

本音を言えば、相手が洞庭君なら砰も安心ではある。董虔は雷としては足らないが、ああ見えて度胸がある。得体の知れない道士相手にも動じない根性があった。きっと洞庭君に気に入られるだろう。それでも、

「ああ、やっぱり心配だ！」

となるのだ。

しかし、彼は父に、董虔を追ってはならぬと厳命されていた。

「追えば董虔は、お前の友でいられなくなるかも知れぬ」

そう脅かされていた。

(そんなわけあるかよ。俺が助けに行かない方が、よっぽど危ないよ)

「お、こんなところで一人黄昏《たそがれ》てどうしたんだ。恋人が地上に行って寂しいのか」

叔父の一人が声をかけて来た。その言い種《ぐさ》に砰は腹を立てたが、ここで騒ぎを起こすわけにはいかないので、別に、と答えた。ふと上空を見上げると、大人の雷神たちが雲に乗って昇っていくのが見えた。

「何かあったんですか」

「よくわからないんだが、曇さまから集まれと急に命令が来てな」

「へえ……」

叔父は大人しくしているんだぞ、と砰を戒め、他の雷神たちと去って行った。しばらくぼんやりと座っていると徐々に人気《ひとけ》がなくなった。砰は辺りを見回した。うん、誰もいない。

「行こうかな……」

父の怒りを思うと体が震える。しかし一人では風も御せない董虔を放っておくことは出来なかった。王の間では議論が白熱しているらしく、雷鳴と雷光がにぎやかに交錯している。こうなっている時は皆頭に血が上って、他のことに注意が行かないことを砰は知っていた。彼はごく小さな雲を呼び出してその中に隠れると、一目散に地上へと飛んだ。

緑の水田と褐色の村落、そして色彩鮮やかな城市が点在する風景を飛び越え、一際《ひときわ》大きな水面へと下りていく。

洞庭湖の南に、大きな橘《たちばな》の木が立っている。砰は帯を解いて三度橘を打った。すると水の上に道が出来、人の近づくことの出来ない葦原《あしはら》へと通じた。そこには大きな蛙《かえる》が眠っていた。鼻ちょうちんと頬《ほほ》が交互に膨らみ、温かな華南の陽光を浴びて気持ちよさそうだ。

「おい」

砕がこっそり声をかけると、ぼえ、とふいごのような音を立てて蛙は飛び起きた。

そして砕の姿を見ると威儀を正し、

「華南雷王、曇さまが子、砕さまのお出ましを心より歓迎いたします」

と頭を下げた。

「何言ってるんだ。寝てただろ」

「これを沈思黙考というのです。ところで砕さま、この度の雷竜珠はあなたがお持ちになったのですか？ 聞いていた話とは違いますが」

「まさか……董虔はまだ来ていないのか」

「トウケンという名は使者として承っております。ですがまだその来訪は受けておりませんな」

「洞庭君さまの宮殿に至る道はここだけだよな」

「竜や水に棲《す》む者以外は、わたくし灌蟆《かんばく》が守る門からしか、わが君の宮殿へと向かうことは出来ぬことになっております」

砕は天を仰いだ。

「どこかで追いぬいたか……」

「どうされたのです？」

「いや、何でもないんだ。俺がここに来たことは、洞庭君さまには黙っておいてくれるか」

「訊《き》かれなければ言いませんが、主君に問われれば答えます」

「大切な門の番人が陽気に負けて鼻ちょうちんを膨らませていたことは、俺しか知らないけど。どうする？」

「本日の砰さまの姿は、きっと陽光が見せた幻でございましょう」

「上出来だ」

砰は雲を呼び、水面すれすれに飛びながら考え込んだ。

「どこ行っちまったんだ……」

ぼんやりと考え込んでいると、雲が何かに引っかかったのか急停止する。気を緩めていた砰は大きく飛ばされて湖水に落ちた。砰は泳げないことを思い出し、必死でもがくが水底へ引き込まれてしまう。意識が薄れる寸前、口の中に何かがねじ込まれた。大量の水と共にそれを飲み込んだ砰の耳元で、

「もう大丈夫よ。大きく息を吸って、ゆっくり吐いてごらんなさい」

どこからか落ち着いた女性の声が聞こえた。言われるままに息を吸うと、先ほどま

で喉《のど》を塞《ふさ》いでいた水は吸い慣れた気へと変わっていた。

「落ち着いた？」

湖底に足がつき、息を整えると周囲が見えてくる。水の中にいるはずなのに、溺《おぼ》れていない。そして砰の目の前には、一人の女性が立っていた。

ほっそりとした体に、緑の水草をあしらった衣をまとっている。裾《すそ》と袖《そで》には川魚を追う鳥の意匠が凝らされている。丸い瞳《ひとみ》がくるりと回って、息を整えている砰を見つめた。

「砰くんが洞庭湖に遊びに来るなんて珍しい。お父様のお使いかしら」

砰はしばらく首を傾《かし》げて考えていたが、

「もしかしてお前、雫《しずく》か？」

「あら、覚えていてくれたのね」

「えらくでかくなったなあ」

「砰くんが小さいのよ」

「何おう」

摑《つか》みかかる砰の額を指一本で抑えて、雫は楽しげに笑った。

「変わってないなぁ。昔遊んだ時のままね。曇おじさまはお元気？」

砕も手をぐるぐる回すのは止《や》めて、頷《うなず》いた。雫は洞庭君の娘の一人で、年が近いため砕が以前洞庭湖を訪れた際には、接待役を務めてくれたのだ。

「そろそろ雷竜珠《らいりゅうじゅ》の交換時期でしょ。砕くんが使者で来たの？」

「違うんだ。俺の友達がその役を仰《おお》せつかって、洞庭湖に降りて来ているはずなんだけど……」

「そうなんだ。けどなんで砕くんがここに来ているの？」

雫は屈託なく訊《たず》ねるが、砕は答えに詰まった。

「さては、心配でついて来たのね？」

「違！　……わない」

雫は袖で口元を押さえ、くすくすと笑ったが、砕の真剣な表情を見て表情を改めた。

「来てないの？」

「門番の蛙に聞いたらまだだって」

あらま、と雫は心配そうに頬に手を置いた。やたらと大人っぽいしぐさに、砕は違和感を覚えた。

「何だよ、えらく気取った感じになったじゃないか。前は泥んこになって一緒に遊んでたのにさ」

「あら、見くびらないで下さる。わたくし、もう人妻ですの」

砰は仰天した。しかも湖底に建つ瀟洒《しょうしゃ》なこの屋敷は、雫の家だったのだ。色とりどりの珊瑚《さんご》と輝石で上品に彩られ、なまめかしさすら漂っている。

「いつの間に。父上のところには婚姻の挨拶《あいさつ》とかなかったぞ」

「ちょっと前にしたんだけどね……事情があってさ」

丸い瞳を曇らせて、雫は憂鬱《ゆううつ》な顔をした。

「うちの旦那《だんな》、竜じゃなくてね」

「亀《かめ》か何かか？」

人間なのよ、と雫は声をひそめた。人間と結婚する竜神などこれまでに例がなく、洞庭湖は大騒ぎになったという。洞庭君が出した条件は、三年洞庭湖に暮らすこと、三年の後、再び竜神たちの決を取る、というものだった。

「それまでは大人しく暮らして欲しいんだけど」

とにかく川や湖の好きな男で、水を自在に動ける力を与えられてからは、あちこち河川湖沼をめぐっては見聞を広めているらしい。

「そりゃ大変だな」

「私は大好きなんだけどね」

「なんだよノロケかよ」

そ、と雫は嫣然《えんぜん》と微笑《ほほえ》んだ。だが砕は雫のノロケ話に付き合っている暇はなかった。

菫虔を探さねばならない。ここに来ていないということは、どこかで迷っているのだ。

「そのトウケンって子は、曇さまの正式な使者なの？」

「雷竜珠と父上直筆の手紙を持ってるんだから、これ以上なく正式だよ」

「だったら行列でも仕立てて道案内を立てればよかったのに」

「それが……ちょっと事情があってさ」

今度は砕がそう言う番だった。そして、事情を一通り聞いた雫は何も言わず、目をまん丸にしてしばらく言葉を失っていた。

「どうした」

「いや、似たような話ってあるんだなあって思ってさ。そのトウケンって子、何だかうちの人と似てるわねえ」

感心したように頷くと、夫との馴初《なれそ》めを語り始めた。

雫は涇水《けいすい》のほとりで雨を呼ぶ羊、雨工《うこう》を牧している時に後に夫となる柳毅《りゅうき》に出会ったそうだ。その時、雫は涇水君という竜の妻であったという。

「今となっては思い出したくもないことなんだけど」

父の言うままに嫁いだ先は、ひどい所だった。涇水君は雫を下女としか見ず、姑は雫をいびり抜いた上に、家畜の世話を押しつけた。しかも父の洞庭君に連絡を取らせないよう、羽衣を取り上げて身動きを封じたのであった。

「そんな時、夫に出会ったの」

会話を重ねれば重ねるほど、二人は惹《ひ》かれ合ったが、想《おも》いを告げることはなかった。雫を助けたかった柳毅は羽衣を奪い返して、洞庭君の眼前へと至り、雫の窮状を訴えた。これにより夫であった涇水君の意地悪がばれ、離縁は成立。涇水君は雫の叔父である銭塘君《せんとうくん》に殴り飛ばされた。柳毅を義人であると感激した洞庭君は、彼に雫を与えようとした。

「でもあの人は頑固だから、義によって助けただけで嫁をもらいたいのではないと突っぱねて、私は宙ぶらりん」

「宙ぶらりん？」

「お父さまも大事な娘をやるといった以上引っ込みがつかないんだけどあの人は肯《うなず》かない。私は身の振りようがないじゃない。その上、涇水君があちこちで私の悪口を言いふらしたもんだから、どうにも水中で居心地が悪くなって」

身元を隠し、姿を変えて柳毅に近づいたところ、柳毅にあっさりと受け入れられて、二人は結婚した。雫はどこか寂しさも感じていたけれど、他にどうすることもできなかった。しかし子供が出来た頃、勇気を出して正体を明かすと、柳毅は表情を輝かせた。二人の想《おも》いは同じだったと分かった雫は喜んだが、柳毅はやがて眉《まゆ》をひそめて考え込んだ。

「あなたを想わぬ日はなかったが、もう二度と会えない、会うべきではないと思っていた」

何故《なぜ》ですか、と雫が訊ねると、

「あなたは竜王の娘。私は人間でしかも一介の書生に過ぎない。どれほど想っても、その想いが互いを不幸にするのであれば、共にいるべきではない」

そう躊躇《ちゅうちょ》する柳毅に、雫は娘を指し示しつつ凜《りん》と想いを告げた。

「あなたのような義勇備わった方が、己の想いに忠実でないのは悲しいことです。私はあなたにこの命を託す覚悟で陸に上がってまいりましたし、その証《あかし》を得ることも出来ました」

柳毅はその言葉に胸を打たれて己の不覚悟を詫《わ》びた。

「あなたとは添い遂げるべき縁がある」

そして改めて洞庭湖に赴き、竜王の婿《むこ》となったのである。

そんなあたりで、扉が騒々しく開いた。一人の男がどすどすと床を踏み鳴らして入ってくると、

「おやいらっしゃい小さな可愛《かわい》いお客人。雫がお友達を招いているとは珍しい。私は雫の夫の柳毅と申す。よろしくな！」

と明るく砰を歓迎した。

「あらあなた、おかえりなさい」

「おうただいま。俺も友を連れて来たぞ。お客の相手をしているところを悪いが酒を出してくれ」

体格は雫と変わらない、男にしては小柄ではあるが、やたらと快闊《かいかつ》である。もともと呉の書生で縁あって雫の夫となっている、と手短に柳毅は自己紹介した。そして玄関に向かって、どうぞ中へと喚《わめ》く。引き続き地響きがして入って来たのは、巨大な竜だった。

「銭塘のおじさま、ようこそいらっしゃいました」

竜に向かって雫は恭《うやうや》しく腰をかがめる。

「いや何、ちょっと巡回していたら途中で婿殿に会ったのでな。酒でも飲もうと意気投合してここまで来たんだ」

「お父様のところにはご挨拶《あいさつ》に行かれたのですか」

「兄者の顔を見るのは後でもいいではないか」

だめです、と雫は厳しい口調で言った。

「夫のために銭塘君が礼儀を失ったとあっては、何を言われるかわからないのですよ。おじさまは父も一目置く銭塘江の王です。その方が夫の足を引っ張るようでは困ります！」

その剣幕に、ごつい竜王も柳毅も肩を落としている。砕も雫の勢いに驚いて目をぱちくりさせた。

「あら見苦しいところを。ごめんあそばせ。おほほ」

取り繕うがもう遅い。

「お前、亭主を尻《しり》に敷いてるんだな」

砕が感心すると、

「子供が生意気言ってるんじゃありません」

と肩をはたかれた。角から稲光が漏れるほどの強烈な打撃である。

その勢いのまま雫は台所へ向かい、肴《さかな》を作り始めた。その間、柳毅と銭塘君は砕の話を興味深げに聞いていた。

「この辺りは水が豊かだが、それ故《ゆえ》に知らぬ者が入り込むと迷いやすい。砕の友も誰か別の竜王宮に行っているのかもしれんな」

砕は銭塘君の前に跪《ひざまず》き、竜王さまのお力で董虔をお救い下さい、と頼んだ。水の中ではさすがの雷王の子もどうしようもないのだ。

「誠に気の毒だが、わしにはそこまで力はない。華南総水都虞侯《とぐこう》として竜軍を預かってこの地を流れる水の平安を守っておるが、迷い人の捜索までは出来ないのだ」

その時、ずっと黙っていた柳毅が口を開いた。

「義父上《ちちうえ》の力を借りようではないか」

銭塘君は賛成したが、雫はいい顔をしなかった。

「出しゃばっていると思われないでしょうか」

「義を見てせざることこそ、出しゃばることより恥ずべきことだよ」

と柳毅は妻を諭す。砕は結局、華南の水を司《つかさど》る竜王の力を借りることになった。

5

宮殿の扁額《へんがく》には、竜が躍るがごとき筆致で「霊虚殿《れいこでん》」と大書されていた。

「大丈夫？」

落ち着かない砰の顔を、雫は心配そうに覗《のぞ》き込んだ。

「洞庭君さま、董虔を探してくれるかな……」

「あなた、本当に董虔くんのことで頭がいっぱいなのね。こっそり洞庭湖に下りてきたのに、後で曇さまに怒られることは心配しないの？」

「それも怖いけどさ」

銭塘君がそんな砰の様子を見て、微笑《ほほえ》む。やがて洞庭君が姿を現し、一同は膝《ひざ》をついて拝礼する。白糸滝が取り囲む謁見《えっけん》の間で玉座に座った洞庭君は、豊かな髯《ひげ》を撫《ぶ》して頷いた。

「砰よ、久しぶりに会えて嬉《うれ》しいぞ。お父上は息災か」

砰に優しい言葉をかけるが、その表情は、銭塘君と雫を引き連れた柳毅を前にしているにもかかわらず大変に渋いものであった。

「この霊虚殿に雫、銭塘、そして婿殿が並んでおると、嬉しくもあるが胸のあたりがざわざわするわい」

滝の音を圧して、ごうごうと洞庭君の声は響いた。

「して、今日はいかがした」

「お願いの儀がありましてまかり越しました」

柳毅は砰の友が雷竜珠を持ったまま行方不明となっていることを説明し、早急に各地の竜王に命を下し、董虔を探してもらいたいと申し出た。

「しばし待てぬか」

「私からもお願いします」

砰も叩頭《こうとう》して嘆願する。柳毅が続ける。

「雷の使者にもし万が一のことがあれば、竜、雷のよき関係にひびが入りかねません。水面は無数にあるので別の城に迷い込んでいる可能性が高いです。空からの援《たす》けが必要ならば砰にひと肌脱いでもらいましょう。何としても探し出さなければ」

だが、洞庭君の表情は渋いままだった。鼻の穴を大きく広げ、ただ荒く息を吐いている。

「何か様子がおかしくないか?」

砰は隣にいる雫に小声で訊《たず》ねた。

「お父さまがああいう顔してる時って、ほぼ間違いなく何か大きな心配事があるのよ」

突然、洞庭君は玉座から立ち上がり、人払いを命じた。広間に侍《はべ》っていた竜たちが退出し、柳毅たちだけが残される。洞庭君は一同を玉座の前まで集めると、懐《ふところ》から一通の書状を取り出した。

「雫、読んでやってくれ」

書状を広げた雫は目を見開き、眉間《みけん》にしわを寄せて何かを言いかけたが、やがて一つ咳払《せきばら》いをして読み出した。

「帝王の証はすべからく帝王のもとに集まるべし。いま、奇縁により天地の水を司る至宝、わが手に至れり……」

雫は続きに目を走らせ、あまりの内容に口を抑えた。洞庭君が引き継ぐ。

「これから涇水《けいすい》の王の証を持つる自分が華南の河川湖沼全《すべ》てを統治するから、慶賀の挨拶に来いという命令だ」

砰は王の証が雷竜珠《らいりゅうじゅ》を指すことに気付いて青ざめた。だが彼が怒りを表す前に、どん、と宮殿が揺れ砰は転がった。じっと黙っていた銭塘君が拳《こぶし》を床に打ちつけている。数丈に渡って分厚い石敷きの床は割れ、転がった砰は危うく落ちそうになった。

「道に迷った使者を捕えて至宝を奪い、王になることを宣するとはあの愚か者が！拳一発では目が覚めなかったとみえる」

立ちあがった銭塘君は怒りで喉元《のどもと》の逆鱗《げきりん》を波打たせながら、洞庭君に出兵の許可を求めた。

「これは兄者、雷竜珠を守るあなたに対する反逆だ。反逆者は滅ぼすしかない。すぐに出兵の許可をくれ」

だが洞庭君は、ならぬ、と拒んだ。

「何故《なぜ》ですか」

「雫の一件で我が一族は大いに恥をさらした。これでわしが雷竜珠を失ったことが明るみに出て、さらに武力を以《も》って涇水の奴《やつ》を滅ぼしたとあっては、天下の竜と雷に面目が立たん」

「そうなら、俺が一人で行ってとっちめて来てやる」

「以前お前に任せたばかりに、どれほどの被害が出たか忘れたわけではあるまい。竜、魚、蛙《かえる》など殺すこと六十万、地上の田畑を壊すこと方八百里、あまつさえ涇水を喰おうとしたであろう。あの後始末にどれだけわしが苦労したか」

銭塘君はみるみるしょげ返った。

「涇水君は我が一族でも持て余しているばか者だが、それでも天帝の命を受けて大河を引き受けているのだ。そう簡単に手を出すわけにはいかん」

「では王位を譲るのですか」

「そんなことが出来るわけなかろう！」

二人の竜は目をいからせて睨《にら》み合った。

「俺が行きます！」

そこに砗が立ち上がって、声を上げた。

「俺は華南雷王の子です。使者に立てば涇水君も話を聞いてくれるはず」

だが洞庭君は表情を鎮《しず》め、ゆっくりと砗に語りかけた。

「気持ちはありがたい。しかしこれは、あくまでも竜神のことである。砗は黙っていてくれ」

「だって、董虔が捕まっているんですよ！」

頭に血が上っている砗の肩を、柳毅が押さえた。

「ここは竜の国だ。砗の気持ちはよくわかるが、国の流儀をおろそかにしてはならないよ」

そう悟すと、

「私に考えがあります」

柳毅が静かに進み出た。

「曇さまから遣わされた使者、董虔という者は私と同じ人間だそうです。縁あって華南雷王宮に住み、これなる砰と共に雷族の一員として暮らしているとか」

「そうなのか」

驚いた洞庭君は砰を見て、

「人間ごときにそのような大役を任せるとは……」

と呟《つぶや》いてしまい、慌《あわ》てて口を押さえた。だが柳毅は気にする素振りも見せず、

「雲の上と湖の底と立場は違えど、同じく自ら望んで異なる世界に踏み込んだ者として、助ける義を感じます。私は竜王の娘婿であり、かつ人間が何たるかも知っています。何とぞ私にお任せ下さい」

と申し出た。

「ふうむ……」

洞庭君はしばし考えに沈んだ。

「それに涇水君は、我が妻に未練がある様子です」

「あれだけ酷《ひど》い目に会わせておいて今更、何の未練だ」

「ここ最近、態度を改めるからやり直してくれ、との手紙が何通も」

ここに至って、洞庭君は顔を真っ赤にして地団駄を踏んだ。だが何度も深呼吸して冷静さを取り戻すと、荒い息をつきながら柳毅に命じる。

「良かろう。しかし婿殿、大騒動になるようなことは止めてくれよ」

「なりそうだったら俺が止めてやるわ」

横から銭塘君が口を挟む。

「それがいかんと言うておるのだ」

洞庭君は頭を抱えた。


柳毅は屋敷に帰るなり、すぐさま旅の仕度を整えた。

「明朝には涇水の城に着きたい。砰くん、君も来るんだ」

「言われなくても行く。雷竜珠があるなら、董虔もいるんだろ。絶対に助けてやる」

息巻く砰をじっと見つめ、

「それは駄目だ」

厳しい声で柳毅はたしなめた。

「君は私の従者としてついて来るだけだ。もし雷神としての力を使えば……」

「使えばどうなるってんだよ」

「董虔は君の友ではなくなる」

「何言ってんの？　洞庭君が騒ぎを起こすなって言うからびびってるのかも知れない

けど、もし董虔が危ない目に会ってたら、俺は暴れる」

「そんなことでは連れて行けない。銭塘君を連れて行く」

「じゃあ一人でも行くよ」

「君が一人で行っても、涇水の門は開かない。竜にゆかりのある者でなければ竜王の宮に入ることは出来ない」

二人を見てため息をついた雫は、砰の手を引いて外に連れて行く。

「夫があぁ言う時は、何かしっかりした考えがあるから大丈夫よ」

「しっかりした考えって何？」

さあ、と雫が首を傾《かし》げるのを見て、砰は呆《あき》れ果てた。

「でもね、砰くん。夫は私の覚悟を見て、人間の世界から竜の世界に来てくれた。さっきの父の態度でわかったかも知れないけど、人が竜の間で生きていくことは大変なの。術や丹薬の力を借りなければ水の中で暮らせないし、川を守ることだって出来ない。ばかにする者がいて当たり前なのよ。ここは竜の世界なんだからね。でも夫には竜王にも曲げられない、気魄《きはく》と信義がある」

だから任せられるのだ、と雫は言った。

「あなたの人間の友が、どうして雷の世界に足を踏み入れて、曇さまの使いにあなたの手助けを頼まなかったのか、よく考えてみて」

砕は納得がいかなかったが、もう時間もないのでとりあえず頷《うなず》いた。行ってしまえば何とでもなるはずだ。

6

涇水の底深く、日の光も入らない暗い牢《ろう》に、董虔が押し籠《こ》められて一晩が経《た》った。既に洞庭君の宮殿でないことは董虔にも明らかで、時折見回りに来る渓曼ももはや隠していなかった。

食べ物は半ば腐りかけた魚と水だけ。だが、極貧の中に暮らしていた董虔は、それでも平気だった。ただ、曇に任された仕事をこなせないことが、悔しかった。

「なあ、董虔よ」

渓曼は牢の向こうから声をかける。

「その雷竜珠《らいりゅうじゅ》、わが主に渡してくれんかね。大王は別にお前が憎いわけじゃない。力を得て天地に害を為《な》そうというわけでもない。ただ華南の頂点に君臨したいだけなんじゃわ」

董虔は牢の真ん中に座り、ぴんと背筋を伸ばしている。

彼は牢に入れられてから一晩中、雷術の鍛錬をすることで、自らの無聊《ぶりょう》を慰めていた。だが、いくら練習してもわずかな閃光《せんこう》が飛び散るばかりで、砕のような立派な光は出せなかった。

渓曼は長い髭《ひげ》を左右に揺らしながら、時折董虔のもとに頼み込みに来る。

「渓曼さんは、涇水君のことが大好きなんだね」

不意にそんなことを言われて渓曼は髭を跳ね上げた。

「あ、当たり前だ。わしほどの忠義を王に捧《ささ》げている者はおらぬ」

華南の水を全《すべ》て統治したいというわりに、城が寂しい理由を問うと、

「王は以前いささか大きなしくじりを犯し、多くの臣下を失ったんじゃ。それ以来、臣下たちの仇《かたき》を取るために華南の水を全て掌中に収めたいと妄念を抱くようになったのだよ」

牢の前に腰を下ろし、渓曼は疲れた口調で言った。

「だから雷竜珠おくれ」

「駄目です」

そこだけは譲れなかった。そこに、小さな蝦《えび》が飛び込んで来た。

「渓曼さま、洞庭君の娘、雫さまの夫が王にお目通りを願っております」

「ぐ、軍を率いておるのか」

「いえ、従者を一人連れたきりで。何でも内々にお祝いを申し上げたいとか」

「何のお祝いだ？」

「何のって……わが王は華南全ての水をご統治なさるのでは」

「それそれ！　よし、王にはわしから話しておく。すぐに通せ」

小蝦は後ろ向きに跳ねて出ていく。

「今の蝦さんは？」

「ありゃ門番じゃ。人材不足でな。ともかく使者の謁見《えっけん》となればわしも王の傍に侍《はべ》らねばならぬ。じゃあの」

そう言って渓曼は牢を出て行った。董虔はため息をつき、背筋を伸ばして修行を再開した。

その頃、柳毅と砰は涇水君の王の間へと通されていた。

「誰もいないじゃんか」

柳毅の従者として、竜神の衣と角が隠れる大きな頭巾《ずきん》を身に付けている砰は、辺りを見回して驚いていた。通されたはいいが、玉座に王も座っていない。広間に列する百官の姿もなく、賑《にぎ》やかな曇王や洞庭君の宮殿とはあまりにも違っていた。

「雫の一件で銭塘君の怒りを買い、ほぼ全滅させられたからな」

「なのに竜の王を名乗るの？　変なの」

「だからこそ、だ。何も拠《よ》り所がなければ、最後は唯一《ゆいいつ》持っているものにすがりたくなるものだよ、なまじ権威の近くにいるだけに、尚更《なおさら》だ」

そんな話をしていると、髭の長い鰻《うなぎ》の大臣が現われて、涇水君のお成り、と間延びした声を出した。言った後、大臣自ら玉座の近くに行くと、御簾《みす》を下げた。砕はきょとんとしていたが、柳毅に促されて叩頭《こうとう》する。

ばたばたと足音がして、椅子《いす》の軋《きし》む音がした。

「顔を上げよ」

重々しい声がして、柳毅たちは玉座を仰ぎ見る。御簾を巻き上げると、大柄な竜が王の大衣を着て座っている。渓曼がしずしずと脇《わき》へさがりかけると、御簾が床に落ちて派手な音を立てた。気まずい空気が広間を覆《おお》うが、柳毅は表情を変えず、恭《うやうや》しい態度を崩さなかった。

「雫の夫が祝いを述べに来たとは、奇特なことであるな」

「はい。真の竜王が誕生されたと噂《うわさ》で聞きまして、まずは内々にご挨拶《あいさつ》にまかり越しました」

「お前は人の身でありながら、身の程知らずにも竜の間に暮らし、あまつさえ王の娘まで娶《めと》るなど生意気なやつと思うておったが、中々目端も利《き》くのじゃな」

柳毅は恐縮した表情を作って平伏した。

「で、祝いと言うが、あれか、手ぶらか」

涇水君は貧乏ゆすりを始めている。何という下品な奴《やつ》だ、と砕は苛々《いらいら》してきた。だが柳毅が横目で睨《にら》んでいるのに気付いて、平伏を続ける。

「もちろん、何か気の利いた物をと思いましたが、ここは大王のお望みのものをお贈りするのがよいかと考えまして。どうぞ大王よ、お望みのものを仰《おつしや》って下さい」

「何でもいいのか」

「もちろんです」

「男に二言は……」

「もちろんございません」

涇水君は顔を柳毅から逸《そ》らし、ちらちらと視線を送りながらしばらく黙っていたが、

「お前の妻、雫は息災かね」

「大王のおかげさまをもちまして、元気にやっております」

「そうか。わしがこの華南に君臨したあかつきには、挨拶によこせ」

砰はあまりの下劣さにこめかみが痙攣《けいれん》して来たが、それでも我慢する。しかも柳毅は、

「もちろんです。一晩でも二晩でも、酌をさせてやって下さいませ」

などと言う。何が信義の人だ、と怒鳴りかけた時、柳毅がふと思い出したように、

「見たところ、陛下は王の証《あかし》である雷竜珠《らいりゅうじゅ》を身に付けておられないようですが、どこにあるのですかな。私は下賤《げせん》の者ではありますが、一生の思い出に是非拝ませていただきとうございます」

と三拝した。ぎくりと肩を震わせた涇水君は、しどろもどろになって渓曼に助けを求める。側近の鰻も目を白黒させていたが、やっとのことで、

「曲者《くせもの》が、ちょっとな」

と絞り出した。

「曲者、と申しますと？」

「雷の子供が一人迷い込んで、誤って雷竜珠を身に付けてしまったのだ」

ほうほう、と興味深そうに柳毅は頷いた。砰は肩がびくりと震えるのを我慢できな

かったが、しどろもどろの君臣は全く気付いていない。

「雷竜珠は王たる者が身に付けて初めて力を発するとか。ぜひその様をお見せ下さいませ。さすれば華南のあらゆる川、湖沼を巡って大王さまの偉大さを喧伝《けんでん》してまいります」

ぱっと目を輝かせた涇水君は、あの子供を連れてまいれと渓曼に命じた。渋っていた側近は叱《しか》り飛ばされて走り出て行く。

しばらくして後ろ手に縛られた董虔が姿を現した時、今度こそ砰は立ち上がりかけた。だがそれより一瞬早く立ちあがった柳毅が砰の足を強く踏みつける。そして大仰な所作で、雷竜珠の美しさを称《たた》えた。

「このような子供が身に付けてすらこの輝き。大王さまの手にあってはどのような光を放つのでしょうか。我が目を潰《つぶ》されても、その輝きを見とうございます」

渓曼はその間にも、董虔に珠を渡すよう囁《ささや》き続けているが、董虔は頑として頷かない。砰は足の痛みに柳毅の意志を感じて、じっとくちびるを噛《か》んでいる。

「任せよ」

そう柳毅は呟いた。

「あんたに？」

「違う。友に、だ。これから何があっても、お前は動いてはならん」

苛立った涇水君は、長い尾で董虔を叩《たた》き、そして締め上げている。だがそれでも、董虔は苦しい表情すら浮かべず泰然としている。

「さっさと雷竜珠を渡さぬか、この！」

ぶんぶんと董虔を振り回した涇水君を見ながら、砰は怒りの雷を身にまとい始めた。

「先ほどの私の言葉を忘れたのか」

「忘れちゃいないけど、このままだと董虔が死んじゃうよ」

「もう一度言う。いま助けに入れば、お前たちの友誼《ゆうぎ》は永遠に死ぬ。信じて、任せよ」

「見殺しなんて友だちのやることじゃない！」

「信じて、任せるんだ」

涇水君は董虔を頭から喰らおうとしていた。

「渡さぬのなら、食いちぎるまでよ」

狂暴な牙《きば》が砰の目を射る。もう我慢できない、と雷撃を放とうとした瞬間、董虔と目が合った。その目にはやはり怯《おび》えはなく、まっすぐに砰を捉《とら》えていた。砰は放ちかけていた雷光を収め、瞬《まばた》きもせず董虔を見つめる。

「……あんな風に振り回されているのに、光が消えていない」

「光が？」

「菫虔はなかなかあれが出来なかったんだ。角に雷の力を溜《た》めて、大きな稲妻を放つことが出来ないと、一人前の雷じゃない」

「囚《とら》われている間も修行をしていたのか。心の強い子だ」

柳毅は感心したように腕を組んだ。

そうこうしているうちに、菫虔の体が、ついに涇水君の口に飲み込まれた。

ごくりと飲み込んだ涇水君は得意げな顔をしていたが、やがて口を押さえた。小さな光が牙の間から洩《も》れて消える。そして目が光り、へそ、耳からちかちかと閃光が漏れたかと思うと、強烈な光が放たれた。最後に鼻から激しい煙が噴き出すと同時に口が大きく開き、飲み込まれたはずの菫虔が飛び出て来た。砕は身を挺《てい》し、抱きとめる。

「出来たよ！」

菫虔は手足を振り回して笑っている。砕が見たことのないほどの、満面の笑みだ。

「出来たって何が？」

「砕に教わっていたこと。見てて！」

菫虔は立ち上がり、すっと背筋を伸ばして両手を軽く広げる。頭頂部の小さな角に光が集まり、どんどん大きくなっていく。砕の顔も喜びと驚きに覆われる。

しかし菫處は一度笑顔を収めると、砕の前で大きく胸を反らした。

「ぼくは雷なんだ。砕と同じように雲も乗れるし、雷も打てる。だからおもりはもういらない」

「俺がついてないと雲に乗っても迷うし、食われかけないと雷も出ないじゃないか」

「そんなことない。もう手を引いてもらわなくてもいい。これからはぼくが砕を守ってあげるよ。何なら勝負する？　ぼくがもう自分の足で雲の上に立てることを、砕は知らなきゃいけないよ」

と菫處はにっと笑いながら、砕の胸に指を突きつけた。

「ぼくはやっと、雷である自分を信じることが出来たんだ。曇王さまが仰《おつしや》ったように、砕と背中合わせになっても立っていられるんだ」

「生意気！　じゃあ力を見せてみな」

「見せてあげる！」

菫處は全身に力を込めると一気に解放した。雷光は巨大な柱となって宮殿の天井を突き破り、大量の水が流れ込んでくる。慌《あわ》てた渓曼が目を回している涇水君を抱え、菫處の前に膝《ひざ》をついて許しを請《こ》うた。

「あ、そうか。壊したら悪いよね」

「いいんだよ。こんな奴《やつ》の宮殿、壊しちまえ。それより勝負しようぜ」

と砰が息巻く。だが董虔は、

「家がなくなるのは悲しいことだし、渓曼さんは王様のことが好きだから」

そう言って砰を止めた。

「いい判断だ。今の君の務めは、雷竜珠《らいりゅうじゅ》を正しい宛先《あてさき》に届けることであって、涇水君を罰することではない」

柳毅は頷き、

「洞庭湖まで案内しよう。ついて来なさい」

と董虔たちを先導した。

終

晴れた華南の空、洞庭湖の上空では、雷鳴がひっきりなしに鳴っている。

「言い古された言葉だが、災いが転じて福となったな。曇王もお喜びだろう」

柳毅の言葉に、雫は微笑《ほほえ》んで頷く。

「まさか董虔がよりにもよって涇水君の宮殿に迷い込んでいたとはな」

「しかも迷った先から、これからはこちらが華南竜王だという使いが行ったものだから、雲の上も大騒ぎだったそうですよ」

小さな雷神が二人、術を競い合っている。広大な洞庭湖の上は人里からも離れ、飛ぶ鳥も少ない。曇と洞庭君の許しを得て、砰と董虔は心おきなく雷を放っていた。

「元気一杯ですね」

「いいものだ。友と遊ぶのは」

雫と柳毅は、湖面に浮かぶ大きな蓮《はす》の葉に茶卓を置き、小さな蓮の葉を日よけにして雷雲が空を縦横に飛ぶさまを見ていた。初めてのお使いを無事終えることが出来た董虔は、身に付けた雷術で砰に挑戦している。

銭塘君に締め上げられた涇水君は謹慎を命じられたが、忠実な渓曼に諫《いさ》められて野心を収めるに至った。温暖な風の下、華南の水は今日も平穏である。

「砰くん、よく我慢しましたね」

「途中、ちょっと危なかったが、頑張った」

「踏まれた足がまだ痛いってむくれてましたよ」

「友を失う痛みに比べれば、何のことはないよ」

雫は、夫は言わないが人間界に多くのものを置いてきたことを知っている。友も、家族も、商いも、全《すべ》て捨ててきた。

「それでも、捨てたからこそわかることもある。私は竜の間に暮らして己の無力さを知った。大いなる自然を司《つかさど》る竜や雷に、私は決して敵《かな》わない。だから人として、頑《かたく》なほどの信義と気魄《きはく》を己に課した。決して屈せず、命を折られようと心は折れないと誓った。だからこそ、銭塘君のような友を得ることができ、雫の夫としてもいられるのだ。まだまだ不安な思いをさせているようだがな」

雫はしばし目を伏せた。

「不安に思うのは、どこかであなたが生き物として弱い、人間の一員であると思っているからかもしれませんね」

「それでいいんだよ」

しかし、と柳毅は嘆息して茶を啜《すす》った。

「あの菫虔という少年はすごいな。私も、竜の間に住んで竜になろうとは思わなかったのに、彼は雷の間にあって、雷になろうとしている。普通、人間は仙人になることは辛うじて出来るが、それも仙骨という限られた条件があってこそだ。間違っても竜や雷にはなれない。少なくともそう私は信じてきた。だがそんな壁も、乗り越えられるかもしれないと董虔は示した」

「変わった人間、なのですね」

雫の言葉に、柳毅はゆっくりと首を振った。

「人のあるべき姿、なのかも知れないよ。私にはきっと、無理だろうけどね」

二つの雷光がぶつかり合い、一際《ひときわ》大きな輝きを放った。柳毅は立ちあがって手を叩《たた》き、雫もそれに和した。

仁木英之（にき・ひでゆき）

一九七三年大阪府生まれ。信州大学人文学部に入学後、北京《ペキン》に留学。二〇〇六年『夕陽の梨――五代英雄伝――』で歴史群像大賞最優秀賞を、また同年『僕僕《ぼくぼく》先生』で第一八回日本ファンタジーノベル大賞を受賞し、デビュー。超キュートな美少女仙人と気弱な弟子の旅を描いた同作は、萌《も》え系中国冒険ロードノベルとして人気を博し、現在シリーズ第五弾まで出版されている。

著作リスト（刊行順）

『僕僕先生』（新潮社）
『飯綱颪――十六夜長屋日月抄――』（学習研究社）
『夕陽の梨　五代英雄伝』（学習研究社）
『薄妃の恋　僕僕先生』（新潮社）
『胡蝶《こちょう》の失《な》くし物　僕僕先生』（新潮社）
『朱温』（朝日新聞出版）（『夕陽の梨』を改題）
『千里伝――五嶽真形図――』（講談社）
『高原王記』（幻冬舎）
『さびしい女神　僕僕先生』（新潮社）
『李嗣源』（朝日新聞出版）
『千里伝　時輪の轍』（講談社）
『くるすの残光　天草忍法伝』（祥伝社）
『先生の隠しごと　僕僕先生』（新潮社）

仁木英之
Hideyuki Niki

四畳半世界放浪記

森見登美彦

Tomihiko Morimi

かつて四畳半時代というものがあった。

ようするに学生時代である。

現在、机に向かって小説のようなものを書いたり、小説でないようなものを書いたりしている「森見登美彦氏」という人物は、その四畳半時代に培《つちか》われた。

登美彦氏が四畳半を愛していたか、というと、それは謎《なぞ》である。愛などというムズカシイ言葉で表現してよいものだろうか。「高い志があって四畳半に立て籠《こ》もったのだ」と登美彦氏は主張することもあるが、たんなる腐れ縁かもしれない。

当時の登美彦氏は労働というものを嫌悪《けんお》する誤った観念にとりつかれていたので、引っ越し代を稼ぐこともできなかった。ここ五年ほど、登美彦氏はたいへん頑張って働いているが、当時の登美彦氏は己の精力を注ぐ対象がいまいち摑《つか》めず、怠け者としか言いようのない体たらくだった。しかし怠け者には怠け者なりの生き方というものがあって、つまり登美彦氏は四畳半世界にしっくり適応することに成功した。

今になって考えてみれば、登美彦氏という人間の大きさには、四畳半という面積が一番使い心地が良かったようである。いくら部屋が広くても、机は一つでじゅうぶんである。またどれだけ大きな本棚があったところで、一人の人間が繰り返し読むことのできる本の量はたかが知れているのだから、四畳半の壁があればそれでよい。そして机と本棚があれば、登美彦氏の用事というのはたいてい片付くらしいのである。

登美彦氏は平凡な学生であったから、あんまり四畳半に閉じ籠もってばかりいると、罪悪感が湧《わ》くことがあった。もっと外の世界に打って出て、薔薇色《ばらいろ》の冒険の数々をこなして、乙女たちとの清らかであったり（状況によっては）清らかでない関係を結んだりすべきではないか（結べるものなら）と反省したりしたこともある。しかし、好きで四畳半に籠もっているのに、なぜ罪悪感を味わう必要があるのか。自分という人間の精神が弱いせいであろうか。なぜ我々はもっと堂々と閉じ籠もることができないのか。そういうことを考えているうちに、それらの罪悪感に打ち勝って孤高の道を行く一人の畏《おそ》るべき男、というものが登美彦氏の脳裏に浮かんできた。その男は登美彦氏のような生半可な四畳半主義者ではなく、徹底して純粋な四畳半主義者なのだ。もしそういう男がいたとしたら、彼はどんな生活を送り、四畳半の外側に広がっている世界に対してどんな意見を持つのだろうか。

森見登美彦
Tomihiko Morimi

そうして「四畳半王国建国史」という小説が生まれたのである。

「四畳半王国建国史」に登場する畏るべき四畳半主義者は、シュレディンガー方程式というものを憎んでいる。これまでに登美彦氏はエッセイでシュレディンガー方程式について異議を申し立てたことがある。ようするに分からん、ということである。シュレディンガー方程式が分からんことによって、登美彦氏は大学の授業というものは分からんものであるという誤った観念にとりつかれ、さらに頑張っても分からんものと頑張れば分かるものとの間に明確な線を引くことを怠けた。これは登美彦氏の最大の失敗であったと言っていい。

シュレディンガー方程式はその名の通りエルヴィン・ルドルフ・ヨーゼフ・アレクサンダー・シュレディンガーという人がその天賦《てんぷ》の才によって捻《ひね》り出したものだが、「シュレディンガーの猫」という思考実験がある。量子力学的に考えて箱の中にいる猫は死んでいるのか生きているのかというお話だ。その思考実験の意味するところはともかくとして、登美彦氏はその猫さんが前々から気になっていた。人間の身勝手な思考実験の犠牲にされかかっているかわいそうな猫さんについて考えているうちに、「シュレディンガーの猫の額」という言葉が浮かんだ。猫さんの生死が問題になっているのだから額の広さなどもはや関係がないと言えるが、登美彦氏はそういうへんな言葉が好きであるから、何度もしつこく考えていた。「猫の額」は小さく、「カタツムリの角」も小さく、四畳半も小さい。四畳半に座っている猫の狭い額にカタツムリを乗っけるとどうなるであろう。そして華厳経《けごんきょう》の教えのように、カタツムリの角の上に、京都という町が丸ごと一つ乗っかっていたらどうだろう。

そんなことを考えているうちに、「蝸牛《かぎゅう》の角」という小説ができたのだった。

「蝸牛の角」という小説は妄想の産物であるものの、それなりに理屈っぽい小説だった。登美彦氏はそういうパズルみたいに理屈っぽい小説に飽きていた。『四畳半神話大系』も『夜は短し歩けよ乙女』も『恋文の技術』もパズルみたいなところがあるが、それは登美彦氏の本意ではない。なぜかそういうふうになってしまうだけである。だから登美彦氏はそろそろ壊れた小説が書きたいと考えた。ぴっちりとパズルのピースがはまるように収まる物語があってもいいが、物語が壊れてしまって外の世界に向かって開いている物語があってもよいのである。そうでなければあまりに小説というものがギスギスしてしまうのではないか。ギスギスしないためにもここは一つ、壊してやろう。

そんなことを考えた夏、登美彦氏は「真夏のブリーフ」という小説を書いた。

「真夏のブリーフ」には四畳半の周辺を漂う学生たちが登場し、活躍というほどでもない何らかの行動を取る。そして中心には不気味にカラフルなブリーフの存在がある。登美彦氏はとくにブリーフという品に愛着を持っているわけではない。強いて言えばその語感に文学的興味があると言える。「おっぱい」という言葉に対する場合と同様の姿勢である。このとくに明確な結末を迎えない小説においては、不気味なブリーフがきわめて重要な役割を担《にな》っている。ほとんど無意味な作品において重要な役割を担っているということは、ほとんど無意味であると考えて差し支えない。

しかし、そもそも小説において意味があるとか、意味がないとか、それはどういうことなのか？

意味がある。

意味がない。

この二つの概念は人間を惑わす。もちろんしっかりとした基準があり、範囲を狭く設定するのであれば役に立つ。しかしそもそもの基準が曖昧《あいまい》であるときに考え始めるのは危険である。宇宙の歴史から考えれば四畳半など何の意味もないのは自明だ。

自分の人生の意味とは何か、ということを、学生は考える。生きがいということである。たいてい生きがいというのは四畳半でごろごろしているだけのときには発生しづらいものなので、ごろごろしているだけの学生たち(当時の登美彦氏含む)は悩むことになる。「生きがいというのは、世の中の役に立つことではなかろうか」と登美彦氏は考えた。「しかしそもそも、なぜ世の中の役に立たねばならないのか。役に立たなければ生きがいを感じられないというのも、なんだか息苦しい話ではないか。あぁ、でも自分は凡人だから、何の役にも立たないということを貫徹することは到底できまい。しかも『無用の用』を声高に主張することほど恥ずかしいことはない……」四畳半においてそんなことを考えていた経験から、「大日本凡人會」という小説ができた。

言うまでもなく、あらゆる角度から検証して登美彦氏は凡人である。机上においても、天文学的に僅《わず》かな時間、本当に限られた分野だけに発揮される才能のひとしずくを寄せて寄せて集めて上げて文章を書く。そういうものである。地味な積み上げである。

幸いなことにそうして積み上げたものが本になり、本が売れればお金になる。お金になることがすべてではないが少なくとも一つの尺度ではある。第一にそのお金によって登美彦氏とその妻と仕送り先の両親が潤《うるお》い、また出版する人が潤う。たとえ小説の内側では無益に徹したとしても、小説の外側では無益ではない。そのことが登美彦氏に生きる糧《かて》を与え、また生きがいを与える。けっきょくのところ真に無益に徹するのは、凡人には辛《つら》い道なのである。

世の中の役に立ちたいという願望は、世の中とつながっていたいという願望でもあり、登美彦氏は孤高を気取りたがるくせに淋《さび》しがり屋である。登美彦氏が自分の小説に謎《なぞ》の組織やサークルを頻繁に出すのも、その願望の現れかもしれない。

登美彦氏は「謎の組織」が好きである。そういう組織が大学を裏で牛耳っていたら、というような妄想を四畳半時代にはいつも膨らましていた。それはどんな組織であってもよい。しかし実利的な組織であると、なんだか浪漫がない。何を目的にして存在しているのかよく分からない組織というものに登美彦氏は惹《ひ》かれるのである。そういうわけで登美彦氏は全世界の四畳半を支配する組織というものを考え出した。その組織について、さまざまな証言を集めたのが「四畳半統括委員会」という小説であった。

登美彦氏は一匹狼《おおかみ》を気取るような文章を書く。しかし、彼は一匹狼には到底なれない男である。

四畳半時代の彼には友人たちがいた。たとえ恋人がいなくても、友人たちがいればじゅうぶん楽しく過ごすことができた。

たいていの人は、「俺たち友人だよな？」と確認したりはしない。そんなことをする場合、友人ではない可能性が高い。そういう言葉には、無理に金を借りようとしたり、怪しい書類に強引に判子を押させているような響きがある。友人というものは、そういう無理強いはしないものである。しかし、であるならば我々は、目の前の友人たちと友人であるということをどのように信じればよいのか。もし相手がそう思っていなかったらどうなるだろう。

そういうことを考えながら、登美彦氏は「グッド・バイ」という小説を書いた。もともとのタイトルは太宰治の小説からの借用だが、「みんなに別れを告げていく」ということ以外は内容に共通点はない。

「グッド・バイ」の中で、自分には友人が多いと自惚《うぬぼ》れている男は、次々と現実に裏切られ、切ない思いをする。それでも彼は現実を直視しようとはしない。もし登美彦氏が同じ事態に陥ったとしたら、登美彦氏も同じように現実を直視しようとはしないであろう。そんな現実はあまりにも淋しすぎるからである。登美彦氏はその小説を書きながら、主人公に自分を重ね合わせた。

登美彦氏の小説に登場する男たちは、登美彦氏に似ているところがある。

しかし完全に登美彦氏であるわけではない。

往々にして登美彦氏の小説はそういうふうに書かれている。無限に増殖した四畳半に暮らす、あり得たかもしれない己たち。彼らがそれぞれに行く道を書いているのである。

どんな小説に登場する男たちも、いずれは四畳半から脱出させてやらねばならない。自分の分身たちを四畳半に閉じ込めておくのは気持ちの良いことではないし、また物語というものは最終的に現実に着地しなければなかなか終わってくれないものなのである。そういうわけで登美彦氏は「四畳半王国建国史」の純然たる四畳半主義者の男を、四畳半から脱出させるべく、「四畳半王国開国史」を書こうとした。

四畳半時代、登美彦氏は「このまま四畳半から出られなくなるのではないか」という思いを抱いたことが幾度もあった。そのため、登美彦氏にとって、四畳半の中と外という区分けは大きな意味を持つ。

登美彦氏はこれまでに、四畳半から外へ出る物語をさんざん書いた。それは文字通りの四畳半でなくてもよい。一切に自分の手が届く居心地の良い世界でありながらけっきょく自分だけで完結した世界という意味である。主人公の妄想の世界である。「四畳半からの脱出」と言ってしまえば、登美彦氏が書いてきた多くの小説の説明は終わる。そんな説明をすることにあまり意味はないにせよ。

しかし現実の自分は、本当に四畳半から脱出したのだろうか。

書いているうちに、そんなことを登美彦氏は思ったのだ。

けっきょくのところ自分は四畳半のドアを開けなかったのではないか。四畳半に立て籠《こ》もって妄想の王国を築いた挙げ句、その妄想を通じて外へ出る通路を見つけた。つまり四畳半で育《はぐく》んだ妄想によって世界に受け入れられる道である。それは世界を四畳半化する道であった。登美彦氏はその道を通ったことによって、かえって四畳半から脱出することができなくなったと考えることはできないか。そして彼は今もなお、四畳半世界をさまよっているのではなかろうか。

というような登美彦氏の秘密の悪夢が、「四畳半王国開国史」には書かれている。

言うまでもなく、それが良いことであるか、悪いことであるか、という結論は書かれていない。

そのような解いても解かなくても大して意味のない問いは、そもそも投げかけていない。それが四畳半世界を放浪する登美彦氏の流儀なのである。

森見登美彦（もりみ・とみひこ）

一九七九年奈良県生まれ。京都大学農学部大学院修士課程修了。二〇〇三年『太陽の塔』で第一五回日本ファンタジーノベル大賞を受賞し、デビュー。京都に生息するあらゆる人々の真実の姿を表現し続け、特に男子大学生のリアルな青春と妄想を描かせたら当世一と名高い。二〇〇七年には、やはり京都を舞台にした異色恋愛ファンタジー『夜は短し歩けよ乙女』で第二〇回山本周五郎賞を受賞。同作は第四回本屋大賞の第二位にも選ばれた。

著作リスト（刊行順）

『太陽の塔』（新潮社）
『四畳半神話大系』（太田出版）
『きつねのはなし』（新潮社）
『夜は短し歩けよ乙女』（角川書店）
【新釈】走れメロス 他四篇』（祥伝社）
『有頂天家族』（幻冬舎）
『美女と竹林』（光文社）
『恋文の技術』（ポプラ社）
『宵山万華鏡《まんげきょう》』（集英社）
『ペンギン・ハイウェイ』（角川書店）
『四畳半王国見聞録』（新潮社）

暗いバス

堀川アサコ

Asako Horikawa

i　此木《このき》良夫《よしお》

七月だというのに、冷たい風がまとわりつく。

夜半《やはん》を過ぎた通りには、明かりもなく、音もない。

背後にせり出したアパートの常夜灯で、此木良夫は苦心して腕時計の文字盤を見た。

午前二時。

彼はこの真夜中に、バスを待っているのである。市内をぐるぐる巡《めぐ》る路線バスの終発から始発の間、たった一本だけ循環線のバスが運行されているのだ。

不思議な話だ。

市バスなのに、どうしてこんな時間に走っているのかは判《わか》らない。運行実験なのだろうか、何かの新しい施策なのだろうか。

真夜中の運行は時刻表にも書かれていないが、バスがこの停留所に来るのは、いつも午前二時だ。ちょうど丑三《うしみ》つ時。まるで怪談である。

ともあれ此木は深夜交替の仕事をしていたので、このバスを重宝して使っている。不思議だし怪談じみているものの、とても便利で助かっている。

実際、このバスに乗ることは、此木にとってちょっとした楽しみだった。同僚の誰にも話したことなどない。面白がって付いて来られるのが嫌だからだ。職場の仲間など、一歩外に出れば何の関係もない他人である。ほんの少ししかない個人的な時間まで、一緒に過ごしたいとは思わない。

音も灯りもない時間帯。

夏至《げし》を過ぎたばかりだから、あと二時間半もすれば陽が上り始める。

それなのに雨雲の皮膜を被《かぶ》った街は、いつでも暗い。近頃では夜も昼も、さほど変わりがないような錯覚に陥る。自分ばかりがそうなのだろうかと、此木は思った。

誰の人生とも関わらずに一人で暮らし、全く興味の湧《わ》かない仕事をして、毎月小遣い程度の賃金を得る。日々は、溜《た》まった泥のように単調だった。

——こんな給料じゃパチンコにだって行けない。赤提灯《あかちょうちん》にだって行けない。

喫煙室で同僚に話しかけられたのは、いつのことだったろう。

(俺はパチンコも居酒屋も、どうでもいい)

胸の内だけでそう反駁《はんばく》したのを覚えている。

此木の唯一《ゆいいつ》の趣味は山歩き《トレッキング》だった。彼は昔から、街があまり好きではない。街というのは全く、人間という蟻のこしらえた無様な塚だと思う。此木はその塚に閉じこもっていることに、ひどい苦痛を覚えるのだ。

(前に山に行ったのはいつだったっけ)

なかなか思い出せなかった。

(寂しいなあ)

蛾《が》の羽が頰《ほほ》に当たり、此木は我に返って通りを見やった。

闇《やみ》の街路の向こうから、まるで祭りの山車《だし》のように、のんびりと大きな明かりが近付いてくる。

——市内循環。市内循環でございます。

くぐもった女性の声のアナウンスが再生され、がたがたと扉が開いた。

「こんばんは」

返事を期待しているわけではないが、此木はいつもどおり運転席に声を掛けて乗り込んだ。

運転手は、毎回別の人のような気がする。ある時、此木はこの不思議なバスについて尋ねたことがあるが、「運転中はみだりに話しかけないように、マナーを守りましょう」と慇懃《いんぎん》無礼《ぶれい》な返答が返ってきた。

とは云《い》え、此木も彼らへの同情を忘れるほどには不人情でもなかった。ひどい時間外勤務だから、機嫌だって悪くなろうというものだ。

——ドアが閉まります。ご注意ください。

整理券を一枚引き抜き、いつもの席に座った。

最後部の長いシートの真ん中。

此木はこの何となく挑発的な位置に陣取り、狭いなりに運転席まで開けた通路を見渡す。

揺れる吊《つ》り革も、天井近くに一列に貼《は》られたぶよぶよ歪《ゆが》んだ広告も、板敷きの床も、車内の眺めは昼間と少しも変わらない。だったら影の長さはどうだろう。締め切った窓のせいで痼《しこ》った空気も、やはり昼間と同じだろうか。

——発車します。

まったく採算が取れていない筈《はず》だが、それでもこのバスの利用者は此木ばかりではなかった。運行ダイヤにも記されていないから、多数の乗降があるわけではないにしろ、やはり此木の他にも乗客は存在した。

これに乗り込んで来る連中は老若男女十人十色で、彼らは決まって此木に熱心に話し掛けてくる。夜行性人間の連帯感、とでもいうものなのだろうか。昼間のバスでは、そんなことは有り得ない。

此木はそれを聞くのが楽しみだった。

自分とは別な人生を持った人が居ると実感することで、彼は安心と興奮とを同時に覚えた。仕事が嫌いで、住む街も嫌いな此木だが、結局のところ人との付き合いに飢《かつ》えているのかも知れない。

(俺はここに居るんだ。誰か見付け出してくれ)

時折、此木は発作のようにそんなことを胸の中で繰り返していることがある。確かに、彼は慢性的な人恋しさを抱えていたのだ。

とはいえ、深夜勤務明けである。疲れて眠ってしまうことも度々だ。それでも乗り合わせた乗客は、此木に向かって勝手にべらべら喋《しゃべ》り出す。

彼らの話は、どれもこれも後味が悪かった。その後味の悪さにさえ、此木は安堵《あんど》を覚えた。

(憂鬱《ゆううつ》なのは、俺ばかりじゃない)

——次は運河《うんが》公園前。次は運河公園前。お降りの方は、ブザーでお知らせください。

ii 森下流聖《もりしたりゅうせい》

「あー、参っちゃった、ほんっと参りましたよ。このところ、ごたごたしてて。ずっと先輩の世話になってたんです。でもまあ、明日は仕事で街を離れるから、一息つけるかな。ホント、仕事が面白いって一番ですよね」

運河公園前から乗ってきた若い男は、此木の隣に腰掛けて水を浴びた犬のように頭を振った。

男はずぶ濡《ぬ》れで、驚いて窓を見るとひどい雨が硝子《ガラス》を打っている。いつの間に降り出したのか、全く気が付かなかった。

「今月の頭に転職したんですよ。あれ、もう日付変わったっけ？　もう七月一日？じゃ、先月だ。六月の始めにね」

乗客は、此木に向かって馴《な》れ馴《な》れしく話し出す。いつものことだ。

「俺は前の会社の先輩に拾って貰《もら》って、本当にラッキーでしたよ。先輩って、今は俺のボスなんです。だから本当は社長って呼ばなきゃいけないんだけど、前の会社に居た時からずっと先輩って呼んできたもんで。あのね、うちの先輩、器のでっかい男だから、そういうのいちいち気にしないんです。すごく男気があって、頼れる人なんですよ。

でもほら、世間には逆なのがよく居るでしょ、ちっちぇえ男に限ってね、肩書きに命掛けるヤツ。肩書き付けないと、ひとの名前も呼べないタイプ。その手合いは、滑稽《こっけい》ですよ。前の会社がそうだったから。俺みたいな平社員のことだって、森下さんでも森下君でもないの。森下社員だってよ。ねえ、笑っちゃいません？『おい、森下社員』だってさ。一応、パートや派遣と差別化してやってるって意味だったらしいんだけど。なんだか、江戸時代の士農工商みたいだよね」

男は声を裏返らせて笑った。すっきり整った顔立ちと、何処《どこ》か憎めない図々《ずうずう》しさへの好感が、その笑い声を聞いた途端に吹っ飛んだ。ひどく嫌な感じの哄笑《こうしょう》だった。

「そう云《い》えば、前の会社の社長のヤツ、朝礼の時にわざわざ『ワタシはナントカ藩の家老の家柄なのです』とかほざいてたっけ。――馬鹿《ばか》みてえ。意味判《わか》んねえ」

甲高い哄《わら》い声は続く。

「前に勤めていた会社、そういう所でね。いわゆるブラック会社ってやつで。昔は少しはまともだったらしいんだけど、経営者が変わってから完全ブラック化しましたね。知ってます？　舟山《ふなやま》印刷っての」

返答を待っているようなので、此木は頭を横に振ってみせた。憎き古巣の無名さに、男は気を良くした様子だった。

「印刷会社なのに、飛び込み営業でインチキ商品売りつけたりとかさせられるんですよ。平たく云うと、押し売りですよね。だから、市内のまともなところからは、殆《ほとん》ど出禁くらってたな。

それにしても、インチキ野郎ってのはやっぱりインチキ臭いものが好きなんでしょうね。舟山のオッサン、怪しい自己啓発セミナーなんかにはまっててさ。朝礼の時に、社員に怪しいオタメゴカシを唱和させるの。『どんなことにも、ありがとう！　何があっても、ありがとう！』みたいな。怖いよね。——あんなところ、そろそろ潰《つぶ》れるでしょ、多分。

俺なんか、さんざんに踏みつけにされてましたからね。毎日毎日、リストラちらつかされて脅《おど》されてさあ。ゴールデンウィーク前に本当にリストラされたし。頭にきて、社長の娘に近付いて、せいぜい楽しませて貰いましたよ。親父《おやじ》が白豚みたいなヤツなのに、一人娘がけっこう可愛《かわい》いんだよね。——まあいいじゃないですか、男女関係ってのは相身互《あいみたが》いってのが俺のポリシーですから。あいつだって、いろいろ楽しんだ筈ですよ」

此木はそろそろ眠気がさしてきて目を閉じるが、男の話は続いている。

「それで、先輩の話に戻るけど。先輩には昔から本当に世話になってて」

振り出しに戻った。この男は少し酔っているようだ。

「先見の明があるって云うんですかね。あんなブラック会社なんて、さっさと辞めちゃって自分で会社を興《おこ》したんですよ。印刷会社じゃなくて、広告代理店。先輩、前からそっちに興味あって起業の準備を進めてたんだって。事前に、根回しなんかもしてたみたい。ね、頼もしいでしょ。社名はね、有限会社ヒョウ企画っての。なかなかいいネーミングでしょ。先輩の苗字《みょうじ》が兵藤《ひょうどう》だから、ヒョウ企画。それで、ブラック会社をクビになった俺を拾ってくれたんです。だから、俺もヒョウ企画の社員。胸張って云っちゃう。

まあ、社員って云っても待遇はフリーライターとかフリーのカメラマンみたいなもので、ブラック会社よりもギャラ悪くて笑っちゃうところもあるんだけど。でも、ブラック会社での忍耐の日々に較《くら》べたら、なんたって仕事が面白いもん。

仕事はね、大手からの下請けか、孫請け。営業とかプロデュースとかは元請けがしてくれるから、ある意味でそのほうが効率的なんですよ。グルメ記事とか、旅行記事とかは役得ですね。俺みたいな貧乏だとなかなか食べられないものも、経費で落ちますから。元請けが払ってくれたりするし。山奥のペンションの企画も面白かったな。明日から、またそこに行くんだけど。今度は温泉の企画なの」

急に腕を揺すられて、此木は目を覚ました。眠い目を瞬《まばた》かせて「うん、うん」と頷《うなず》いてやると、男は憤慨気味に片方の眉毛《まゆげ》をピンと上げた。

「聞いてます？　ちゃんと聞いてよね」

彼は不思議な人徳の持ち主らしい。例の笑い声さえなければ、こんな勝手な態度でさえ愛嬌《あいきょう》に変わる。

「女にもてるだろう」

此木が唐突にそんなことを云うと、男は少し顔をしかめた。

「何の話してたっけ。ああ、温泉だ、温泉。――温泉の取材つっても、いわゆる秘湯ってヤツですけどね。名の知れた温泉じゃなくて、山奥の穴ぼことかに湧《わ》いている温泉を探していって、そこに浸《つ》かるの。もう、究極の露天風呂《ぶろ》。通称、鬼徳利《おにどっくり》って云ったっけね。

ねえ、鬼徳利だって。凄《すご》みあるよね。聞いただけで、最高って感じでしょ。俺なんか、女の子と仲良くするのも狭苦しいアパートとかラブホより、断然に屋外派ですからね。外で脱ぐの最高……なんつって。だから、俺にぴったりの仕事なわけ。ごたごたからも逃げられるし――」

出し抜けに、干涸《ひか》らびた音の流行歌が鳴った。男の携帯電話のようだ。通話のボタンを押すと、耳障《みみざわ》りな音楽が途切れた。

「もしもし？　ああ？　いい加減にしろよ。帰んねえよ。しつっこいんだよ、お前――」

男は囀《さえず》るような自分語りとはうって変わって、喧嘩《けんか》腰《ごし》で電話の向こうの人間に吠《ほ》えた。

iii　亜衣《あい》

七月になってから雨が続いた。

一週間ほどあけて、久しぶりに例のバスに乗った。

客は此木一人なのに、人いきれで窓硝子《ガラス》が曇っている。結露した窓は、まるで水族館の水槽のようだった。ぽつりと灯《とも》った街灯が、一定の間隔をおいて後ろに遠ざかる。

一つ、二つ……。

電柱にくりつけられた明かりを数えているうちに、また眠くなってきた。

夢の中に落ちる寸前、女の声がして此木は顔を上げた。

いつの間に乗って来たのか、熱帯魚の鰭《ひれ》を思わせる淡い色合いのワンピースを着た女が、前列の二人がけのシートに座っている。上体を捻《ひね》って、顔を突き出すようにこちらを見ているから、此木は驚いた。顔の造作《ぞうさく》はともかく、色の黒いお洒落《しゃれ》な若い女だった。手足も体も、割《わ》り箸《ばし》のように痩《や》せている。付け爪《づめ》をした指が、やけにひらひらと動いた。指の関節が、不釣り合いに太かった。

「最近、圭子《けいこ》にカレシが出来て同棲《どうせい》を始めたの」

圭子って？　寝ぼけながら訊《き》くと、女は身を乗り出して此木を覗《のぞ》き込む。こってりと口紅を塗った薄い唇が「私の親友よ」と答えた。

「圭子は高校の音楽教師で、すんごく真面目《まじめ》な子。いや、真面目というより、ちょっとドン臭い人なのよね。今のカレシが出来るまで、男と付き合ったこともなかったんだから。だから当然バージンだったわけよ。なもんだから、舞い上がっちゃって舞い上がっちゃって、正直ちょっとうんざりしてるところなの。『星の数ほど女はいるのに、森下君はどうして私を選んだのかしら』とか、くるもんだからさ」

森下君というのが圭子のカレシだと、女は念を押すようにゆっくりと云った。

「実は、私もまだ男の人と付き合ったことないんだけど。別にブスじゃないのにね。電車に乗れば痴漢《ちかん》に遭うし、道歩いてれば週一くらいのペースでナンパされるのに」

電車で通勤しているのなら、このバスは彼女の生活圏外だろう。此木はぼんやりとそんなことを考える。

痴漢もナンパも、彼女の勲章であるらしい。こうしてバスに乗り合わせた此木は、痴漢の真似《まね》やナンパの真似をしなくてはならないのだろうか。そんなことも、ぼんやりと考える。

「圭子は『亜衣は可愛《かわい》いから高嶺《たかね》の花なのよ』と云《い》うんだけど。でも最近じゃ、それ云う時に見下したみたいに笑ってるの。感じ悪いと思わない？　どうやらあの子、私にカレシを見せびらかしたいらしいのね。『いつも男の人とばかり一緒に居ると疲れるの。亜衣と話すとホッとする。今度うちにも遊びに来てよ』なんて云うんだから。本当に嫌味っていうか。

でも、私、お人好《ひとよ》しなのかな。長い付き合いだし、断るのも角が立つと思って、あの子の愛の巣とやらに遊びに行ってあげたのよ」

女は此木の目を覗き込んで、黙って間を置いた。焦《じ》れた風に見つめ返すと、満足した光が濃い睫毛《まつげ》の下に過《よ》ぎった。

「どうせブッ細工な男だと思ってたら、カレシ、すごくかっこいいの。それで、カレシ――というか彼、すごく私に親切なわけ。不思議なくらい。

ゴハン作ってた圭子が、豆板醬《トウバンジャン》だかバンバンジーだか足りないって買い物に行ったのよ。それで二人きりになったら、彼ったら早速に私を誘ってくるから驚いちゃった。

『亜衣さんはカレシ居るでしょ、可愛いから』とか。『今度一緒にランチしない？』とか。なんか、彼と私、会社が近いみたいなのね。ものすごい偶然よね。いや、縁があるって云うのかな？」

此木は若く見える女の頬《ほほ》に、うっすらとシミがあるのを発見する。

「本当に、彼すごく優しくて、それに中学校の時の初恋の先輩にあまりにも似てて、焦《あせ》った。……というか、私のタイプ知ってたくせに、圭子ったらわざと当てつけに私に見せびらかしてるわけだよね。そうと気付いたら、圭子のことが急に許せなくなったの。──本当云うと、ドン臭いくせして、偉そうに森下君のカノジョ面《づら》しているのが許せないんだけど。せいぜい元カノくらいの立場で我慢しろっての……」

女は慌《あわ》てたようにバッグを掻《か》き回し、携帯電話を取り出した。薄い眉毛がきりきりと上がり、目が小さい液晶画面を追っている。

此木は車窓に目を戻して、欠伸《あくび》をした。その口が閉じる前に、女はまた大急ぎで電話をバッグの奥に戻す。

「圭子って本当に鬱陶《うつとう》しい女で、嫌になるのよ。メールが来たかと思えば、彼のことばかり。そりゃ、こっちも彼のことを知りたくて……探りたくてメールしてるんだけど。それでも、本当に苛々《いらいら》する。あれで教師がつとまるわけ？

この前の休みの日、圭子のことを嘘《うそ》で誘《おび》き出して、私一人で彼の所に押し掛けちゃった。声色変えてさ『教え子らしい女の子が運河公園で倒れていて、圭子のことを呼んでいる』って嘘云ったわけ。こういうの、陽動作戦っていうのよね、違う？ 彼って疑うことを知らない正義の人だから、圭子が留守でゴメンとか云ってくれて。何かすごく感動した。だから私、森下君にゴハンつくってあげたんだ。彼、最初は戸惑っていたけど、結局は美味《おい》しい美味しいって食べてくれた。『亜衣ちゃんと結婚する人は幸せになれるよ、羨《うらや》ましいな』だって。これって告白だと思わない？ 私、絶対に口説かれてるよね？」

此木は街灯を数えている。

二十三、二十四……。

「次の日、会社の昼休みに圭子とばったり会って、ビックリしたわ。顔に痣《あざ》つくってるんだもの。駅の階段で転んだんだって。ホームなら良かったのにって、一瞬思っちゃった。──私ってかなり正直者？」

女は、しゃっくりのような笑い声を上げた。記憶にある笑い方だ。

「私この前ね、彼の会社が終わる頃待ち伏せして、二人で飲みに行ったんだ。『カレシにドタキャンされた』って嘘云ったら、『じゃ、俺が代役で』とか云ってくれたの。

なんか疑うことを知らない純真さが可愛いというか。それにしても、彼、絶対に私に気があると確信した。

でも、彼、圭子に『亜衣にカレシが居た』というトンチンカンな報告したらしくて、圭子はそれ聞いて『おめでとう』とかメールくれて、これには腹立ったー。だから、圭子の住所に脅迫状を出してやったの。もう半端《はんぱ》じゃなく不気味なヤツ」

――お前と一緒に暮らしている森下という男は、監禁魔の殺人鬼です。今まで何人もの女の人が殺されています。早く別れないと、あなたも殺されるでしょう。死にたくなければ、早く別れてください。

「本当の話?」

此木が窓から目を戻すと、痩せた女は再びしゃくり笑いをする。

「まさか。嘘に決まっているじゃない」

「それは、名誉毀損《めいよきそん》じゃないのかな」

二の腕が寒くなって此木は両手を抱えた。女は、ますます楽しげになる。

「様子見に行ったら、圭子ったら何でもないフリしているの。憎たらしい。でも、彼は素直だから――というか、私に気があるから、すぐに相談に来てくれたの。彼、本気で怯《おび》えてて、私ますます彼のことが好きになって、結局その時は二人でホテルに行っちゃった。

それから圭子から連絡も来なくてせいせいしていたんだけど。そのうち彼からメール来て。圭子、私らの浮気のこと知って怒って出て行ったんだって。肝心な時に助けにならないくせに、無責任な女よね」

女の声は、殆《ほとん》ど歌うような調子だ。

「今？ 私、彼と暮らしているの。本当に幸せ。占いでみて貰《もら》ったら、私たちってソウルメイトなんだって。前世からの繋《つな》がり。なんだか、すごく納得しちゃった」

此木はまた窓の外の灯りを、最初から数え始める。

一つ、二つ、三つ、四つ、五つ、六つ、七つ……。

いつの間にか、女も同様に窓を見ていた。此木と同じものを見て、此木の思考と唱和するように、声に出して街灯を数えている。

「彼の携帯見たら、女子高生からのメールがあった。彼、仕事の取材先の人だって云ってた」

八つ、九つ、十、十一……。

女は街灯を数えている。

それなのに、呟《つぶや》くように云う声が陰気なカウントに重なっていた。

iv 衣都美《いつみ》

青白い照明の向こう、運転席はどんよりと翳《かげ》っている。

此木は、ふと思った。ここがバスではなく劇場ならば、灯りに照らされたこちら側が舞台で、暗がりの運転席が、たった一つの客席か。まったくこのバスは動く劇場に似ていて、役者はいつも変わる。

(だとしたら、俺は舞台装置の一つだろうか。それとも何かの役があるのだろうか)

此木は作業服を着た自分を見おろした。

「奈々子《ななこ》はあたしを支配していたと思うよ。奈々子は社長令嬢だし、テレビのアイドルみたいに美人で人気者だったけど、本当は暗い子なんだよね。奈々子はあたしとだけ居たがった。あたしのこと、独占したがってた」

シートに横座りして話しているのは、この辺りで一番の進学高校の女子生徒だった。短いスカートを穿《は》いた脚を、ストリッパーみたいな格好で組んでいる。どうして下着が見えないのだろう。剝《む》き出《だ》しの太股《ふともも》から目が離せず、此木はそのことばかり気になっている。

「あたしたちはよく、学校の男子のこととか話して盛り上がった。生徒会長がかっこいいってあたしが云《い》ったら、保健室にある名簿こっそり盗んで、家を探して突き止めたりしたこともあったし。あたしたち二人ともけっこう、いろんなヤツに告白されてた。だけど、全部ふってやった。二人して街で男をナンパして、カラオケ行ったりもしたけど。あたしたち二人とも、カレシはつくらなかった。

あたしと奈々子はいけない遊びをしてたんだ。家族が留守の日、奈々子は必ずあたしを家に誘うの。それで、二人でお風呂《ふろ》に入ったり、二人で布団《ふとん》に入ったり」

女の子はこちらに向き直って、縮毛矯正で不自然なくらいまっすぐにした髪を揺らした。

オモチャらしい眼鏡の奥、目がビー玉みたいに綺麗《きれい》だ。博覧会に展示される美女型ロボットに似て、無機質で変な艶《なま》めかしさがある。女の子はそれを充分に自覚して、楽しんでいるようだった。

「奈々子に体のあちこちいろいろ見せたり、触られたりするのはドキドキしたけど。それは恋愛とかじゃないの。ただの友達同士でどうしようもないことをしている——そのどうしようもなさが、かっこいいなって思った。判《わか》るかな？　生活も人生も常識もないこと。それが、かっこいいの。判るでしょ？」

よく判らない。

そんな顔をしていたのだろう。女の子は軽蔑《けいべつ》するように此木を見た。

「たとえばさ——。ゴハンを食べないと親に何か云われたりして面倒だから、朝も昼も夜もきちんとゴハン食べて、いわゆる不良みたいなことも全然しない。でもほんとうのところ、あたしは奈々子とセックスの遊びをして、二人で居る時は食べ物とは程遠い味のメンソールのキャンディーだけ食べてたんだ。眠気醒《ざ》ましの辛いメンソールキャンディーが、あたしたちの本当の主食」

此木はまた女の子の太股に視線を落とし、女の子は脚を組み直す。古い映画のストリッパーみたいに、ステレオタイプの仕種《しぐさ》が堂に入っていた。

「奈々子が学校に来ない日が続いて、つまらないからあたしも不登校がちになった」

女の子は、もう一度脚を組み直した。こちらに背中を向けて、大きく息を吐く。此木の視線に辟易《へきえき》したらしい。

「いつだったかあたし、一人で運河公園の方まで行ってぶらぶら歩いていたら、ものすごく変な声が聞こえてきて。見たら、不潔な感じがする隅っこで、奈々子が知らない男とセックスしてた。立ったままで、毛虫だらけの桜の木に寄りかかって。奈々子はスカートめくれて、相手の男はパンツ下げてたから、ちゃんとやってたんだと思う。

あたし、びっくりしてつい見てたんだけど、でも不思議なくらいどうってことないのよね。体の奥にジンジン来ないかんじ。それどころか、馬鹿《ばか》っぽくてかっこわるくて、うんざりした。相手は、一般的に云うイケメンのカテゴリーに入るスペックだったけど。ともかくげんなり。

そしたら、急に二人ともこっちを見たのよ。あたしは流石《さすが》にびっくりして動けなかった。それにしても、向こうはやってる最中だから息が上がってて、鼻の穴開いて、ブッ細工ったらないってば」

こういう話、興奮する？ と女の子は訊《き》いた。此木は答えられなかった。

「それから、奈々子はあたしに媚《こ》びるようになった。前みたいに、グイグイ引っ張って行って『あんたは私のもの』なんて態度を取らなくなったの。とれなくなったというか……。あたしも急に奈々子と居るのが嫌になって、前に告白された男子と付き合い始めた。

奈々子は例の青姦男《あおかんおとこ》と居るようになって、学校も休みがちになって、とうとう本当に来なくなった。あたしの人生から、完全に削除された感じ。

あたしは、カレシとは奈々子としたみたいなことは、まだしていない。二人で電車に乗って、デレデレ彼の肩に頭のっけてうたた寝のふりとかするの。大人たちが、嫌な目でチラチラ見るのが可笑《おか》しい。今のところ、そういう情緒が気に入ってる」

「君も電車を使っているの？」

「電車に乗って何か悪い？」

「いや、別に」

前に、電車に乗れば痴漢《ちかん》に遭うと自慢していた女が居た。あの女同様、普段の移動手段が電車なら、このバスは日常的に使う乗り物ではない筈《はず》だ。この辺りでは、鉄道とバスは、すみ分けがきっちり出来ている。

だけど、この子は、真夜中のバスにただ奈々子の話をするためだけに乗ってきたのかも知れない。この連中は、みんな似たようなものなのかも知れない。

「奈々子が居なくなって随分経《た》った頃、青姦男が新聞に載ってた。なんだっけ、ホストみたいな名前だったな。そのホストみたいな名前の男が、女の人を監禁してたんだって。一人は逃げたけど、殺された人も居たのよ。

ビックリだったのが、殺された方が、うちの高校の音楽の先生だったことだよ。すごいドン臭い女だったから、殺されたってより、ちゃんとカレシ居て同棲《どうせい》してたって方がビックリ。

奈々子もヤバイんじゃないのって、あたし密《ひそ》かに慌《あわ》てたけど。新聞には名前もないし、女子高生の被害者なんてこと書いてなかったし」

女の子は此木に振り返った。此木は戸惑い、女の子も伊達《だて》眼鏡を直す指の先が震えていた。

「つまり、あの男と奈々子の関係って、あたしの他には誰も知らないんじゃないかな？　あの男が変態でサイコな人殺しでも——それはそれ。奈々子が消えちゃったのも、それはそれ。

ともかく、あたしは云わないわよ。警察にも学校にも親にも。奈々子が先にあたしのこと裏切ったんだもの」

Ｖ　奈々子

真夜中のバスには、いつかと同じ学校の制服を着た女の子が乗っている。

けれど、あの時とは違う娘だ。

ひどく色白で、栗色《くりいろ》にした髪が波打っていた。提灯袖《ちょうちんそで》と大きな襟が、何か特別な衣装のように似合う。西洋人形みたいな女の子だった。

此木はいつもより揺れるバスの中で、麻酔薬を打たれた動物のように行儀良く、いつものシートに腰掛けている。

目が乾いて辛《つら》い。瞬《まばた》きがよく出来ないせいだ。

女の子はいつか同じ制服を着ていた娘の席に座り、行儀よく膝《ひざ》を揃《そろ》えていた。

「そもそも流聖《りゅうせい》があたしに近付いたのは、うちの父の会社をクビになった腹いせなんです。あたしは舟山印刷の社長の娘だから。流聖は、あたしを傷物にして、父を苦しめてやろうって気だったと思います。だけど傷物って云ったってね……時代劇じゃないんだから」

女の子はくすくす笑った。おとなしげな外見や態度に較《くら》べて、ひどく低くて嗄《しゃが》れた声で話す。煙草《たばこ》か酒で潰《つぶ》れたような声だ。

「でも、あたし、そういうどうしようもないこと、って、すごく好きなんですよ。意味がなくて馬鹿なことが好きなんです。きっと、あたし、恋愛アレルギーなんだと思うんです。別に珍しくないんですよ。友達にもそういう子が居ましたもの。だけど、あの子はあたしのこと本気で好きになってしまって。そういうの、ちょっと重くて困るんです」

女の子は紺色のスカートのポケットから、キャンディーを出して口に入れる。銀色の紙に包まれた同じ物を、此木にも寄越した。メンソールのキャンディーだった。これがひどく辛くて、此木は続けざまにクシャミをした。

「あたしは、本当に恋愛が嫌いなんです。どうしてなんだろう？　親がうるさすぎるのかも知れません。あの人たちが、愛とか道徳とかいう言葉を、意味もなく垂れ流すせいなのかも知れません。いいえ、違う。きっとただ、そういう捻《ひね》くれた性格なんでしょうね。

　それにしても——。女の子相手に恋愛の遊びするより、やっぱり男の人の方がいいです。だって、あたしは同性愛者じゃないから。だから、レズのふりしてた友達とは別れちゃったんです。……だけど、別れたって云《い》うのかな、あれは」

　女の子は、辛いキャンディーを平気な顔をして食べている。

「ねえ、鬼徳利って知ってます？　山が好きなら、当然知ってますよね」

「俺が山が好きだって、どうして知ってるの？」

「あたしは知ってますよ。あなたが山好きだってことくらい」

　綺麗《きれい》に巻いた睫毛《まつげ》の奥から漫画みたいな目で見つめられて、此木はどぎまぎした。山歩きの趣味を指摘されたことが、ひどい罪状を云い当てられたような気がした。

　女の子は口の中で飴《あめ》を転がしている。

「鬼徳利というのは山奥のペンションの近くにある、ちっちゃな露天風呂《ぶろ》なんですよね。でも、露天風呂って云っても、単なる穴ぼこに濁ったお湯が湧《わ》いているだけなんだけど。深さも成分も温度も判《わか》らなくて危険だから、地元の人に聞けば誰でも近付くなって云うらしいんですよ。なのに、露天風呂マニアの間では評判高いんだそうです。流聖もその鬼徳利って云う温泉の取材をするために、山に行っちゃったんですよ。それが、もう二週間も前の話」

女の子は覗《のぞ》き込むように此木を見ている。

此木は視線を外し、天井近くの広告に見入ったふりをする。

淡い水彩画で描かれた白樺《しらかば》の列の向こう、ログハウスの写真がコラージュされていた。華やいだ緑の中、ログハウスのペンションは、清潔で可愛《かわい》らしい。まるでドールハウスのような、頼りなげで嘘《うそ》くさい風景だ。

女の子は此木の視線を辿《たど》って、自分もその広告を指さした。

「そう、流聖はそのペンションに行ったんですよ。彼が鬼徳利に入ってみたいと云ったら、ペンションのオーナーはとめたそうです。いくらお湯が湧いているからって、そんな得体の知れない穴ぼこなんて、危ないからって。

そしたら流聖は感じ悪く笑って、『判った判った』って云って、一旦《いったん》は引き下がったんですって。オーナーは怪しいなとは思ったらしいんですけど、流聖の笑い方って本当に癇《かん》に障《さわ》るんですよね。だから、勝手にしろって思っちゃったみたいで、しつこく念押ししなかったの。

流聖はチェックアウトして、ペンションを出たんです。

それから二週間くらいして――つまり昨日ね、オーナーは鬼徳利の近くまで行きました。そしたら、見覚えのある服やバックパックなんかが、鬼徳利の穴の傍に置いてあるのを見付けたの。すっかり雨でよれよれになってたんですって」

「どういうこと？」

此木は嫌な気持ちがして、自分の膝を両手で摑《つか》んだ。

何故《なぜ》か膝にも手にも感触がなく、女の子はそんな此木を真《ま》っ直《す》ぐに見ている。

「警察と消防団の人が来て、鬼徳利の中から流聖を見付け出しました」

「君のカレシは、鬼徳利に入ったんだね。そして、死んだんだね」

「お湯が濁っていて、穴ぼこの深さが判らなかったから。だから、流聖は入った途端に溺《おぼ》れたんですよ。

ペンションを出てすぐに鬼徳利に向かったとして、二週間もお湯に浸《つ》かってたわけでしょ。彼の体、硫黄《いおう》で変色して真っ黒なマネキンみたいになっていたそうで、すぐには流聖だと判らなかったらしいです。

でもねえ、これ、事故じゃないのよ。

流聖に秘湯の取材をさせるようにって、彼の会社のボスに指図したのは、あたしの父なんです。兵藤さんは舟山印刷を辞めても、父との主従関係は続いていたんですよ。可怪《おか》しいことに聞こえるけど、あれはまさに主従関係ですから。父はつぶれかけてたヒョウ企画に資金援助して、ついでに入れ知恵もしたというわけです。いいえ、お金ずくで兵藤さんを操ったと云う方が正しいですね。

父はあたしを弄《もてあそ》んだ流聖のことが許せなくて、兵藤さんを使って罠《わな》に嵌《は》めました。兵藤さんの後ろに父が居るなんてことに気付かず、流聖は恐ろしい場所に行かされて、死んじゃうように仕向けられたの。

つまりね——」

女の子はそこでふうっと息を吐き、二つ目のキャンディーを口に入れる。

「流聖が鬼徳利に落ちたのが七月二日のことだから、女の人たちを監禁したり殺したりなんか出来ませんよね。だって、その時にはもう死んじゃってたんですもの。

流聖は、うちの学校の音楽の先生と同棲《どうせい》していましたけど。先生を殺したのは、先生の女友達なんですよ。自分も監禁の被害者だとか云ってた人。流聖も女癖悪いけど、犯人はそんな流聖に熱を上げて、ストーカーみたいなことしてたらしいです。

その人、流聖が逃げたと思って頭にきたのかな。とうとう、恋敵を殺しちゃったわけです。それで、自分も監禁の被害者と名乗り出たんです。——なんか、変わった人ですよね」

此木はバスの昇降口の傍らに掛けてある、小さな日めくりカレンダーを見た。

七月十四日。

運河公園の停留所から乗ってきたあの男の話を聞いてから、もう二週間が過ぎている。

しかし、此木は現実に、あの男と会い話を聞いたのだろうか。それは、此木が今ここにいる現実と同じほど曖昧《あいまい》だった。

「もう一つ、肝心なことがあるんですよ」

女の子はメンソールの息を吐く。

「真っ黒くなった流聖の死体の膝《ひざ》の辺りにね、もう一人、崩れかけた腕の骨が、抱きつくような格好で絡《から》み付いていたんですって。何年も経《た》った古い骨。やっぱり、山歩き《トレッキング》の途中で鬼徳利に入って溺れた人みたい。

さぞかし、長いこと一人で寂しかったんでしょうね。腕だけ残った骨が流聖の膝にね、ほら——そんな風に」

女の子は、自分の膝を鷲掴《わしづか》みにしている此木を指さした。

此木は、何故か痺《しび》れて感覚のない自分の膝と両手を見つめる。膝も手も、がくがくと震えていた。

このバスで起こることの他、はっきりしたことが何も思い出せないと、此木は随分前から気付いていたのだ。毎日通っている職場のことを思い出そうとしても、彼の記憶はただ曖昧に循環するばかりだ。

(俺は街というヤツが嫌いだ。まるで蟻《あり》の巣のように、汚れて鬱陶《うっとう》しい)

それに較べて山歩きの清々《すがすが》しいこと。

(けれど何故、俺はこんなにも寂しくて人恋しいのか。あんなにつまらなかった職場さえも、懐《なつ》かしい。——もう四年も行ってないから。もう四年も、誰にも会っていないから)

此木は膝を掴んだ自分の手に目を落とす。

その手は肉も皮膚もこそげ落ちた、剝《む》き出《だ》しの骨だった。呼吸している筈《はず》の此木の胸は、実はもう何年も動いていない。鬼徳利の硫黄の湯の中に、溶けてしまったのだから。

「あなた、鬼徳利の底から、流聖のこと引っ張ったでしょう」

濃い睫毛《まつげ》の中、どろりと大きな目が此木を睨《にら》む。

この娘は、どうしていろんなことを知っているのだ。彼女もやはりこのバスに乗り慣れていて、誰かれとない身の上話に聞き入っているのだろうか。

（だったら、寂しくて惨《みじ》めなのは俺ばかりではない）

此木は顔を反らし加減に、女の子を見据えた。

「俺だって知ってるよ。君は本当は居ないんだろう」

少女は黙ってブザーを押し、吊《つ》り革に摑まりながら通路を進み、バスを降りた。

此木は、四年間ずっと動いていなかった時計を見る。

午前二時。

バスは、かつて此木良夫が勤務していた電子部品工場を通り過ぎた。

＊

市内の高校に通う小倉《おぐら》衣都美の家で異臭騒ぎが起きたのは、七月十五日のことだった。

衣都美の両親が娘の部屋を改めてみると、クローゼットからメンソールキャンディーの包み紙が雪崩《なだれ》のように溢《あふ》れ出た。

その中に、半ば腐乱した同級生の遺体が埋もれているのを発見し、衣都美の両親は警察に通報した。

司法解剖の結果、亡《な》くなっていたのは衣都美の親友である舟山奈々子と判明した。

「殺したとか、そういうんではありません。私たちは愛し合ってたから、一緒に暮らしていただけです。だって生きていたら、大人に見つかって面倒じゃない」

バスはオレンジ色のウィンカーを出して、停留所に停まる。

たたんで脇《わき》に挟んだ新聞が汗ばむほど、熱い夜だ。

堀川アサコ
Asako Horikawa

堀川アサコ（ほりかわ・あさこ）

一九六四年青森県生まれ。室町時代の風俗文化に魅《ひ》かれ、時代小説の執筆を始める。二〇〇二年「芳一――鎮西呪方絵巻」が第一五回小説すばる新人賞の最終候補となる。二〇〇六年、室町時代の京都を舞台とした伝奇ミステリー『闇鏡《やみかがみ》』で第一八回日本ファンタジーノベル大賞優秀賞を受賞。妖《あや》しい魅力あふれる文章と、独自の世界観が評価された。続く『たましくる――イタコ千歳のあやかし事件帖《ちょう》』は、昭和初期の弘前《ひろさき》を舞台に、イタコの千歳が事件を解決するオカルティック・ミステリー。ミステリーながら「ノスタルジックでどこかほっとする」作風が評判となる。

著作リスト（刊行順）

『闇鏡』（新潮社）

『たましくる――イタコ千歳のあやかし事件帖』（新潮社）

『魔所――イタコ千歳のあやかし事件帖２』（新潮社）

『幻想郵便局』（講談社）

堀川アサコ

Asako Horikawa

水鏡の虜《とりこ》

遠田潤子

Junko Toda

夏のはじめ、丹後の国の新しい国司が任地を訪れ、国分寺に宿札を掲げた。

境内には棟《おうち》の大木があり、花の盛りであった。淡紫の小さな花が群れるように枝を飾るさまは、遠目には瑞雲《ずいうん》でも降りたかに見えた。

まだ若い国司は人払いをして堂守である聖《ひじり》と話をした。扉の向こうからはすこしの間すすり泣く声が聞こえてきたが、やがて静かになった。その後、国司は由良《ゆら》の湊《みなと》に使いを出し、ある老人とその息子を召し寄せた。


「おまえが山椒太夫《さんしょうだゆう》か」国司は縁先まで足を進めて声を掛けた。

棟の下に平伏した老人は身なりこそ豪奢《ごうしゃ》であったが、ひどく痩《や》せこけ色つやのない肌をしていた。国司は黙って老人を見下ろしていたが、やがて棟の木に眼を移した。

「山椒太夫よ。こちらの棟も見事だが、おまえの館《やかた》の棟もさぞかし美しかろうな」

「お言葉ですが、国司殿。今、その花は館では咲きませぬ」

山椒太夫が霜の降るような声で答えた。柔らかな風が堂宇を渡る心地よい昼下がりであったが、その老人のまわりだけは凍《い》てついて見えた。

「今は咲かぬ、か。たしかに時は移ろうものだな」国司は嘆息した。「のう、山椒太夫。老いとは怖《おそ》ろしいものよな。鬼も逃げ出そうかという非道で知られたおまえが、今ではどうだ。焚《た》き付けにもならぬ粗朶《そだ》か、浜でひからびた海松《みる》かという有様ではないか」

「いえ、老いなぞさほど怖ろしいものではありませぬ」

「では、おまえが恐れるものはなんだ？」

「水鏡」太夫が無造作に答えた。

「水鏡？　それのどこが怖ろしい？」国司は怪訝《けげん》な顔をした。

「己《おのれ》が映ります。……映りませぬが、映ります」老人がかさかさと笑った。「それより、先ほどから国司殿は当家の事情にお詳しいようで」

「太夫よ。我の顔に憶《おぼ》えはないか？」

「新しく来られた国司殿なれば、お顔を存じ上げるはずもございませぬ」

「それはなんともおかしなことだな、山椒太夫」国司は身を反らし、大げさに驚くふりをした。「わすれ草と名をもらった我のほうは、おまえのことをよく憶えているぞ」

「わすれ草と？」その名を聞いた途端、老人の窪《くぼ》んで落ち込んだ眼が大きく開かれた。

細い首から瘤《こぶ》のように突き出た喉仏《のどぼとけ》が激しく上下し、見る間に顔から血の色が引いていく。

「我が買われて来た日、おまえがつけた名だ。そのとき以来、我は奥州岩城《おうしゅういわき》の判官平正氏《たいらのまさうじ》が一子、厨子王丸《ずしおうまる》ではなく、山椒太夫が下人の一、わすれ草となったのだ」

そのとき、老人の後ろにいた男が声を上げた。「なんと、あのわすれ草か」いかつい風貌《ふうぼう》の野卑な男だ。ただ荒々しいのではなく、眼に卑屈な光があるのがなんともいやらしい。

「憶えているぞ。おまえは三郎《さぶろう》だな」国司が眉《まゆ》を寄せた。

「なにがあったかは知らぬが、たいそうなご出世であることよ」三郎と呼ばれた男が腕組みをし、ぎりぎりと奥歯を鳴らした。「お喜び申し上げる」

「うむ」国司はわざと大仰にうなずくと、山椒太夫に向き直った。「我は姉御さまをたずねて参ったのだ。姉御さまとは安寿姫《あんじゅひめ》。おまえたちがしのぶ草と名付けた娘よ。さあ、姉御さまはどうされた？」

老人は国司を見上げたまま震えていたが、ふいに奇妙な笑みを浮かべた。

「それを知ってどうなさる？　知らぬほうがよいこともありましょうに。それに、あらかたは御存知のはず」

「たしかに。我とてこのようなこと、知りとうはなかった。だが、それでもお前の口から聞かねばならぬ。さあ、姉御さまの最期《さいご》を語れ。どのように果てられたのかを語るのだ。語り終わった途端、その首、引き落としてやろう」国司は厳しく言い放った。

「好きになさるがよい。生き死になどどうでもよいこと。ですが、たとえこの首落とそうとも、国司殿には私を罰することはできませぬ」

「世迷い言はたくさんだ。さあ語れ。山椒太夫よ」

「相変わらずこらえ性のない童《わっぱ》だ。性根は変わらぬと見える」老人が低い声で笑って、頭上の楝を仰いだ。「……そう、あれは秋のはじめ、空が高く透き通った日のこと。楝の下に、色が白くて柳のように頼りない姉弟がおった……」

＊

由良の川が海に注ぐすこし手前、広い中州をのぞむところに館が建っている。庭に面した広間の隅には大きな古唐櫃《ふるからびつ》があった。漆地に蒔絵《まきえ》で楝の花が描かれた時代物だ。もうずっと昔、当時の国司に塩で得た財を貢《みつ》いだところ褒美《ほうび》に賜った品だという。そのとき庭に植えた楝は軒をはるかに越す大樹となった。

唐櫃の脇《わき》にはいつものように二郎《じろう》と三郎が控えている。この館には男子が五人産まれたが、残ったのは二人だけだ。長男の太郎《たろう》は二十歳の頃逆らったので唐櫃に込めた。四、五日は音がしていたが七日もすると静かになった。あとの二人は流行病《はやりやまい》で早々に死んだ。

その日、奴頭《やつこがしら》が庭先に引き出してきたのは、越後《えちご》の国から転々と売られてきた姉弟だった。青い実をびっしりつけた棟の下で震えている。

「おまえたちは今日からこの山椒太夫の譜代下人じゃ。つまり、おまえたちの子、孫、曾孫《そうそん》、とこしえにこの山椒太夫の下人ということじゃ。そのことを肝に銘じてせいぜい働け」

十五になる姉をしのぶ草、十二の弟をわすれ草と名付けて使うことにした。

「のう、父上」唐櫃の脇に控えていた三郎がしのぶ草の頭の先から足の先までじろじろと眺め回して言った。「姉のほうはなかなかの器量だ。よき家の男を従者聟《じゅうしゃむこ》にできるかもしれぬ」

「そうじゃな。富貴を運んでくるならめでたいことじゃ」

女の下人が縁づけば相手の男は従者聟と呼ばれ、下人の主とも関係ができる。それなりの男に差し出せば見返りは大きい。

「しのぶ草、勝手につまらぬ男と交わすなよ」三郎が犬のような視線を投げると、娘は顔を背けた。怒った三郎が膝立《ひざだ》ちになり怒鳴った。「なんだ、おまえは」

「よせ、三郎殿」それまで黙っていた二郎が制止した。「相手は来たばかり。なにも知らぬ童ではないか」

「また二郎殿の慈悲第一か。下人を甘やかしてなんになる」三郎が不満げに顔をしかめた。

兄弟とはいえ、この二人はまるで似ない。二郎は弁は立つが小心者で、慈悲第一と下人を甘やかすのでたちがわるい。馬や弓にはまるで興味を示さぬ変わり者だ。館の書き物はこの男がやるが、左で筆を持つのでどうにも不格好であった。一方、三郎は気は短いが肝が据わっている。容赦のない折檻《せっかん》をするので逆らう者はいない。中州の馬場でよく馬を責めているが、時折度を超して潰《つぶ》してしまうこともあった。

姉弟が奴頭に引き立てられて行くのを、二郎が口を半開きにして見送っていた。

「あの娘の冴《さ》えた額はどうだ」うっとりとつぶやく。「炭の音でも聞こえるようだ」

「炭の音？　なんじゃそれは？」

「よき炭とよき炭を叩《たた》き合わせれば、ちぃん、と澄んだ音が鳴りましょう。しのぶ草を見ていると、今にも身の内から澄んだ炭の音が響いてくるような気がします」

二郎はずっとしのぶ草の後ろ姿を眼で追っていた。

「わけのわからぬことを得々と」三郎が鼻で笑った。「二郎殿は風流で結構なことだ」

三郎の嘲笑《ちようしよう》に、二郎は顔を赤らめたが言い返しはしなかった。

次の日から、姉のしのぶ草には潮汲《しおく》み、弟のわすれ草には柴刈《しばか》りをさせた。姉弟はなかなか仕事になじまず、なにかにつけ面倒を起こした。そのたびに、二郎は姉弟をかばい助けてやった。それを見た三郎は舌打ちして渋面をつくったのであった。

いつか秋も終わり年も暮れ、大晦日《おおみそか》になった。

突然、庭先から騒々しい声が上がった。三郎が憤怒《ふんぬ》の形相であの姉弟を引きずっている。

「父上、小屋を見回りに行ったところ、こやつら、早速逃げる相談をしておりました」

「なんと、人目がなくなった途端、逃げようてか。小憎たらしい童どもじゃ」

いまだ、この姉弟は嘆いてばかりいる。下人としての境遇が受け入れられないのだ。まともに仕事もできぬくせに頭だけは高い。見ているだけでうっとうしくなる。それどころか、こんな憂《うれ》い顔がそばにあっては年を越すのに縁起が悪い。館《やかた》や下人小屋から隔てて、木戸脇の柴小屋へ追いやったところであった。

「なにからなにまで忌々《いまいま》しい。三郎、すぐにいつもの仕置きの用意をするのじゃ」

すると、二郎が真っ青になって反対した。「父上。私からよく言い聞かせます。焼印はどうかご容赦を」

焼印とは仕置きのためだけに押すものではない。所有をあらわすだけのものでもない。それよりも、むしろ隔てを明らかにするためのものだ。押された者はその瞬間から人であって人でなくなる。人が人であるかどうかを決めるのは己ではない。他人の眼だ。焼印を押された者は他人に見られるたび、己が人ではないことを思い知らされる。

「駄目じゃ。甘い顔を見せれば、下人どもはつけあがるだけじゃ」

許しを請う姉弟を棟《おうち》の下に引き据えた。三郎は矢籠《しこ》から矢を一本取りだし、矢尻《やじり》を炭櫃で丁寧に焼いていった。丸根の矢尻はしのぎがなく、槙《まき》の葉のように細長い。額に十文字が山椒太夫所有の証《あかし》であった。矢尻が焼けると、三郎がしのぶ草の身の丈ほどもある髪をつかんだ。くるりと腕に巻きつけると、そのまま引きずり倒して膝で地面に押さえつける。

「三郎殿」横でわすれ草が泣きながら叫んだ。「逃げようと言ったのは、姉御さまではなく私です。どうぞ私に二つお願いします」

「たわけ。それぞれに押してこそ焼印だ」三郎が楽しそうに笑った。

「違います。逃げようなどと申したのは、私でございます。ですから、弟は免じて私に二つお願いいたします」三郎の膝の下でしのぶ草が訴えた。

三郎は相手にせず、矢尻をしのぶ草の額に近づけた。充分に熱した矢尻は灰をふいたように白っぽい。押し当てぬうちから、ちりちりと髪の焦《こ》げる音がした。

「あっ」姉に近づく矢尻を見て、弟は悲鳴を上げて気を失った。

「なにが私に二つ、だ。口だけの情けない童《わっぱ》よ」三郎が矢尻を押し当てようとした。

そのとき、突然二郎が庭へ駆け下りた。左腕で三郎から矢を奪うと、あっという間に棟の向こうに投げ捨ててしまった。驚く三郎を尻目に、二郎は口を開いた。

「父上。焼印を近づけただけでこの有様です。いざ、印を押せばどれほど無様《ぶざま》なこととなりましょう。これ以上見苦しく泣き叫ばれては、歳《とし》の神も踵《きびす》を返してしまうやもしれませぬ。大事な年越しの日なのですから、今はこらえて勘弁なさるがよいかと思います」

二郎は滔々《とうとう》と述べた。ただ弁が立つだけではなく、今日は尋常ではない気迫すら感じられる。この男にしては珍しいことであった。

「歳の神を持ち出されては仕方ない。今日のところは印はなしじゃ。三郎、放してやれ」

三郎が舌打ちしてしのぶ草を蹴倒《けたお》した。二郎が駆け寄りしのぶ草を助け起こしてやった。

「ありがとうございます。二郎殿」しのぶ草が涙をためた眼で二郎を見上げた。

瞬間、二郎は息を呑《の》んだ。炭の音がしたのだ。しのぶ草に見つめられたまさにそのとき、この男は寒空を貫く冴えた炭の音を聞いたのであった。

二郎が炭音の余韻に心を乱していたときであった。ようやく息の戻ったわすれ草が、わあわあ泣きながらしのぶ草にしがみついた。その見苦しいことといったら言葉にしようもない。

「さあ、よく眼を開けてこの姉の額をごらん」しのぶ草が月のような額を示した。

「印などないでしょう。二郎殿がお助けくださったのです。だから、もう泣くのはおよしなさい」

姉に諭され、弟が涙を拭《ふ》いてうなずいた。仕置きの焼印をまぬがれ、姉弟はすっかり安堵《あんど》したようであった。

だが、己の分をわきまえもせず見苦しく泣き喚《わめ》く者を、このまま許すわけにはいかない。焼印を免じたならば、別の手立てを考えなければならなかった。

「口の減らない童どもじゃ。浜へ連れて行って船に込めるのだ。飯も水も与えず干し殺せ」

浜には使わぬ船が引き上げてある。それを逆さに伏せて姉弟を閉じ込めることにした。冬の海には、風に混じって姉弟のすすり泣く声が高く低く響いた。

「二郎殿。お得意の慈悲が仇《あだ》となったようだな」三郎は二郎を見て満足げに笑った。

それでも、二郎は姉弟を見殺しにするつもりはなかった。互いを思い合う姉弟は二郎の目にはまぶしく見えた。館の男たちには姉弟のように通い合うものなどない。かつて、長男は唐櫃《からびつ》に込められ殺された。唐櫃の中から詫《わ》び言と恨み言とを交互に繰返し、助けてくれとみなの名を呼んだ。三郎は笑っていたが、二郎は己の名が呼ばれるたび怖ろしくて逃げ出した。

同じ過《あやま》ちは繰り返さない。必ずこの姉弟を助けてやる、と二郎は決めた。そして、夜ごと人目を忍んで浜へ下りると、小さな穴から腕を差し入れ己の飯をこっそり分け与えた。その上、嘆く姉弟をなぐさめようと、あれこれと話までしてやったのだ。

「今、海から吹いている冷たい風はうらにしと言う。湿って重い風で、みぞれやら雪やらを降らせる。この風が変わると春になる。やがて花が咲くのだ」弁の立つ男であったが、女子どもとたわいない話をするのははじめてであった。「花と言っても桜ではないぞ。館の庭の楝を憶えているか。夏が来る頃には淡紫の花が満開になって、それはそれは美しい。桜などよりもよほど奥ゆかしく品のある花だ。今、ここで果てては見ることはできぬぞ。姉弟揃《そろ》ってきっと花を見るのだ」

年が明けて船を仰向けにすると、姉弟は生きていた。身体《からだ》は冷えて土気色になってはいたが飢えた様子もない。しのぶ草などは前よりも晴れやかな額をしていた。

「父上、二郎殿にも困ったものではないか」三郎が渋面をつくり、唐櫃にちらりと眼をやった。「これ以上、父上をないがしろにするようであれば……」

みなまで言わず、三郎は口の端を歪《ゆが》めてにいっと笑った。

＊

山椒太夫の話を聞き、国司は感慨に声を上げた。

「おお、そうだ、夜ごと穴から届く水と飯で我らは命を繋《つな》いだのだ。我らは二郎殿を慈悲の左手と呼んで感謝しておった。それだけではない。楝の話で我らの心はどれだけ慰められたか。暗く冷たい船の中では、棟は天上の花のようにも思われた。ご恩に報いたいと思うが、二郎殿はお出《い》でにならなかったのか」

「出てきたくとも、出られませぬ」老人が鼻で笑った。「残念ながら、その男はもうとうにこの世にはおりませぬ」

「なに、亡《な》くなられたのか。なんということだ」国司は天を仰いで悲嘆した。「二郎殿だけが人の心をお持ちであったのに」

「いえ、あれは口ばかりのくだらぬ男。……のう、三郎よ。おまえもそう思わぬか?」

山椒太夫がぐるりと頭を巡らし三郎を見た。

三郎は懐手《ふところで》のまま黙っていたが、忌々《いまいま》しげに口を歪めて答えた。「そのとおり、あれはくだらぬ男であった」

「黙れ。あの方がおらねば、我ら姉弟は額に恥辱の印を押され、暗い船の中で飢え渇いて果てるところであった。おまえたちのような欲と邪慳《じゃけん》の塊には、二郎殿のお心など到底理解できるはずもない」

国司は太夫と三郎をにらみつけた。だが、太夫は薄笑いを浮かべたままであった。

「国司殿はあの頃まだ幼く、しかも歳よりも子供じみておられた。知らぬことも多かったとは思いませぬか」

「我の知らぬこととはなんだ?」国司は不快をあらわにした。「申せ」

「欲のない人などおらぬ、ということでございます」老人がさも面白そうに笑った。

＊

春が終わり、楝《おうち》の花が咲いた頃のことであった。ある夕、二郎が庭に出てみると、楝の木の下にしのぶ草が立っていた。じっと満開の楝を見上げて動かない。海から上がったばかりと見え、まだ足と裾《すそ》を濡《ぬ》らしていた。

「しのぶ草」二郎が声を掛けた。「どうだ、見事なものであろう」

「はい、二郎殿のおっしゃられたとおりでございます」声を掛けられたしのぶ草は驚いたようで、おずおずと微笑《ほほえ》んだ。

「私はこの木が気に入っている。清楚《せいそ》でいてなまめかしい。風に揺れるさまは軽やかだ。三郎殿は役に立たぬ木だと言うが、私は大好きだ」

「正直に申しますと、私は少々この木が怖《おそ》ろしゅうございます。仕置きを思い出しますから。ですが、花は別です。楝の花を思えば二郎殿を……慈悲の左手を思い出します」

娘が己を思っている。それどころか、だれにもよく言われたことのない左手に感謝している。それだけで、二郎はまるで小娘のように息が苦しくなってしまった。二郎の動揺を知ってか知らずか、しのぶ草は頬《ほほ》を染めて言葉を続けた。

「弟も同じです。よく二郎殿のことを話します。弟がここでやっていけますのも、二郎殿のおかげです。弟は……」

そのとき、垣の向こうに三郎が見えた。立ち聞きしていたようだ。しのぶ草は足早に去っていった。

その後ろ姿に思わず二郎は眼を見張った。この娘の額が美しいことは知っていた。冴えて澄んだ炭の音が響く娘であった。だが、今、濡れた裾から滴《しずく》を落として走るさまはまったく違った。丸い尻《しり》は盛り上がって控えめに揺れていた。濡れた裾からふくらはぎに潮が伝い、足首の筋がなめらかに光って見えた。二郎は知らぬ間に息を止めて見入っていた。


やがて、うらにしが吹きはじめ、木々の葉は落ち草は枯れ色になった。楝の丸い実は青から黄金へとまだらに色づき、からからと揺れていた。

塩浜の仕事も今日で終わりという日であった。二郎が浜へ出ると、潮汲《く》みの女たちが焚火《たきび》を囲んで休んでいた。二郎は釜屋《かまや》の陰から女たちを眺めた。しのぶ草の姿もあった。海の向こうに眼をやりながら、火に手をかざしていた。

一人の女が砂に腰を下ろすと足の裏を火であぶりはじめた。すると、ほかの女たちもつられるように座り込んで足裏を火に向ける。立っているのはしのぶ草だけになった。

「しのぶ草、おまえもやってごらん」女が声を掛けた。

しのぶ草がためらっていると、ほかの女たちも口々に勧めた。「お行儀の悪い格好だけれどね、ここを火にあぶると身体がずんと暖まるんだ」

しのぶ草が砂に尻を落とし、ためらいながら片足をあげた。その途端に二郎は苦しくなった。真っ白な足裏を暖めるしのぶ草は、かすかにとろけた顔をしている。見られていることなどまるで気付いていない。

足の指と土踏まずに挟まれた丘は、ふっくらと柔らかく見えた。手を伸ばせば、勝手に向こうから吸い付きそうであった。その下の土踏まずにも心を乱された。半円のくぼみは木匙《きさじ》ですくったようで、欠けたところを埋めてやりたくなる。指が五本並んでいるさまにさえ胸が苦しくなった。その裏に隠れた小さな花のような爪《つめ》を思うと、二郎の身体は痛いほどに熱を持った。

遠田潤子
Junko Toda

棟の下で気付いて以来、しのぶ草は二郎の秘めた欲の矛先であった。この男が女にこれほどの執着を覚えるのははじめてであった。だが、今、しのぶ草の足裏を見て沸き上がった思いは、これまでの執着を一息で上回った。二郎はわけのわからぬ欲に揺さぶられる己が怖ろしくてならなくなった。これ以上こらえる自信がなく浜を去ろうとしたとき、背後から三郎の声がした。

「二郎殿。呆《ほう》けた顔で透《す》き見か？」

振り向くと、三郎が歯をむき出しにして笑っていた。二郎は慌《あわ》てて取り繕ろおうとしたが、三郎はまるで相手にせず今度は焚火に向かって怒鳴った。

「しのぶ草。俺の知らぬ間に、ずいぶんなじんだものよな」

しのぶ草はさっと青ざめ、立ち上がると裾をかき合わせた。

「よい、よい」三郎が濁った声で笑い続けた。「なににでもなじむのはよいことだ。そう思わぬか、二郎殿」

他の女たちは二郎三郎としのぶ草を見比べ、薄笑いをしていた。

＊

山から雲が流れてきて、わずかに陽が薄くなった。色の沈んだ淡紫の花は先ほどよりもなまめいて見える。国分寺の境内には、居心地の悪い静けさが淀《よど》んでいた。供回りの者たちは落ち着かずうろうろと視線をさまよわせ、三郎は腕組みをしたまま膝《ひざ》を揺らしている。山椒太夫だけが微動だにせず、ひたと国司を見つめていた。

「太夫、我が知りたいのは姉御さまの最期《さいご》だ。おまえの息子の卑《いや》しい心うちではない」

ようやくのことで国司が口を開いた。その顔にはかすかなおびえが見て取れた。老人の発するおぞましさには、なにか得体の知れぬものがある。卑しいという言葉で片付けてもしっくりこない。いくら手で追っても払えぬ羽虫のような違和感があった。

「いや、国司殿はまだお若い」太夫が喉《のど》を鳴らして笑った。「望みとは卑しくあさましいものでありましょう。なにかを望めば人は欲にとらわれる。それが慈悲であろうと女であろうと……そう、たとえ足の裏であろうと」

「たわけ。慈悲と足の裏を同じにするか」

「二郎の中では同じでありました。あの男はどちらも望み、結局、どちらも手に入れることができず……愚かな男でありました」

「山椒太夫。我にはおまえのほうがよほど愚かに見える。老いて実の息子をあざけることしかできぬ哀れな男よ」

「たしかに」老人がひとつ乾いた咳《せき》をした。「ですが、その愚か者に話をせがむ国司殿はいかがなものでしょう?」

「ならば話を急げ。それとも、たとえわずかでも首が惜しいのか?」国司は苛立《いらだ》った。

「まさか」太夫が眼を閉じて喉の奥で笑った。「では、続きとまいりましょう」

＊

年明けには下人に与える仕事の見直しをする。新入りは柴刈《しばか》り潮汲みだが、慣れてくるとそれぞれ振り分ける。鍛冶《かじ》に木挽《こび》き、糸紡《いとつむ》ぎに機織《はたお》りなど仕事はさまざまだ。だが、わすれ草は柴刈りのままとした。甘えた性根が治るまでは、なにをさせても使いものにならぬからだ。

一方、しのぶ草は奥で使うことになり、正月十六日の初山に合わせて木戸の小屋から館《やかた》へ移すことにした。二郎と三郎が告げに行くと、しのぶ草はきっぱりと言った。

「私に奥の用事など勤まりませぬ。弟と離れるのはいやでございます。どうか、ずっとこの小屋にいさせてくださいませ」

姉の言葉を聞き、わすれ草があからさまにほっとした顔をした。それを見た二郎はさすがに苛立ちを覚えた。姉のためを思えば送り出すべきではないか。いつまで甘える気であろう。

「黙れ。おまえは譜代下人で父上の持ち物ぞ。背くことなどできぬわ」三郎が怒った。

「しのぶ草。決して悪い話ではないぞ。奥で働くのは、冷たい海に入るよりもずっと楽だ。そんな粗末な衣も脱いで、きれいな衣装を着せてやろう」二郎も懸命に説いた。

「どうぞご堪忍《かんにん》ください」しのぶ草が頭を下げた。「弟はまだ幼いのです。私がそばについて助けてやりとうございます」

「わすれ草はもう十三ではないか。立派に独り立ちする歳《とし》だ」二郎が言葉を重ねた。

だが、しのぶ草は首を振った。「まだ十三でございます。たった二人の姉弟ですから、引き離すことだけはおやめくださいませ。私のほかにだれが弟を守ってやれるでしょうか」

二郎は己がいつのまにか唇を強くかみしめていたことに気付き、驚いた。これまでは、しのぶ草が弟をいたわるさまを美しいと思っていた。なのに、今はうんざりしている。たった二人の姉弟かもしれぬが、これではまるでこの世に弟しかいないようではないか。

そのとき、痺《しび》れを切らせた三郎が割れ声で怒鳴った。「もうよい。ならばおまえも山に行け。男に混じって柴を刈るのだ。気が済むまで弟を助けてこい」

「わかりました」しのぶ草は一瞬顔を引きつらせたが、すぐに冴《さ》えた声で答えた。落ち着き払った様子に気圧《けお》されかけた三郎だが、すぐにぬらぬらと笑った。「山へ行くならば、おまえも男のなりにつくらねばな」

腰に差した短刀を抜くと、しのぶ草の髪をつかんで地面に突き倒した。そのまま膝で押さえ込むと、しのぶ草が悲鳴を上げる間もなく髪を削《そ》いだ。

「なんということを」二郎が叫んだ。

しのぶ草の髪は肩の上でぶっつり断ち切られていた。女の髪を切るとはどれほどの辱《はずかし》めであろう。二郎の肌は粟立《あわだ》った。だが、仕打ちの酷《ひど》さに驚いたからだけではない。普段は決して見ることのない真っ白なうなじが眼に入ったからだ。精緻《せいち》な細工物のような耳に息が止まりかけたからだ。

「どうだ、しのぶ草。山へ行くこしらえをしてやったぞ。礼を言え、礼を」うつぶしたしのぶ草の鼻先で、三郎が重たげな髪束を揺らした。

「ありがとうございます。三郎殿」しのぶ草がゆらりと立ち上がった。髪を失ったしのぶ草は異様であった。身体《からだ》はすっかり女でありながら、肩で削がれた髪は年端《としは》もいかぬ童子のものなのだ。卑しい髪の下では、柔らかくふくらんだ胸も尻もやはり卑しく見えた。一方で、短い髪は俗欲を断った清浄な尼のものでもある。だが、しのぶ草は童子と尼、そのどちらにも見えなかった。二郎だけでなく三郎でさえしばらく言葉を失った。

やがて、三郎がぼそりと言った。「なるほど、たしかにこれはこれで」

しのぶ草は額を煌々《こうこう》と輝かせ、男たちを見据えていた。髪が肩上で揺れるさまは、火のまわりをひらひらと飛ぶ蛾《が》のようであった。二郎は黙りこくったまま、はじめてしのぶ草を怖《おそ》ろしいと思った。

明くる正月十六日、初山の日のことであった。山へ入った姉弟が姿を消した。

「なにを見ておったのだ。その眼、役に立たぬのならほじくりだしてやろうか」対岸にある物見台の連中を怒鳴るだけ怒鳴りつけていた三郎だが、振り向くなり今度は二郎をにらみつけた。「もしや二郎殿が逃がしたのではあるまいな」

「馬鹿《ばか》なことを言うな、三郎殿」二郎はひどく取り乱していた。

あれほどいたわり、なぐさめ、何度もかばってやったのに裏切られたのか。髪を切られたときに存外平気であったのは、前から心づもりがあったからなのか。結局、しのぶ草は己のことなどなんとも思っていなかったのか。己よりも弟と逃げることを選んだのか。

「あの髪なら目先が変わって、もうしばらく楽しめると思うたのに。当てが外れたわ」三郎が吐き捨てるように言った。

はじめはぽかんとしていた二郎だが、意味がわかると一瞬で青ざめた。「三郎殿、まさか、しのぶ草と……」

「とうにご存知かと思っていたが」三郎が大げさに眼を見開き、驚いた顔をした。

「いつからなのだ」二郎が語気荒く迫った。

「さあ、たしか、春の頃であったか。ずいぶん昔のことで憶《おぼ》えておらぬわ」

棟《おうち》の花を見たときはすでに三郎のものだったことになる。なのに、意味ありげに微笑み尻《しり》を揺らして誘った。己はからかわれたのだ。いや、それどころか陰では三郎と二人して己を笑っていたのかもしれぬ。そう思うと、二郎の身は怒りと屈辱で震えた。

「落ち着け、二郎殿」三郎がいかにも呆《あき》れたという顔を作った。「長幼の序はわきまえておる。二郎殿がお望みならば遠慮もした。なにもせずにおいて今になって文句を言うのは、卑怯《ひきょう》というものであろう」

「卑怯だと？」二郎の顔が歪《ゆが》んだ。

「そうだ。おまけに見苦しい。下人どもから噂《うわさ》されているのもご存じないのか？　炭だ、花だ、と浮世離れしたことばかり言っておるから、眼の前のことが見えなくなる。だから、二郎殿は父上からも疎《うと》んじられるのだ」三郎が唐櫃《からびつ》の蓋《ふた》を意味ありげに叩《たた》いた。「慈悲も結構だが、己の身の心配も……のう？」

二郎は拳《こぶし》を握りしめた。みなに軽んじられ下人の女にさえ騙《だま》される。慈悲第一、慈悲の左手と呼ばれてもこの有様だ。己の信じた慈悲とはなんとくだらぬものであろうか。

兄弟は無言で木戸へと向かった。三の木戸、二の木戸、一の木戸と順にくぐって山へ入る。一の木戸には松明《たいまつ》を持った一団が群がっていた。二郎が通ると、下人たちが目配せをして忍び笑いをした。

二郎の心は乱れたままであった。しのぶ草を見つけたなら己はどうするか。怨《うら》むか、憎むか、それともゆるすのか。だが、どれほど考えてもこの男は答えを見つけることができなかった。

*

山の向こうに傾きかけた陽が塔の影を長くした。淡紫の花の雲は濁った赤に変じ、夕風に揺れている。

「嘘《うそ》を申すな。姉御さまがそのような汚《けが》らわしいまねをするわけがない」国司は激昂《げっこう》し思わず立ち上がった。

だが、太夫はさらりと聞き流し、首をねじって三郎に声を掛けた。「のう、三郎。たしかおまえはこう言ったな。……わすれ草の名を出せばしのぶ草は否《いな》とは言わぬ、と」

「ああ、そうだ」三郎が懐手《ふところで》のまま反り返り、下卑た笑いを浮かべた。「だが、本当のところはどうだか。あれはたしかに好んでしたのだ」

「黙れ」国司は足を踏みならして叫んだ。「姉御さまをおとしめるな」

我を失い乱れる国司に、老人は冷ややかな眼を向けた。

「わすれ草。おまえは二郎の気持ちに気付いていた。あの男が木戸の小屋を訪れると、口では礼を言いながらも不快を隠そうともしなかった。姉に近づく男が許せなかったのだ。だが、おまえは怨む相手を間違えた。しのぶ草が諾と言ったのは三郎だ。……それも、好んでな」

「それ以上言うな」国司の声は悲鳴に近かった。「姉御さまの尊いお心、おまえたちのような下司《げす》にはわからぬわ」

「たしかに、私にはわからぬな。どれだけ考えてもしのぶ草の心はわからぬ。だが、わからぬのは私だけではないぞ。わすれ草、決しておまえにもわかりはせぬのだ」

　山椒太夫の言葉は姉を汚し二郎を汚し、すべてを歪めていく。それは国司の知っている過去ではない。圧倒的な違和感に呑《の》み込まれまいと、国司は懸命に抵抗した。

「口を慎め。我をだれだと思っている？　我はもはやあの哀れな下人、わすれ草ではない」

「これは失礼を」山椒太夫が頭を下げた。「ですが、たとえ国司になろうとも、しのぶ草の弟であることからは逃がれられませぬぞ」

　太夫の言葉に国司ははっとし、うつむいた。こらえるように肩を震わせていたが、やがて顔を上げて厳しい眼でみなを見渡した。

「ああ、その通り。我はなにがあろうと姉御さまの弟だ。……さあ、山椒太夫、話を続けよ。姉御さまのお心、わかるかわからぬかは我が決める」

*

月は明るく、由良《ゆら》が嶽《だけ》の上にある。風のない夜なので底冷えがした。

大篝火《おおかがりび》が二本、薄雪の残る庭で燃えている。葉の落ちた棟の下で、連れ戻されたしのぶ草がじっとひざまずいていた。庭の隅に並ぶ下人たちの顔はみな青ざめ強張《こわば》っている。寒さのためだけではない。これから行われるであろう仕置きに怯《おび》えていた。

広間の唐櫃の脇《わき》から身を乗り出すようにして、二郎が娘を見守っていた。すぐ近くには炭櫃が熱くなっているが、この男の顔は紙のようでまるで血の気がなかった。

「弟は逃げたのではありません。よい柴を刈ろうと、つい山の奥深くに分け入って迷ってしまったのでしょう」しのぶ草は落ち着きはらった声で言った。

娘はどれだけ問うても白を切る。その剛胆に少々舌を巻いたとき、三郎が息を荒くして戻ってきた。山を越え国分寺まで行ったらしい。

「父上、わすれ草はどこにもおりませぬ」三郎が腹立たしげに足踏みした。「寺に逃げ込んだかと思って、内陣、庫裏《くり》、縁の下から天井裏、板まで外して探しましたが姿は見えませせぬ。坊主《ぼうず》に訊《たず》ねましたところ、これがたいした狸《たぬき》でぬらりくらりとかわす始末」

話し終えると、三郎は二郎の横に腰を下ろした。すると、二郎がおもむろに口を開いた。

「父上、私にはしのぶ草が嘘をついているとは思えませぬ。わすれ草とて姉が仕置きされると知って、一人で逃げるわけはないでしょう。それに、私が声を掛けますとこの娘は素直に戻って参りました。やましいところなどないからです」

「それはどうじゃろうな。いつぞやの焼印のときのように、おまえが助けてくれると思ったからではないか？」

「しのぶ草には逃げる考えなどないのです」二郎が声を張り上げた。この男は娘を助けようと必死であった。「それに、無駄に傷をつけては従者聟《じゅうしゃむこ》どころではありませぬ」

二郎の気迫がみなを押し切ろうとしたときであった。黙って熱弁を聞いていた三郎がふいに頓狂《とんきょう》な声を上げた。

「いかんいかん、すっかり忘れるところであった」大仰な身振りで膝《ひざ》を叩き、にたりと笑う。「俺は先ほど山で珍しいものを見たのであった」

ねちっこい笑いを貼《は》り付けたまま三郎がぐるりを見回し、棟の下の娘で眼をとめた。

「薄雪の上に足跡があってな、それは峠を越えて寺のほうまで続いておった。その足跡をよくよく見れば、登るときはかかとが爪先《つまさき》より深く雪にめりこんでいる。下るときは爪先の方が深い。どうやら、履物を前と後ろ逆さにはいて山を行ったようだ。おかしなことだとは思わぬか、のう、しのぶ草よ」

「よほどの粗忽者《そこつもの》でございましょう」娘は一瞬顔色を変えたが、すぐに堂々と答えた。

一方、二郎は動揺を隠しきれぬ様子で、愕然《がくぜん》と娘を見つめている。娘の気丈なふるまいに比べるとずいぶん見劣りした。

「小細工とは忌々《いまいま》しい。三郎。この娘を責めて弟の逃げた先を言わせるのじゃ」

「承りました」三郎が立ち上がった。眼が底光りしていた。「この娘に縄を掛けるのだ。梯子《はしご》を用意しろ。海から潮を汲《く》んでこい。さあ、もっと炭を熾《おこ》せ」

三郎が庭へ飛び降り矢継ぎ早に命じた。下人たちが弾《はじ》かれたように散っていった。

「父上、お待ちください。それがわすれ草の足跡と決まったわけではありませぬ」二郎が懸命に訴えたが、その言葉にはもうなんの力もなかった。

三郎がしのぶ草に近づき、衣の襟をつかんでぐいとはだけさせた。娘が慌《あわ》てて身を折って隠そうとするのを、髪をつかんで引き起こす。両の腕を背中にねじり上げ高く縛ると、雪の上に膝を突かせて前のめりにした。

「海がよいか山がよいか。答えよ、しのぶ草」三郎が問うた。

だが、しのぶ草は答えない。意味がわからないようだ。

「答えぬか。欲の深いやつだ。では、どちらもくれてやろう。まずは山だ」

三郎が水に浸《つ》けた柴を振り上げた。太い柴が肩を打つと、しのぶ草は声こそ立てなかったもののそのまま倒れてしまった。三郎が短い髪をつかんで引き起こし、今度は反対の肩を打った。しのぶ草はまた倒れ、雪の残る地面で身をよじった。

「父上、どうぞおやめください」二郎が涙を浮かべながら懇願した。

「動くな、二郎。黙って見ておれ、この臆病者《おくびょうもの》が」

その間にも三郎がしのぶ草を打ち続ける。いつもなら動かぬよう数人で押さえつけて打つのだが、今回は人を使わなかった。しのぶ草が倒れると、髪をつかんで引きずり起こす。わざと手間を掛けて楽しんでいるのは明らかであった。

「さあ言え。わすれ草をどこへ逃がした？」

「弟は逃げたのではありません。きっと戻ってまいります」

その答えを聞いた途端、三郎は眼を吊《つ》り上げて柴を振り下ろした。しのぶ草の肩の肉が裂けたのが見えた。我慢のできなくなった二郎が庭へ駆け下り、三郎に飛びかかった。柴を奪い取ろうともみ合いになったが、二郎は呆気《あっけ》なく突き倒され無様に転がり尻餅《しりもち》をついた。

「なにが慈悲の左手だ。なにもできぬではないか」勝ち誇ったように、三郎が柴を握った右腕を突き上げた。

二郎が雪と泥にまみれながら叫んだ。「父上、どうぞ娘をお許しください。私は……」

それ以上は言わせず、下人に命じて二郎を引き立て唐櫃《からびつ》の脇に据えた。二度と邪魔をせぬよう三人がかりで押さえつける。

「二郎、口を閉じてよっく見よ。人を使うとはこういうことじゃ。さあ、次は海をやれ」

地面に梯子を横たえ、仰向けにしのぶ草を縛り付ける。そこへ見下ろすように三郎が立った。手には縁まで潮の入った桶《おけ》と柄杓《ひしゃく》を持っている。柄杓で潮をすくうと、真上からしのぶ草の顔に掛けた。

しのぶ草は眼と口をきつく閉じ、顔を背けている。だが、潮は鼻から流れ込み喉《のど》を焼いた。むせて咳《せ》き込んだところへ、三郎がさらに潮を注ぐ。しのぶ草が喉を鳴らして潮を呑《の》んだ。はだけた胸が激しく上下し、鳩尾《みぞおち》のあたりが引き攣《つ》れる。三郎がすぐさま次の潮を注いだ。しのぶ草に吐き出す間を与えず、次から次へと潮を浴びせていく。

濡《ぬ》れた髪が乱れて広がるさまは、骨だけになった扇のようだ。しのぶ草は口を結んで潮を呑むまいとするが、いつまでも息が続かない。たまらず口が開いたところに、三郎がまともに潮を流し込んだ。大量の潮を呑んだしのぶ草が、梯子も折れんばかりに身を反らせる。それでも三郎は手を休めない。笑いながら、しのぶ草に潮を注ぎ続ける。真冬の海の潮だ。氷のように冷たい。しのぶ草の身体《からだ》にはもう色がなく、細い蠟燭《ろうそく》のようだ。

一杯目の桶はたちまち空になり、二杯目が注がれた。三杯目が空になる頃には、しのぶ草の胸から下は目を疑うほどに膨らんでいた。次に、頭を下にして楝《おうち》の木に梯子を立てかける。逆さになったしのぶ草がうめき、真白であった顔が見る間に赤くなっていった。

「二郎殿、俺は間違っていたようだ」三郎が腰に手を当て愉快そうに身体を揺すった。「楝の木は役立たずだと思っていたが、これほど重宝するとはな。……それ」

三郎がしのぶ草の腹を思い切り圧《お》すと、すさまじい勢いで鼻と口から潮が噴き出した。続けて三度腹を圧したところ、驚くほど大量の潮が吐き出された。しのぶ草の腹が平らになると、三郎が振り返って笑いながら二郎を見やった。

「二郎殿、聞こえておるか。この娘は炭の音どころか蛙《かえる》のごとくに腹を鳴らしておるぞ」

再び潮の入った桶が並んだ。梯子が倒され同じことが繰り返されたが、しのぶ草はそれでも答えない。すぐさま三度目がはじまった。今度はすべての桶が空になっても、梯子は寝かせたままであった。三郎がしのぶ草をまたいで立つと、膨れた腹を思い切り踏みつけた。しのぶ草は高く潮を噴き上げた。二度、三度と腹を踏むうちに、噴き上がる潮に赤が混じるようになってきた。

「三郎殿、やめろ、やめてくれ」二郎が手足を押さえられたまま、暴れ泣き叫んだ。

「父上、慈悲を、その娘に慈悲を」

しのぶ草が梯子から真っ赤な眼で二郎を見つめていた。潮に濡れた髪は乱れて貼《は》り付き、鼻からは潮混じりの血が流れ出している。半開きになった口からは笛のような息が洩《も》れ、胸やら腹やら手足やらがてんで勝手にひくひくと震えていた。

三郎がしのぶ草の顔をのぞき込んで、視線の行方を確かめた。「のう、しのぶ草。助けは来ぬようだな。当てが外れて哀れよのう」

笑いながら、次に三郎が手にしたのは太い三つ目錐《きり》であった。乱暴にしのぶ草の衣の裾《すそ》をからげると、色を失った腿《もも》があらわになった。ひどく暴れたせいで肉に縄が食い込み、傷ができている。それ、と言いながら、三郎が錐をしのぶ草の右膝の皿に突き刺した。しのぶ草の身体は魚のように跳ねて、梯子が軋《きし》んだ。

両手でくるりくるりと回しながら、ゆっくりと三つ目錐を奥深く揉《も》み込んでいく。膝に錐が突き立つと、柄の尻に指を掛けて強く押し込みながら、弧を描くように大きく回した。しのぶ草がのけぞり、足指を鉤《かぎ》のように折り曲げる。錐を引き抜くと、小さな穴から血がじわりと盛り上がった。抜いた錐を今度は左の膝に突き刺す。繰り返すうち、右に四つ左に三つの穴が開いた。

「しのぶ草。問われたことに答えてみよ。わすれ草をどこへ逃がした？」

「逃がしてなどおりませぬ」

三郎が腰から短刀を抜いた。しのぶ草の足の甲をつかみ、短刀の切っ先を親指の爪《つめ》の間に差し込んだ。左右に細かく動かしながら、時間をかけて爪を剥《は》いでいく。すると、その様子を見た二郎がなにかわめきながら突っ伏した。どこまで覚悟のない男であろうか。押さえつけて無理矢理に正面を向かせた。

「このたわけが。おまえのくだらぬ慈悲が蒔《ま》いた種じゃ。眼を逸《そ》らすことは許さぬ」

しのぶ草の両の足から爪が消えると、三郎がそこへ潮を掛けた。これまでとは比べものにならぬほど、しのぶ草が長く声を上げ身を弾ませた。

「さあ、言え。わすれ草はどうなった？」

「申し上げます」しのぶ草がかすれた声で言った。「弟が山から戻りましたなら、責め殺されました姉の不憫《ふびん》を思って、どうぞ眼をかけてやってくださいませ」

「父上、どういたしましょう?」三郎が短刀の先に引っかかった爪を振って落とした。

「問うたことには答えず、問われぬことをべらべら語るとはきつい娘じゃ。三郎、なめられてはおまえの負けぞ。その娘を責めて責めて責め抜くのじゃ」

再び楝の木に梯子《はしご》が逆さに立てられ、唐櫃《からびつ》がその脇に置かれた。三郎が櫃の上に登って娘の足裏にそろりと指を這《は》わせると、娘は鋭い息を洩らして身をよじった。足裏をくすぐりなぶる陰湿な仕打ちに、娘はあえぎながらも一瞬はっきりと悔しそうな顔をした。その様子を見た二郎が間の抜けたうめき声を上げた。夜目にも娘の足裏は白く、開いた足裏がくねるさまは鳥の羽ばたきのようだ。二郎は口を開け眼を見開いている。黒目は針穴のように縮み、白目だけが飛び出して見えた。苦悶《くもん》する二郎を見て、三郎がにたりと笑った。

しばらくの間、三郎は面白そうに足裏を撫《な》でていたが、炭櫃から金箸《かねばし》を手に取った。

「潮を呑んでずいぶん身体が冷えたであろう。足裏をあぶれば芯《しん》から暖まると言うたは、おまえたち潮汲《しおく》み女であったな」

熾《おこ》った炭をつまみ上げると、しのぶ草の足裏に強く押しつけた。しのぶ草が人とは思えぬような声を上げ、身体を揺する。その激しさに梯子が倒れそうになった。三郎が舌打ちし、鎚《つち》と長い合釘《あいくぎ》を手にした。合釘はものを繋《つな》ぐときに用い、両端が鋭く尖《とが》っている。下人に梯子を両脇から支えさせると、ただれた足裏に無造作に釘を打ち込んだ。

しんと静まりかえった睦月《むつき》の夜であった。いつもは騒々しい下人の小屋からも声ひとつしない。みなが息を殺して、しのぶ草の声を聞いているに違いなかった。

合釘は半分ほど打ち込まれ、もう半分は足裏から突き出したままになっている。そこへ燭台《しょくだい》に蠟燭《ろうそく》でも立てるように熱い炭を刺した。これで、どんなにしのぶ草が暴れようと炭が落ちることはない。三郎は数歩下がると己の仕事を満足げに眺めていた。

「さあ、言え。おまえは弟を逃がしたのか？」三郎がしのぶ草に問うた。

逆さになったままのしのぶ草の顔のところまで、三郎が身をかがめた。しのぶ草がなにか言ったようだが聞こえなかった。だが、三郎のすさまじい形相で意味は知れた。

「この阿呆《あほう》が」三郎が吐き捨てるように言った。「これ以上弟をかばってなんになる」

その言葉を聞くと、二郎がぶるっと大きく身を震わせた。下人たちに再び押さえつけられながら叫ぶ。「考え直せ、しのぶ草。このままではおまえは……」

「……先ほど……申し上げたとおりです。二郎殿」しのぶ草がうめくように答えた。

「では、どうしても」二郎が喉の奥から絞り出すように言った。「どうしても、おまえの心は動かぬのだな」

「私は……ただ……当たり前のことを……するだけです」

このやりとりを三郎は苛々《いらいら》と聞いていたが、とうとう癇癪《かんしゃく》を起こした。

「おい、なんの話だ？　え？」しのぶ草の髪をわしづかみにして訊《たず》ねたが、娘は唇を噛《か》みしめ黙ったままだ。怒った三郎は娘を罵《のの》しると、広間を振り返った。「二郎殿、ふたりで一体なんの話をしておるのだ？」

二郎を見た瞬間、三郎がぎょっとした顔をした。なんと、いつの間にか二郎は笑っているではないか。

「……当たり前、か。簡単に言ってくれる」二郎は唐櫃の脇《わき》で眼を血走らせ、ぐらぐら首を振っている。「そう、たしかにおまえにとっては無論……無論であったな」半開きの口からは奇妙な音が洩れていた。臼《うす》で骨でもすり潰《つぶ》しているような音は、この男の笑い声であった。

「なんだ、気味の悪い」三郎が吐き捨てるように言うと娘に向き直った。「ええい、話さぬのなら次は知らぬぞ」

梯子を地面に横たえると、熾った炭を地面に盛り上げた。すこし離れたところに太い木杭《きぐい》を二本打ち込む。下人たちは傷ついた娘から目を背けながら、梯子の両下脚にそれぞれ縄を掛け、先ほど打ち込んだ二本の杭に固く縛り付けた。次に、梯子の上部に長縄の端を結ぶと、もう一端は娘の頭の先にある棟《おうち》の高い枝に回した。

「縄を引いて、梯子を立てろ」三郎が命じた。

下人が棟の枝に回した縄を下に引くと、梯子が斜めに起き上がった。下脚を杭に固定されているため、娘の頭のほうだけがすこしずつ持ち上がっていく。さらに縄を引き続けると、とうとう梯子は真っ直《ます》ぐ突き立った。磔《はりつけ》になった娘は浅く早い息を繰り返しながら、熱い炭の山を見下ろしている。

「上の縄を緩めろ」三郎が怒鳴った。

梯子は下が動かぬようになっているので、がくんと前に傾いた。しのぶ草の顔が炭に近づく。そこへ三郎が大団扇《うちわ》を動かし、焼けた風を送った。

「熱いか、しのぶ草。熱ければ話せ」歯茎をむき出して怒鳴る。

しのぶ草が髪を乱し、顔を左右に打ち振った。潮に濡《ぬ》れなかば凍りついた髪が熱で溶け、滴《しずく》が四方に飛び散る。真っ赤な火の粉が舞い上がり、空を指して上っていった。

そのとき、のっそりと二郎が立ち上がった。取り押さえようとした下人を一振りで払い、ふらふらと梯子に近づいていく。

「なんだ、二郎殿」三郎が鼻で笑った。「止め立てしても無駄だぞ」

二郎は三郎の声などもう耳に入らない。眼に映るのはもがく娘だけだった。衣はほだけ、両の乳が晒《さら》されている。潮を呑まされたときには白かった肌は、今は真っ赤になっていた。肩は裂けて鮮やかな肉がのぞき、赤黒く腫《は》れ上がった膝《ひざ》にはいくつもの穴が開いている。炭こそ外されたものの足裏には釘が突き出したままだ。

これが、あれほどいとおしかった娘なのだ。人の身体とはなんともろいものであろうか。力とはなんと明快で理にかなったものであろうか。残虐《ざんぎゃく》とはなんとたやすく人を侵し、馴《な》れ従わせるものであろうか。

もう一度、三郎が縄を緩めるよう命じた。梯子がさらに傾いた。

「二郎殿、二郎殿」しのぶ草が焼けた喉で懸命に呼んだ。

夜も眠れぬほど求めた娘、とうとう思いを遂げることのできなかった娘、ほかの男と通じていながら媚《こび》を売った娘だ。だが、一度は心に決めた。たとえ虚仮《こけ》にされたのだとしても許そう。この娘は決して己を見ないのだとしてもかまわぬ。それでもこの娘を助けよう、とたしかにあのときは思ったのだ。

「二郎殿、二郎殿」しのぶ草がかすれた声で繰り返し続ける。

慈悲の心さえあれば生きていけると思った。一生、だれにも見てもらえなくても生きていけると思った。だが、無理であった。堪えられなかった。

「二郎殿、二郎殿」しのぶ草が真っ赤な眼からひとすじ涙をこぼし、首を垂れた。

眼の前の娘は二郎の弱さの証《あかし》であった。この男は娘に焼印を押されたように感じた。口だけの男、慈悲を唱えるだけの役立たず、人でなしの恥知らず――と。ふいに、この男は娘が恨めしくなった。これほど己を苦しめ辱《はずかし》める娘が憎いような気さえした。なのに、男の息は弾んだ。死にゆく娘の指で焼印を押される己を想像すれば、ひりつくような痺《しび》れが身を走った。

しのぶ草は首を垂れたまま動かない。果てたのかと思ったとき、切れ切れの声がした。

「人の世に……鬼など……いないと……」

娘のひと声ひと声が血を噴き、千本の錐《きり》、万本の矢となって二郎に突き刺さった。だが、その声は突き刺さると同時に、幾千幾万の澄んだ炭音となって二郎を震わせた。

「当たり前だ」三郎が大笑した。「人の世に鬼などいるか。人の世にいるのは人だけだ」

再び、棟に回した縄が緩められ梯子が傾いた。しのぶ草の顔は炭のすぐ上にある。三郎がこれまでよりもいっそう激しく団扇を動かした。髪と肉の焦げる臭《にお》いがした。

しのぶ草は熱に喉を焼かれ、もう声も立てない。

あたりは白々と明るみ、楝の木が朝陽に浮かび上がった。焼け焦げた梯子とその上の肉塊からは、まだ薄い煙が立ち上っている。煙に顔をしかめながら梯子を蹴倒《けたお》すと、三郎が酒をくれと叫んだ。

*

山から吹き下ろす風が冷たさを増した。楝は黒色の雲となり夜風に揺れている。本堂の大屋根の鴟尾《しび》の向こうには、明るい月がかかっていた。燈火《とうか》の必要な時間であったが、だれも動けずにいた。

「その後、しのぶ草の遺骸《いがい》は打ち棄《す》てられたが、二郎がこの寺に運んで荼毘《だび》に付した」

老人がこう話を締めくくると、突然、境内に凄《すさ》まじい咆吼《ほうこう》が響いた。

「返せ、姉御さまを返せ。返せ」国司は喚《わめ》き、涙を流した。「姉御さまを我に返せ」塔も倒れんばかりの慟哭《どうこく》であった。返せ、返せと繰り返しながら、国司は床をのたうち回った。その悲嘆の凄まじさに供の者も眼を背けた。顔を上げているのはふてぶてしく笑う三郎と、涸《か》れ井戸のような眼で国司を見つめる山椒太夫だけであった。

「あまりに酷《ひど》い。姉御さまに一体どんな罪があったというのだ」

「罪？　下人を罰するのに罪など必要ないわ」三郎がなぶるように横やりを入れる。

「黙れ」国司が絶叫して扇を投げつけた。

扇は三郎には当たらず、山椒太夫の前に落ちた。下手くそめ、と三郎が肩を揺らす。

「人が死ぬのに罪も罰も要らぬ」山椒太夫が腕を伸ばし扇を拾った。「慈悲と非道。そのどちらでもたやすく人は死ぬるのだ」

瞬間、国司は総毛立った。頭から冷たい潮を浴びせられたような気がした。慄然《りつぜん》としながら顔を上げ、闇《やみ》の向こうの老人を凝視した。ずっと感じていた違和の正体がわかった気がした。到底信じられないことであったが、もしそうだとすれば説明がつく。この昔語りの居心地の悪さ、おぞましさにも納得がいく。だが、なんと道理に外れたことか。国司は歯を食いしばり恐怖と戦っていたが、やがて意を決したように口を開いた。

「では、約束通りおまえの首を落としてやろう。だが、最期《さいご》に歌なりとも詠《よ》む暇《いとま》は与えよう。それは白扇である。好きに使うがよい」

墨と筆とが用意されたが、山椒太夫はじっとしていた。「鄙《ひな》の者ゆえ歌など詠めぬ」

「なに、そう堅苦しく考える必要はない。さあ、筆を持て」国司は動かない老人に向かって声を張り上げた。「筆を執るのだ。お前は風雅を解する男であったはず」

老人は眼の前に置かれた墨と筆を見下ろしていたが、ふと嬉《うれ》しそうな顔をした。

「わすれ草。いつ気付いた」

「やはり」国司は息を呑《の》み眼を見開いた。「やはりそうなのか」

月明かりの下、老人がほんのわずか眼を細めた。国司は震える声で言葉を続けた。

「昔、我らが船に込められたとき、小さな穴から水と飯を届けてくれる者がおった。我らは慈悲の左手と呼んでおった」国司は声を詰まらせた。「おまえは先ほど左手で扇を拾った。右膝の先に落ちたものをわざわざ左手で取った……」

国司がこらえきれず顔を覆《おお》ったときであった。突然、哄笑《こうしょう》が響いた。三郎が懐手《ふところで》で反り返り、吠《ほ》えるように笑っている。

「やれやれ、鈍いことよ。やっと気づいたか。笑いをこらえるのに苦労したぞ。わすれ草よ、その男はな、老いて見えるがおまえの慕う二郎殿その人よ。己の父を櫃《ひつ》に込めて殺すと成り代わり、こんなふうに俺をも従わせた。……見よ」懐から出した右腕は肘《ひじ》の先から失われていた。「己が左だからというて腹いせに、血止めをしながら一寸《いっすん》ずつ丸三日掛けて刻みおった」

「おまえは私が左で筆を持つ、左で弓を引くと言うて笑っておったな」老人が静かに言った。「左を使うてなにが悪いのだ。つまらぬ違いを騒ぎ立てて笑う愚かしさを恥じよ」

国司は三郎の話を聞いても、まだ呆然《ぼうぜん》としていた。この薄気味の悪い化物がかつて慈悲第一の男であったなど、どうして信じられよう。

「二郎殿、慈悲はどうされた？　若さはどうされた？」国司は闇に叫んだ。「なぜ、なぜ姉御さまを助けてくださらなかったのだ」

「慈悲に力を望むな。私は弱かった。ただそれだけだ」二郎が静かに答えた。

「なにが慈悲だ。こいつはもともと卑《いや》しいのだ」三郎が身を乗り出して泡を飛ばした。「しのぶ草を連れ帰ったのはこの男だ。父上は日頃からこいつを軽んじておった。だから、父上に認めてもらおうと、しのぶ草に甘い言葉を掛けて連れ帰ったのだ」

「違う。あのとき、私はしのぶ草を助けるつもりであった。その言葉に嘘《うそ》はない」

「おまえはしのぶ草の責められるさまを、うっとりと眺めておったではないか。本当は、自分の手でしのぶ草を責めとうてたまらなかったのだ」

「違う」二郎の声は鋭かった。「そのような卑しい歓《よろこ》び、微塵《みじん》も求めたことはない」

「俺は憶《おぼ》えているぞ。慈悲を振りかざし、ご立派な口を叩《たた》いて俺を見下していたそのおまえが、涎《よだれ》を垂らした犬よりも荒い息をしていたのをな」三郎が即座に言い返した。

「黙れ」二郎が血も凍るような声で一喝した。「おまえが言うな」

兄弟二人は水と油であった。だが、決して混じり合うことのない異なった憎悪《ぞうお》で互いを絡《から》み合わせ、離れることができないようでもあった。

「もうよい。おまえたちのあさましい口で、これ以上姉御さまを汚《けが》されとうない」国司は居ずまいを正して息を整えた。「二郎、三郎。争いたくば、我がよき場所を取らせよう。根の国黄泉《よみ》の国こそが、おまえたちにはふさわしい場所だ。兄弟仲よく行くがよい」

満開の楝《おうち》を挟んで篝火《かがりび》を二本立てた。その間に五尺ほどの穴を掘らせ、二郎を肩まで埋めた。三郎をその横に引き出し竹鋸《たけのこぎり》を示した。

「三郎。おまえが引くのだ」国司は命じた。

「積年の怨《うら》み、晴らすときが来たか」おお、と三郎がひと声吠えて笑いだした。「渡せ、早く鋸を渡せ。兄の首、残った腕で見事に引いてやろう」

だが、二郎は三郎のほうなど見もせず、ただじっと国司の眼を見返している。

「わすれ草」二郎がふいと微笑《ほほえ》んだ。「やはり、私とおまえはよく似ているな」

「似ている？　たわけたことを申すな。我はおまえのような外道ではない」

「いや、同じだ。やさしいが口だけの弱い男。そんな己に嫌気がさし極から極へと振れる。私は慈悲第一の男から、だれもが怖《おそ》れる非道の太夫となった。わすれ草、おまえは姉に甘えて泣いてばかりいた童《わっぱ》から、血の繋《つな》がった兄弟に首を引かせる非道の国司となった」

「我は姉御さまの仇《かたき》を討つだけだ。おまえとはまったく違う」

「仇であろうがなんであろうが人の首を竹鋸で引こうというのだ。これが非道でないというなら、なにが非道だ」

国司はすこしの間黙っていたが、眉《まゆ》を寄せながらも口の端で笑った。「なるほど。おまえが我を厭《いと》うていたのは、我の姿に己を見たからか」

「気付いていたか。しのぶ草の献身を無自覚に貪《むさぼ》る厚顔には吐き気がしたわ。だが、厭うていたのではない。憎んでいたのだ。おまえさえいなければ……」

「もうよい。おまえと我とが同類ならば、我の気持ちもわかるであろう。遠慮はいらぬというわけだ」国司は立ち上がると大声で命じた。「その首、これまでだ」

三郎が竹鋸を手に取った。竹の刃を二郎の首に押し当てたときであった。

「しのぶ草に会わせてやろうか」二郎が口を開いた。

国司は思わずぎょっとして、土から首だけ出した男を見た。「なに、姉御さまに会わせると？　姉御さまは生きているのか？　まさか」

「私は夜ごと会うているぞ。今夜は風もなく月も明るい。逢瀬《おうせ》には格好の夜ではないか」

「どこで姉御さまに会うたのだ？」国司の声は裏返っていた。「言え、どこだ」

「遺骸はここまで私が負うて運んだのだ。連れ戻した夜に負うたときは生身であった。柔らかな胸と腹を己の背に感じ、心地よい熱に陶然とした。だが、そのとき、背にあるものは冷たく硬く、潮と血と膿《うみ》の臭《にお》いがした。怖ろしいというよりは、ただ不思議であった」二郎は刃を当てられたまま静かに語った。「峠まで来たときであった。ちいん、と炭の音が響いた。私はあたりを見回したが、だれもいない。また、ちいん、と音がした。その音は私の後ろから聞こえてくるのだ。振り向いたがだれもいない。そのとき、ふいに声がした」

――二郎殿、二郎殿。

「背中のしのぶ草が私を呼んでいた」

――二郎殿、二郎殿。私は待っております。山奥の池で待っております。

「背中にあるのは、もうだれともわからぬ赤黒くただれた肉の塊だ。すっかり冷えて硬くなっている。口などきくはずはない。だが、しのぶ草は話し続けた」

——二郎殿、二郎殿。あなたはきっと会いにくる。何度も何度も会いにくる。

「わすれ草、山奥の池へ行け。私はすべてをそこに置いてきた」二郎が皺《しわ》だらけの顔を震わせた。「私は池を訪れずにはいられない。罪科を問われる怖ろしい場所だとわかっていても、こらえられない。夜ごと、あの娘に会わずにはおられないのだ」

静まりかえった境内に聞こえるのは、篝火の燃える音だけであった。闇《やみ》に吸い上げられた火の粉が真っ赤な星のように見えた。

「話は終わりだ。三郎。兄の首を引け」国司は絞り出すように言った。

「おう、やっとか。待ちくたびれて、足に根が生えるかと思うたわ」足許《あしもと》に唾《つば》を吐き、三郎が鋸《のこぎり》を握り直した。

二郎が棟を透かしてはるか天を仰いだ。「慈悲などくだらぬ。因果もめぐらぬ。私の罪科を問うのは、ただひとつ」抑えに抑えた声がまっすぐ通った。

「水鏡だけよ」

「引けっ」間髪を入れず国司は叫んだ。

三郎が竹鋸をひと引きした。まわりの者はみな顔を背けた。眼を逸《そ》らさないのは国司だけであった。三郎はひと引きすると手を止め、地面に広がる黒い染《し》みを見下ろしていた。

「二郎殿、もしも、もしも、だ」三郎が竹鋸を握り直してにたりと笑った。「もしも、俺としのぶ草の間になにもなかったとしたらどうする？」

「なに？」二郎が血を流しながら眼を見開いた。

「二郎殿をからこうただけだとしたら、どうする？」三郎が再び竹鋸を握り、ごくゆっくりと動かした。「もしもの話だ。もしもそうであったなら、二郎殿はどうしたであろうな。やはりしのぶ草を見殺しにしたか、それとも……」

「三郎、きさま」二郎がごぼごぼと喉《のど》を鳴らした。

「二郎殿よ。わからぬのは、しのぶ草の心ではなく己の心であろう、それにこれはもしもの話だ。今だって、からこうているだけかもしれんぞ」笑いながら三郎はゆっくりと兄の首を引き続けた。「竹鋸はやはりなまくらよ。血と脂《あぶら》でぬめって、いくらも引けぬわ」

引くこと百と六回。落ちた首は涙を流していた。

「人は軽々と非道を行える。我らのようにな」国司は首に語りかけた。「だが、非道とは正反対のものを……まるで楝の花のように軽やかに行う人もおるのだ。姉御さまのように」

三郎は小浜に引き立てられ、同じように肩まで埋められた。通りすがりの者に竹鋸を渡し、七日と七夜かけて首を引かれた。

二郎の首を落とした夜、国司はひとりで山に入った。最後に登ったときは姉と一緒であった。峠に近づくにつれ深くなる雪に難渋しながら、姉と二人で歩いたのだ。そして、子どもの浅知恵から草鞋《わらじ》を前後ろ逆に履き直した。草鞋の紐《ひも》を結んでくれたのは姉であった。そして、決して振り返るなと言われたので、なかば眼をつむるようにして山を駆け下った。

姉と別れた峠の先、深山の奥の池のほとりに国司は立った。

「姉御さまはいずこにいらっしゃる?」国司はあたりを見渡した。「姉御さま、姉御さま。遅くなりましたが、厨子王がただいま戻りました。どうぞ、おいでになられませ」

風のない夜だ。しんと静まりかえった水面に国司の声が響いて跳ねた。

どこからか、ちいん、と澄んだ音がした。

瞬間、まわりの光景が変わった。深い森の木々が突然に花をつけた。棟《おうち》の花が池の周囲を囲んでいる。国司は慄然《りつぜん》としてあたりを見回した。一面が満開の楝の木だ。どこを見ても、薄紫の花が咲いている。青みを帯びた月の光の下、森も山も紫雲に包まれ淡く輝いていた。館《やかた》で咲かなくなった楝はこんなところで咲いていたのか。

そのとき、水鏡に娘の姿が現れた。

「姉御さま」国司はその姿を求め、振り向いた。

だが、池の端にいるのは己一人だ。水際《みずぎわ》に佇《たたず》む娘などいない。国司は慌《あわ》てて再び水面に眼をやった。国司の姿はなく、水鏡には髪を断ち落とされた娘が映っている。広い額は半円の月のように冴《さ》え冴《ざ》えと輝いているが、その下にある眼は尋常ではない。もうどこをも見ていない。

やがて、水鏡に映る娘が動いた。娘はゆっくりと水に足を浸した。藁沓《わらぐつ》が吸い込まれるように沈んだ。さらに、娘は池の中央に向かって足を進めた。今度は膝《ひざ》までが沈んだ。娘は水に入っていこうとしている。そのさまがはっきりと水鏡に映っているのだ。

姉御さま、と国司は叫んで手を伸ばそうとした。だが、声は出なかった。身はぴくりとも動かなかった。呆然《ぼうぜん》と立ちすくむ国司の前で、ひと足ごとに娘の身体《からだ》は水に消えていく。だが、波ひとつ立たない。波紋すら残らない。水鏡は揺れもせず、池に沈んでいく娘を鮮やかに映し続ける。娘の身体が水に没していくさまは、まるで水鏡の向こうに吸い込まれていくようであった。

お待ちください、姉御さま、と国司が心で血の叫びを上げたときであった。ふいに男の声がした。

――待て、早まるな、しのぶ草。

水鏡に映ったのはあの男であった。すると、水の中の娘が振り返った。

――二郎殿。今日、弟を逃がしました。私一人が戻りましたなら、きつい仕置きが待っておりましょう。ならば、御仏《みほとけ》のおそばから弟の力となりとう存じます。

娘は静かな声で語った。なにもかもすっかり覚悟を決めているようだ。

――いや、仕置きはせぬよう父上に頼んでやる。額の焼印も免じてもらえた。今度もきっとなんとかしてやろう。

娘はうつむいた。逡巡《しゅんじゅん》しているようであった。

――案ずるな。人の世に鬼などいない。私を信じるのだ。さ、上がっておいで。

男はきっぱりと答え娘に手を伸ばした。娘はおずおずと微笑《ほほえ》み男の手を取った。

――濡《ぬ》れた沓など水の中に捨てておけ。かわいそうに。こんなに冷たい足をして。さ、おぶってやろう。素足で雪道は行けぬ。さ、遠慮などいらぬ。

男は娘を背に負った。娘がぴたりと身を寄せた。

――二郎殿、弟は無事でありましょうか。無事に都までたどり着けますでしょうか。

一緒に行けぬのが悔しくてならないのです。

男の背で娘が口にするのは弟のことばかりであった。水鏡に映る男の顔に影が射《さ》した。

――おまえはよほど弟が大事なのだな。まるで弟しか見えぬようだ。

――無論でございます。私のすべては弟のためにございますから。

ふいに波が立って水面が揺れた。水鏡の中の男の顔が崩れ、人としてのかたちを失った。

――なるほど、すべては弟のため、か。では、それ以外にはないのだな。

――はい。弟は私のすべて。弟のためなら、この命、すこしも惜しくはありません。

娘が炭の音のような声で答えた。ざわりざわりと水鏡は騒ぎ、男の顔を乱し続ける。

――二郎殿、どうなさいましたか?

娘が訊《たず》ねたが、男は黙ったきりだ。水鏡だけが揺れ続ける、長い沈黙の時が流れた。

やがて、波はおさまり再び水面は静まりかえった。ゆっくりと男が顔を上げた。

――しのぶ草。なにも心配要らぬ。きっと助けてやる。私には慈悲の左手があるのだから。
男の声は力強く、決然と誇らしげであった。だが、冴えた月の下、水鏡に映るのは
己の息で己を焼きながら、乱れ苦しむ男の姿であった。

遠田潤子
Junko Toda

遠田潤子（とおだ・じゅんこ）

一九六六年大阪府生まれ。関西大学文学部独逸《ドイツ》文学科卒。二〇〇九年、第二一回日本ファンタジーノベル大賞を受賞してデビュー。受賞作となった『月桃夜』は、幕末の奄美《あまみ》が舞台。当時の階級社会や風俗を背景に、運命に縛られて生きる兄妹の禁断の恋を陰影豊かに描いた。選考委員だった故・井上ひさし氏は、同作の膨大な知識量に裏打ちされた説得力ある世界観と、新人離れした筆致を高く評価。特に作中のある一文を指して「恐るべき才能」と選考会で発言し、受賞を後押しした。本作が受賞後第一作となる。

著作リスト（刊行順）

『月桃夜』（新潮社）

遠田潤子
Junko Toda

哭《な》く戦艦《ふね》

紫野貴李

Kiri Shino

一

ガタンッ。

派手な音と同時に体に衝撃がきて、目が覚めた。左肩と左肘《ひじ》の関節をしたたかに打った。

「芹川達人大尉《せりかわたつひとたいい》、いくら仕事がないからといって、涎《よだれ》を流して昼寝をしていて良いという軍規は、わが帝国海軍には昔も今もないんだがね」

わたしは起き上がるよりも先に、手の甲で口端を拭《ぬぐ》った。手の甲はべつに濡《ぬ》れなかった。

見上げると、これでよく海軍兵学校の身体検査に合格したものだと、感心したくなる背の高さの支倉竜之介《はせくらりゅうのすけ》が、ことさら胸を張って、自分を大きく見せようとしていた。室内には幸いなことに他に誰もいなかった。今の自分の失態を同僚に見られずに済んだ。

わが上司が椅子《いす》の足を蹴《け》って不意打ちを喰らわしたり、淀《よど》みなく嫌みを言ったりするのは、後輩たちに階級を抜かれた意趣返しをしたものなのか。恨みのないわたしという部下を、彼らの身代わりにして。

「課長、部下に八つ当たりするのは人格を疑われますから、今後はおやめになった方がよろしいかと、進言します」

わたしは笠置亮佑《かさぎりょうすけ》に作ってもらった義手が損傷しなかったか、点検しながら、海軍省課報部《ちょうほうぶ》第四課で故老《ころう》になりつつある大佐に言った。

「日頃、精勤《せいきん》している君に、ご褒美《ほうび》として二泊三日の旅行を贈呈しよう」

独眼竜の左目が、いかにも意味ありげに細くなった。次の瞬間、わたしの大脳は防衛本能を作動させた。

「謹んでご辞退申し上げます。先月の下旬に十日間も、休暇をもらったばかりですから」

休暇と称して八月の台湾に出張。本土とは桁違《けたちが》いに暑い中で、事件を処理して来たのだ。八代湾《やつしろわん》の不知火《しらぬい》なら風流なものだが、軍艦が母港とする馬公《まこう》の海にそれが出ると、若い水兵が怖がって仕事にならない。事件を解決して来いと、庁舎内の冷蔵庫と夏限定で羨《うらや》ましがられている部署から、支倉課長はわたしを追い出したのだ。怪奇現象を専門に処理するのが、第四課内の丁種特務班の仕事だからと、居丈高に命じて。

「抗命は出世に差《さ》し支《つか》えるぞ。遠慮せずに旅行に出かけてくれたまえ。場合によっては、一泊や二泊、延長してもかまわん」

わざとらしい笑顔で、造反常習犯はわたしの肩を叩《たた》いた。選良航路《エリートコース》から脱落した経験者の忠告をありがたく頂戴《ちょうだい》することにして、「で、どちらへ」と、わたしは倒れた椅子を立て直しながら訊《き》いた。

「横須賀だ」

「またぞろ、海兵団で幽霊騒ぎですか」

丁種特務班の貴重な班員である足立《あだち》一等兵曹が一時間で解決して、まだ二ヵ月経《た》つか否《いな》かだ。たんに衛生兵が干して仕舞い忘れた敷布《シーツ》一枚でも、未成年の新兵には幽霊に見えたという事件だ。足立からこの話を聞いて、わたしは帝国海軍も水兵の採用基準が落ちたなと慨嘆したものだ。

「そうではない。幽霊相手ではなさそうだから、ちと、梃子《てこ》摺《ず》るかもしれんが、予断を持たずに対処してほしい」

それは毎度のことだ。先入観に囚《とら》われると、見えるものも見なくなる。

「駅に着けば、依頼者が出迎えに来てるから」

話を飛ばしすぎだ。横須賀のどこで何が起こったというのか。

「情報の出し惜しみをしないでください。こちらにも準備というのが……」

「情報は現地で収集するにしかずだ。『百聞は一見にしかず』というだろう。それに、行けば、君の左手が教えてくれるだろう」

これまでにも、木製の義手には事件解決でお世話になった。義手の装着以来、わたしには霊能力が身に付いた。が、それとは別に、わたしの意思から独立して、義手は霊力を発揮した。そのせいでか、支倉はもうひとり頼りになる部下がいる気になっている。

「では、例によって隠密行動で頼む。明日、向こうに正午頃、着く電車に乗って」

「ということは、つまり今回も事前に会計課から出張費用が出ないというわけですね。課長は大尉の俸給額《ほうきゅうがく》を把握していますか」

独身生活を謳歌《おうか》している大佐の感覚で、所帯を持ったばかりの青年士官のやりくりを想像して欲しくない。新妻にまだ懐妊の兆し《きざ》はないが、いずれはやって来る将来のために、日々、貯蓄に励まねばならないのだから。

「心配するな、宿泊費は無料だから」

目立たないようにと配慮するのは、いつものこと。わたしは白い長袖《ながそで》の襯衣《シャツ》に、木綿の青灰色の洋袴《ズボン》を穿《は》いていた。皺《しわ》がつきやすい素材は、安っぽく見える。そのため、

『海軍将校は軍人である前に紳士たれ』という、英国海軍《ロイヤルネービー》の精神を叩き込まれた帝国海軍の将校の身分を隠蔽《いんぺい》するのに、適していた。それと、忘れてはいけない防暑用のカンカン帽。

　この季節、私服というのは、じつに有り難かった。公務の出張だと、色こそ白一色だが、詰襟に長袖の第二種軍装を強いられて、首元から下へ逆三角形の汗染《あせじ》みを作ることになる。

　駅の売店で徳利《とっくり》型の陶器に入ったお茶を買って、すでに入線している横須賀行の列車の二等車両に乗った。発車までには、まだ五分ほどの余裕があった。四人掛けの誰も坐《ざ》していない席を見つけて、わたしは小ぶりの旅行鞄《かばん》を座席に乗せた。

　それから、窓を開けようとして困った。左側の把手《とって》が握れない。日常生活ではちっとも能力を発揮してくれない左腕の義手を、（ほうぉ、おまえ、そういうつもりか）と、恨めしく見た。白樫《しらかし》の手は〈そういうことに私を使うな〉と、ツンッとすましたように見えた。

　仕方ないから、右手で左側を摘《つ》まんで若干持ちあげ、斜めになったのが落ちる前に、右側に持ちかえた。一糎《センチ》ほどの隙間ができたので、指を差し入れ押し上げた。が、敵もさるもの、片腕で上げられるほど、やわではないと反抗的な態度に出た。鉄道員が手入れを怠っているからといって、わたしに仕返しをしなくても良いではないか。

「冗談じゃないぞ。残暑が厳しいんだ。風なしで一時間も旅をさせる気か、貴様」

わたしは窓硝子《ガラス》を叩いた。と、不意に背後から、毛深く逞《たくま》しい腕が二本伸びて来たので、わたしは脇《わき》によけた。高級腕時計《ローレル》が日光を受けて煌《きら》めいた。無言の気合がかけられると、降参しましたとでも言うように、鈍い音が発せられて窓硝子が上げられた。

「どうも有り難うございます」

わたしは気弱な男を演じて、恐縮を態度でも示して見せた。

「いやなに、終点まで、話相手になっていただくのですから」

わたしより背が低いので、鳥打帽をかぶった男の顔の上半分は、庇《ひさし》で隠れていた。

「なんの冗談です、課長」

男は、帽子の庇を人差し指で突き上げた。

「なんだ、あっさりばれたか、つまらん」

「ローレルが二等車両では、いささか不自然ですよ」

支倉竜之介は唇をすぼめて愛用品を見たあと、達磨《だるま》型の鞄を網棚に上げた。

「ついでに、わたしの鞄も上げていただけると、もっと課長が尊敬できるのですが」

「人使いの荒い部下だ」

支倉は口ではそう言いながら、あらよっという具合に、鞄を網棚に放り上げた。

「どうせ付いて来られるのなら、昨日、なぜ惚《とぼ》けられたのですか」

座席に向かい合って尻《しり》を落ち着けてから、わたしは尋ねた。

「やっぱり伍長《ごちょう》に会いに行こうと、昨晩、寝床の中で思い直してな」

「話が見えて来ないのですが……」

「伍長というのは、俺が四号のときの第九分隊の松尾《まつお》雄作《ゆうさく》伍長のことだ」

海軍兵学校では、一学年を四号と呼び、最終学年の四年生を一号生徒と呼称している。伍長というのは、分隊ごとに一号が務める生徒たちの頭《ヘッド》のことだ。

「三十年も昔の絆《きずな》を大事にしておられるのですか」

帽子を取って、支倉は僧侶《そうりょ》なみに短く刈った頭を撫《な》で回した。

「向こうから内々に頼りにされたら、無下には断れんだろう。一号と四号の関係は、単純な先輩後輩では語れんからな」

「――ということは、今回の件は……」

私信で依頼されたということかと、思いやった。〝上〟に秘匿《ひとく》しての行動となると、この交通費も支給されない可能性が高い。

「そう、伍長からの内緒の依頼なんだ、一週間前に書簡をもらってな」

「ひょっとして、公務にしないで欲しいと、松尾――」

車両がガクンッと揺れて、窓の外の風景が動きだした。

「今は少将だ、予備役だがね」

「失礼ですが、松尾予備少将は課長より三つか四つ、年上なだけですよね。それでいて、もう予備役ですか」

「眼疾《がんしつ》を患《わずら》ってな。視野に黒い点が幾つも見えるのを放置してたら、網膜剝離《はくり》が進行してると、眼科医に叱責《しっせき》されたそうだ。最初は左眼だけだったから、水雷学校の校長を続けてたんだ。だが、右眼にも症状が現れてからでは遅いと、軍医から引導を渡されたそうだ」

「退官はなさらなかったのですか」

「本人は希望したが、これまでの貢献に報いるということで、大臣が……」

もし、退官を余儀なくされそうな事態に直面したとき、海相から慰留を説かれる身の上になっていたいものだ。と、思って、合点した。平素は、上官だろうが意見が合わない男には決して遜《へりくだ》らない独眼竜が、松尾に対しては人情を発揮しようとする、その理由に。横須賀工廠《こうしょう》での爆発事故で、支倉は片眼を失っている。病気と負傷の相違はあっても、同情の対象として充分だった。

その工廠での事故で片手を奪われた程度で済んだわたしは、幸運を拾ったようなものかもしれない。

わたしは気合を入れ直して尋ねた。

「松尾予備少将は、どうして正式に調査を諜《ちょう》報部第四課に依頼して来なかったのですか」

「内容のせいだね。俺に嗤《わら》われるのを承知でお願いすると、手紙に認《したた》めてあった」

「嗤われる事件なのですか」

支倉はその問いには直接、答えなかった。

「俺たちは機密保持には自信があるが、事件関係者の口まで塞《ふさ》ぐことはできん」

いくら、丁種特務班の面々の口は堅くとも、二年、三年と経《た》てば怪奇事件を解決してもらった側が、時効だとばかり、わたしたちの任務について噂《うわさ》を流すのは、人の性《さが》というものだろう。その噂にすがる心持ちで、松尾は後輩に個人的に書簡を出したと思われる。

それはともかく、まだ話が見えて来ない。松尾邸が横須賀にあり、わたしたちの宿泊先がそこであるとの推量は、外れていないだろうが。

「まさか、個人の怪奇談で、わたしを動員したわけではないのでしょう?」

独眼竜の肚《はら》を探る心持ちで訊いた。

「問題はわが海軍に深く関わってる」

意識して低くした声で、支倉は応じた。これからの会話は、真摯《しんし》な態度で臨まねばならないようだ。

「関わっているのに、公的処理は控えたいのですか」

「冷たいようだが、過去の戦功の遺産に神経をつかう精神的余裕は、現在の海軍省にはないからな」

たしかに、軍政は艦政本部を中心に緊張の中にある。

四月に倫敦《ロンドン》で海軍軍縮条約が調印されて、補助艦の保有量に制限が加えられた。その軍縮会議では、主力艦の建造禁止期限を昭和十一年まで延長することも、採択された。艦隊派が多い海軍軍令部では、軍令部長の加藤寛治《ひろはる》大将を中心にして、「統帥部《こちら》の許可もなく、政府が勝手に兵力量を決定したのは、統帥権《とうすいけん》の干犯《かんぱん》だ」と、息巻いていた。六月に加藤が軍令部長を辞任して、少しはおとなしくなったものの、批准《ひじゅん》はまだ済んでいないので、安穏な空気はなかった。

「事件現場は具体的にどこなのですか」

「日本海海戦の英雄、戦艦三笠《みかさ》だよ」

偶然なのか、その三笠の戦後を表現するかのように、哀愁を感じさせる警笛が響いた。列車は曲路《カーブ》に入ったようで、体が窓側に押し付けられる感じがした。

「今まで、ずっと隠していたのですか。三笠が佐世保で謎《なぞ》の爆沈をして二十五年。引き揚げられて修理、大正十二年まで現役ではたらき、現在の地に固定保存してからでも三年十ヵ月は経ていますよ。それを今になって、課長に相談されるなんて――」

「正確に表現するならば、松尾少将が予備役に編入されて、同時に『記念艦三笠』の管理委員長を仰《おお》せつかってからだ。それ以前の管理者は、怪事件が発生しても口を噤《つぐ》んでたらしい。申し送りになかったので、彼も初めて体験したときは、聴覚が悪くなったんじゃないかと、本気で心配したそうだ」

「相手は音なんですか」

「ああ。だが、音の正体は不明だ。化け物も幽霊も現れない。――で、自分が目撃しないだけで、本当は三笠に出るんじゃないか、と」

「永遠の停泊についている明治時代の戦艦に、何が出没するというのですか」

幻聴云々《うんぬん》の話ではないのか。

「出没すると思うのは早計《そうけい》だ。予備知識は必要だが、先入観は捨ててもらわんと」

「つまり、今のところ、たんに目撃者が一名もいないというだけの意味に、受け取ってもらいたいと。――で、松尾予備少将は具体的に怪音について、どうだと？」

文倉は上体を心持ち傾けた。

「深夜に、機械が震えるような音が聞こえるそうだ」

「見学施設として第二の人生を歩んでいる戦艦が、動き出そうとでも？」

出航の合図の汽笛なら、蒸気機関車を題材にした三文幽霊小説みたいな話だと、苦笑もできるが、そうではないらしい。

「伍長は機関部で張込みをしたそうだが、その時、艦全体が振動するように、軋《きし》み音を出したっていうのさ」

「実際に振動が感じられたのですか」

「微震程度の揺れが感じられたと、書いて来てる。動かなくなっていると言っても、三笠は繋留《けいりゅう》されてるだけで、艦底も艦舷《かんげん》も岸壁に固定されてはおらん。だから、強風や波の影響を受けて揺れることはある」

「波風の揺れとは異なる振動ということですか」

「垂直方向にも、動揺が感じられたそうだ」

「それは、実際、体験してみないと……」

「だろう？　三笠に乗り込んでみれば、その左手がなにか教えてくれるだろう」

その発想はいささか他力本願に過ぎると思うのだが、それは口に出さなかった。

二

松尾は、予想していたよりも老けた容貌だった。心労が人を老《ふ》け顔にするのか、それとも遺伝のせいなのか。しかしながら、海軍将校の威厳をそこねまいと心がけているのか、髭《ひげ》はきれいに剃《そ》り、背骨は向日葵《ひまわり》のごとく伸びていた。そう、松尾雄作予備少将は五尺八寸の偉丈夫であった。

二十五歳の水雷科の新米中尉《ちゅうい》のとき、松尾は日露戦争に出征した。旅順港《りょじゅんこう》内に停泊する露西亜《ロシア》艦隊に、月が雲隠れした暗夜に水雷艇で肉薄し、戦艦《レトウイザン》を傾斜させた戦功があるという。戦死していたら、広瀬武夫《ひろせたけお》よりも先に軍神になっていたというのは、いくらなんでも独眼竜の欲目だろう。

「さっそく、現場検証をしたいんですが」

支倉が真剣な顔になった。

「そんなに焦《あせ》らんと。三笠は逃げないから」

松尾はぞんがい鷹揚《おうよう》に対応した。わたしは内心そうだ、そうだと、支倉の背中に文句を付けた。

「昼飯がまだだろう。家内に用意させてある。ただ――」

「なにか不都合でも？」

「貴様が来るとは事前に聞いてなかったから、諸薯芋《いも》の料理が用意されておらん」

それを聞いて、わたしは頬《ほお》がゆるんだ。

支倉竜之介は白米よりも芋類が好きな男であるとは、海軍将校の間では有名になっていた。奈良の貧乏寺に生まれたせいで、白米を食べた経験が少ないのと、母親が芋料理を得意としたのが理由だと、本人は言っている。

和服に割烹着《かっぽうぎ》を付けた松尾の内儀《ないぎ》は、玄関で支倉の顔を見るなり、最低限の挨拶《あいさつ》をして接客を亭主に任せ、奥に消えてしまった。わたしには、嫌われる原因も理由も思い当たらなかった。やはり、黒い眼帯の顔は、少年雑誌の読みものに登場しそうな悪役の海賊の印象だよなと、わたしは内儀に同情した。

昼飯なので、さすがに酒は控えた。子供がみな独立して夫婦二人きりの生活なので、大勢で食事をするのは楽しいと、松尾は本当に嬉《うれ》しそうに料理の皿を勧めた。

「奥さまもご一緒になさったらよろしいですのに」

若輩者の悲しさ、わたしは気を遣わないではいられなかった。

「家内はまだ用が終わらんのだろう」

わたしたちを歓待しているわりに、奥方にはそっけない言葉だった。と、襖《ふすま》が開いて噂《うわさ》の主が現れた。

「お待たせして申し訳ありません」

朦々《もうもう》と湯気が立ち上る肉薯《にくじゃが》の皿が、支倉の前方に置かれた。余計なことは言わずに、内儀は退席しようとした。

「おまえもご相伴しなさい。人数が多いほうが美味《おい》しさが倍増する」

新婚のわたしたちは、二十年後にはこんな夫婦になれているだろうか。

『記念艦三笠』の周辺は、公園に整備するという話があったが、予算の優先順位《プライオリティ》で、かぎりなく後回しにされているらしい。公園予定地をとぼとぼ歩きながらの会話は、まるで、ひと足もふた足も早い、うら淋《さび》しい晩秋の風情であった。

「支倉、日露戦役のとき、貴様は何をしていた。たしか、一号は繰り上げ卒業だったよな」

「はい。少尉候補生で、開戦当初は初瀬《はつせ》の航海士を務めていました」

「初瀬が八島《やしま》とともに触雷して、爆沈した時は？」

「士官次室《ガンルーム》で雑談してました。下から突き上げられて全身打撲。療養生活を終えても、乗る艦《ふね》がなくて、黄海海戦には出撃できませんでした」

「対馬のときは現場復帰《カムバック》できたろう？　黄海海戦の後、聯合《れんごう》艦隊は佐世保で休養して、人事異動も行《おこな》ったからな」

「第三艦隊の厳島《いつくしま》司令部で、海図と睨《にら》めっこです」

「片岡提督はいい人だったろう？」

歴史に名を残す海戦を経験しそこねたから、支倉竜之介の人生に、どこか鬱屈《うっくつ》した空気が漂うのかもしれない。それを慰めるような言葉をかけてくれる〝先輩〟は、独眼竜が敬意を表するのに足る人格者だった。

「おれは、対馬海戦の翌日から落人《おちうど》狩りをしてたよ」

帝国海軍史では、バルチック艦隊を撃破した海戦の正式名を『日本海海戦』としたが、体験者たちは当時の呼称で『対馬海戦』と呼んでいた。

灯火《ともしび》がひとつも点《とも》らない停泊船は、遠目には廃墟《はいきょ》と化した城塞《じょうさい》のようにも見えた。一万五千噸《トン》の戦艦は、旗艦だった頃の雄姿の面影が遠くなり、老朽艦の黒ずんだ体が岸壁にしがみ付いていた。皇国の興廃を賭けた大海戦に勝利した栄光が幻のように、艦橋《かんきょう》も主砲も廃城の趣で夜の闇《やみ》に沈んでいた。

横須賀を終《つい》の栖《すみか》とした三笠は、関東大震災のおりに激濤《げきとう》を受けて岸壁に衝突、満身創痍《そうい》になった。最低限の補修はされたそうだが、外観はやはり痛ましかった。

舷側に設置された階段《タラップ》を登り、わたしたちは後部露天甲板《かんぱん》に上がった。松尾と支倉が艦尾の旗竿に向かって敬礼をしたので、わたしも慌《あわ》ててそれに倣《なら》った。旭日旗《きょくじつき》がはためいていなくとも、搭乗したら、あるものとして敬礼をする。それが、軍艦への礼儀だった。わたしは主檣《メインマスト》を振り仰いだ。日中は掲げていると聞いたZ旗は、収納されていた。

「お叱《しか》りを受けると覚悟の上で申し上げるのですが、ずいぶんと荒れた感じが……」

「住宅がそうであるように、艦船も人が立ち働かないと、荒れるのが早いんだ」

松尾は十二吋《インチ》砲連装砲塔に向かって歩いた。その後ろ姿が妙に侘《わび》しそうだった。

「兵器開発と新造艦に予算を優先して、遺産の維持管理《メンテナンス》には金をかけてくれないからな」

後部主砲の裏手、後部艦橋の下に、支倉とわたしは導かれた。

「それでも、大震災で艦籍を抜かれた際には、いっそのこと解体してしまおうとの意見も、艦政本部にはあったと聞いております」

艦内に通じる扉を解錠する松尾の背に、支倉は無理して感情を殺したように話した。

「当時の乗組員の保存運動の功が成って、記念艦として第二の人生……」

鉄の扉の開く音が、松尾のつづく言葉をかき消した。

松尾と支倉の手から、懐中電燈《でんとう》の光が照射された。松尾に先導されて入った最初の部屋は、電信室だった。現場を離れて久しい通信科のわたしとしては、懐かし《なつ》く感じる景色が、弱々しい光の輪の中に現れた。司令部の参謀が起草した通信文を暗号に置き換え、部下が打電するのを見守っていた。そんな、駆逐隊の旗艦に搭乗していた頃の——。

電信機は見学の子供らに悪戯《いたずら》されないよう配慮してか、固定されて動かなくしてあった。

「この上が海図室だが、そこで待機するかね？」

懐中電燈の光を天井に向けて、松尾は訊《き》いた。

「どこにいたら、よく聞こえますか」

わたしは低姿勢で尋ね返した。

「さあてね。いろいろ試してみたわけじゃないから」

「伍長《ごちょう》に訊くより、おまえの左手に訊いたら、どうだ」

松尾がキョトンとした。

「それは無駄です。今は発光していませんから」

わたしは闇の中に義手を掲げて見せた。強力な霊的存在が出現するときには、決まって予告するがごとく、この左手は発熱して光を放つのだ。

「なんでだっ」

「わたしを吸鳴《どな》らないでくださいよ」

独眼竜はいつになく気が短かった。

じっとしていても退屈だから、艦内を松尾に案内してもらうことにした。散歩しているうちに、怪奇現象が起こるかもしれなかった。わたしたちは、上甲板の右舷側の長い廊下に出た。松尾は艦尾に向かって歩を進めた。

「閣下、三笠が発するのは、機械音のようだとのことですが」

「うむ。おれは三度、艦内で体験したが、同時に艦体が振動した。まるで慟哭《どうこく》しているように思えた」

「全身を震わせて泣いて、何かを訴えているのでしょうかね」

松尾は応答に窮して黙り、代わりに支倉が会話に参加した。

「三笠が喋《しゃべ》ってるとでもいうのか」

「機関科の熟練者《ベテラン》は、音で機械の不平や要求を聞き取るそうですよ」

懐中電燈の光が、次々と現れる部屋の名札《プレート》を照射していった。右に士官室があって、左に小部屋が並んでいた。航海長室、副長室……参謀長公室、艦隊機関長室。そこまで進むと右手に艦長公室が現れ、松尾は鍵《かぎ》の束を鳴らして扉を開いた。備えられていた長卓と椅子《いす》は、震災で破損したので撤去されたと、松尾は説明するでもなく語った。

艦長公室の背面に司令長官公室があり、最後尾に長官私室がある。このふた部屋は一般には開放していないので、わたしたちも見学は遠慮してもらいたいと、松尾が言った。

「三笠は二度と航走しないと定められた艦《ふね》だよ。したがって、石炭も罐水《かんすい》も完全に抜かれて、機関は沈黙だ。錆《さび》止めの塗料《ペンキ》は毎年、塗り替えているが……」

「手入れは怠っておられないと？」

「怪音や振動が発生するなんてことは、昼間はないみたいなんだよ。来艦者に異常を経験した人はおらんようだ。おれのところに、苦情が上がって来ないからね」

「ここは、夜は完全閉鎖でしょう？　そもそも、どうして慟哭していると知れたのですか」

「音は外に聞こえて来るから……」

「閣下のご自宅にまで、ですか」

松尾邸からここまで、海軍人の足で二十分くらいだった。

「近所の人は、風の音と波の音の合成だと思ってるようなんだが、おれには違うように聞こえた。視力が衰えてから、耳が敏感になったせいかね」

「それで、伍長は確かめに出かけたわけですか」

質問をわたしだけに任せておけないと思ったのか、支倉が口を挟んだ。

「心証でかまいませんが、三笠が何を伝えたがっているとか、感じましたか」

松尾の首を横に振りながら否定する返答は、わたしをがっかりさせた。

「芹川、ひとつ、明らかにさせておきたいんだが」

支倉があらたまって、わたしに話しかけた。

「人間の亡霊のせいではないんだな？」

それに応《こた》えようとしたら、左手が発熱した。夜光虫のような光が放たれはじめた。

間もなく、床からかすかな振動が来た。地震の初期微動かと思ったが、揺れは大きくならず、代わりに松籟《しょうらい》に似た音が鼓膜を震わせた。

「おいでなすったか」

独眼竜が見えない相手に身がまえた。わたしは左手の発光信号を読むのに、しばし時間を取られた。

「今までのとは、少し異なる音だよ」

松尾が当惑した。三笠のほうでも、わたしの左手を意識したということなのだろうか。

「落ち着いてください。我々に危害を加える気はないそうです」

「危害を加える？　誰がっ」

光の点滅を読むのを優先して、わたしは支倉の問いを黙殺した。それで、肝心なことを怠っていたのを、わたしは教えられた。

「迂闊《うかつ》なことに、我々は礼儀を失しました」

ふたりの反応はにぶかった。

「閣下、神棚に案内してください」

返事もそこそこに、わたしに急《せ》かされた松尾は、通路に駆け出た。わたしは、左右の舷側《げんそく》通路をむすぶ連絡路の壁に祀《まつ》られた神棚に向かった。松尾の懐中電燈の照射を待つまでもなく、場所は分かった。何故《なぜ》なら、神棚自体が淡く瑠璃色《るりいろ》の光を発していたからだ。

わたしは正面に立つと、正式なお参りをした。ふたりも前後して柏手《かしわで》を打った。瑠璃光が点滅をはじめた。光の点滅を、艦船間の通信手段である発光信号として受け止めると、明らかに、神棚はわたしたちに向かって意思表示をしていた。

〔やっと、話が分かりそうな者が来たな〕

「課長、返信して下さい」

本来、発光信号は発信するのも解読するのも、航海科の担当である。なのに、陸上勤務が長すぎるせいか、支倉は即応できなかった。回答しないと、どんな霊障が起きるか分からない。支倉の手から懐中電燈を取り上げて、わたしが神棚に向かって返信した。まずは姓名階級などを名乗り、後ろの二名も紹介した。

〔何ヲ話シタイノカ〕

口で言えば尊敬語を使うところだが、信号に敬語はない。

〔人間は誤解している〕

〔何ヲドウ〕

〔われの爆沈は、火薬の自然発火に由《よ》るものではない〕

三笠の艦底部にある弾薬庫に収納されていた火薬が、室温の上昇でなんらかの化学変化を起こし、自然発火したのが、爆発の原因と推察されていた。実験をしたわけではないが、明治四十一年四月の馬公における海防艦松島《まつしま》や、大正七年七月の戦艦河内《かわち》の爆沈事故などを調査して、三笠もそうであろうと解釈された。

日露戦争当時、砲弾内部に詰める炸薬《さくやく》だけでなく、装薬にも機雷にも、通称『下瀬《しもせ》火薬』が使用されていた。この火薬はじつはピクリン酸のことで、一般には『黄色火薬』と呼ばれ、それまで多用されていた『黒色火薬』と区別されていた。

日露開戦が危ぶまれて、きちんとした実証を経ぬまま、海軍がこの火薬の採用に踏み切ったので、資料《データ》不足の感が否《いな》めなかった。そのため、放火でなければ、自然発火以外には考えようがなかったのである。

「自然発火デハナイナラバ、何ガ原因カ」

わたしの問いは無視されて、神棚は一方的に話した。

「われは赦《ゆる》さぬ。われから栄誉を奪った者を」

明治三十八年九月にポーツマス条約が調印され、日露戦争は日本の勝利であると確定した。神棚が言うところの栄誉とは、おそらく、聯合《れんごう》艦隊が横須賀へ凱旋《がいせん》する航海で、三笠が引き続き旗艦を務めることになっていたのを、指すのだろう。天皇陛下の御観覧もあるとされた晴舞台、その名誉は戦艦敷島《しきしま》に取って代わられた。

「あの者らを処刑せよ」

処刑とは、ずいぶんと過激な発言だ。爆沈から二十五年も待たされた恨みも、込められているのだろう。
［アノ者ラトハ誰カ］
〔失火当時、その場にいながら、消火作業をせずに逃げた者らだ。われはそれが赦せない〕
［ソレハ何名イタト？］
〔酒盛りをしていたのは、三名だ〕
当直兵の飲酒は禁止されているから、その三名は非直だった可能性もある。
〔その者らはあろうことか、弾薬庫に蠟燭《ろうそく》の火を持ち込んだのだ〕
火気厳禁の倉庫は、燐寸《マッチ》の持込みも禁止されていた。徹底した火器統制のために、兵員から煙草《たばこ》の火種になる物を没収し、喫煙所以外での喫煙は軍紀違反の中でも処罰が重かった。甲板《かんぱん》は釘や鎹《かすがい》で板を固定していたから、乗員の靴底は、護謨《ゴム》製で釘打ちのないものが採用されていた。何千分の一の確率かもしれないが、金属同士がぶつかって火花が散るのさえ、当時の海軍は危惧《きぐ》していたのだ。
〔飲んで騒いでいるうちに、はずみで蠟燭が倒れて火薬に引火し、爆発したのだ〕
［怒リハ察スルガ、ソノ三名ヲ突キ止メルニハ、日数ガ必要ダ］
返信した途端、三笠が咆哮《ほうこう》した。四門の主砲が斉射されたような音と振動だった。

尻餅《しりもち》を搗《つ》いたわたしは、壁に背中を押しあてて、神棚に向かって発光信号を送った。

［鎮マレ。早急ニ手ヲ打ツ］

咄嗟《とっさ》のことはいえ、無責任な返答をしてしまった。

［汝《なんじ》ではなく、その左手を信用する］

音響と振動がおさまった。わたしではなく、左手を信用すると言われたのを、喜んで良いのか、悲しんで良いのか——。

「いったい、誰と話してたんだっ」

支倉が懐中電燈を奪い返して詰問した。

「船霊《ふなだま》です」

わたしが努めて冷静に答えたのに、支倉は瞠目《どうもく》して固まった。

「い、いたのか、本物が」

倒れたときに打ったのか、松尾が膝《ひざ》をさすりながら尋ねた。

「いないと思い込んでおられたのですか」

松尾は返答をにごした。

「あっ、いや。現役の船なら、そういうこともあろうが……」

たとえ、二度と旅することのない艦《ふね》でも、こうして海に浮かび、繋留されている。

紫野貴李
Kiri Shino

廃艦処分にされないうちは、船霊は三笠に留《こ》まり続けるのだろう。

「英吉利《イギリス》はヴィッカース社の造船所で生まれた戦艦に、わが国の船霊が宿るとは――。わたしは、このような前例を知りません」

「そんな話は、おれとて聞いたことがない」

同意を求めるように、松尾は後輩を振り向いた。支倉の停止していた時間が解凍されて、思慮深い面相になった。

「神棚を祀《まつ》る以上は、そこに神に宿ってもらって、船の守り神とする意味があるのですから、ありえなくはないでしょう」

仏教の諸尊諸仏と違って、八百万《やおよろず》の神々は、ずいぶんと融通が利くらしい。

「それで、なにか要求されたのか」

支倉は会話をもとに戻した。わたしは、船霊との通信内容をふたりに教えた。わが上司は問題ないが、松尾が信じてくれるかどうかは、心許《こころもと》なかった。

「三笠も敷島に嫉妬《しっと》して、自分を爆沈させた兵員を処刑しろなんて言い出したのかね」

支倉は小首をかしげた。

「なんだ、分かってないな、支倉。軍艦は女なんだぞ。野郎ばかりが乗るからな。だから、嫉妬深いんだ」

「はっ？」

初めて聞く珍説だとばかり、独眼竜は口を半開きにして呆《ほう》けた。

「なんてったって、海戦勝利の神様は女神だからな」

思いのほか、松尾は大真面目《おおまじめ》な顔だった。どうやら、わたしの心配は杞憂《きゆう》のようだった。

三

いつものことながら、わたしの左手は我儘《わがまま》だ。三笠の船霊とのあいだで暗黙の了解があったのか、笠置亮佑を呼べと、左手はわたしに命令した。

作仏工房の二代目に予定されている青年は、京都の私設美術専門学校を卒業してから、ちょくちょく修業の旅に出ると、聞き及んでいた。連絡がつくかどうかは賭《か》けみたいなものだったが、翌朝、電話局が営業を開始するなり、至急、横須賀に来いとの内容の電報を、亮佑の奈良の実家に打った。

次の日の、海が群青《ぐんじょう》から濃紺に色を移しはじめる頃、笠置亮佑の旅慣れた姿が、終着駅の乗降場《プラットホーム》に現れた。開襟の半袖襯衣《はんそでシャツ》で、その白さが陽灼《ひや》けした肌に映えていた。

「海軍の御用だからって、父に圧力をかけるのは止めてくださいよ」

日露戦争に応召兵として従軍した経験がある亮佑の父親は、横須賀行きをしぶる息子の尻《しり》を叩《たた》いたらしい。

「佐渡から帰って来た日に、唐突に横須賀へ行け。旅行作家だってこんな予定、立てませんよ」

亮佑は憤慨の体《てい》でぼやいた。

「佐渡に師事するような仏師がいたのか」

老獪《ろうかい》な支倉は、亮佑の斜めになっている機嫌を取り結ぼうとして、そんな話題を呈出したようだ。

「中央が認識しないだけで、優れた彫刻家はいるものですよ、地方にも、ね」

そろそろ東京中心の思考は卒業したらどうかと、言外に文句を付けているようだった。

「帝展出品者ばかりが、美術品を生み出してるのではないと、言いたいわけか」

おおよそ芸術作品とは無縁の人生を送っている独眼竜は、他人事《ひとごと》だとばかりに軽薄に応じた。

なんだかんだ文句を垂れていても、亮佑の心はわたしには透けて見えていた。げんに一両日中に此処《ここ》へやって来たことが、彼の良心を証明していた。久闊《きゅうかつ》を叙《じょ》す機会《チャンス》を逸したので、わたしはそれを省略した。『記念艦三笠』へと歩きながら、これまでの経緯を説明した。すると、「驚きました」と、亮佑は話の内容に不似合いな明朗な声を発した。

「そうだろう。船霊の存在はあながち否定しないが、鉄の塊の人工物に霊が宿ってるのは、初体験だからなあ、俺も」

驚くのも無理はないというふうに、支倉は頷《うなず》きを繰り返した。だが、わたしたちが問題にしている怪奇現象は、亮佑の関心を引き付けていなかった。

「お二人とも、まだあの暗くて黴臭《かびくさ》い部屋の住人だったのですか」

独眼竜は石ころに躓《つまず》きそうになった。

「いいかげん、異動してもいい歳月を経ていますでしょう？」

会わずにいた二年半の間に、わたしたちとの年齢差を縮めたように、亮佑は老成していた。美保関の海で、殉職者たちの霊を往生させた頃は、社会生活に初心《うぶ》な感じの美術学校の学生だったのだが。

わたしたちに異動の話が来ないのは、現在の任務を見事にこなしているがゆえだと、わたしは解釈している。その責任の一端がある亮佑から、異動云々《うんぬん》という言葉を聞かされるとは、甚《はなは》だ心外なことだった。

「おまけに支倉さんはまだ大佐。なにかとんでもないしくじりでもしたのですか」

父親と違って、息子には将校に対する敬意がなかった。飄々《ひょうひょう》としたところは、修業の旅のひとつの結実かもしれない。

支倉は、ことさら大きく咳払《せきばら》いをした。

「俺は昇級試験を受けんのだ。閣下と呼ばれると、尻の穴が痒《かゆ》くなるからな」

好きで出世しないことにも正当な理由があるのだと、独眼竜は強調したいようだった。だが、亮佑はその回答を半分も聞かずに、身をひるがえして磯浜《いそはま》に走った。

「やっぱり、海はいいですねえ」

全身で海風を摑《つか》むかのように両腕を広げた亮佑は、その身が凧《たこ》になって舞い上がるのではないかと、思わせた。

「なにが海はいいですねえ、だ。これだから、海無し県の生まれ育ちは……」

無視されたことに臍《へそ》を曲げ、独眼竜が憎まれ口を叩いた。彼の独白は荒磯を吹きすぎる風に攫《さら》われ、亮佑の耳には届かなかった。海軍に奉職すること三十年に及ぶと、支倉も自分の故郷が亮佑と同じであるのを、忘却するらしい。

艦隊生活を〝浮草稼業《かぎょう》〟と称した先輩がいたが、独眼竜もわたしも、海上にいるより陸上勤務の日々のほうが長い。己が海軍人であるのを失念しそうになる日が、たまにある。

登舷口《とうげんぐち》から手を振る松尾に、こちらも手で返答して、わたしたちは階段《タラップ》を登った。

「このたびは、ご面倒をおかけする」

松尾が差し出した手に、亮佑は掌を襯衣《シャツ》にこすってから応じた。

「今日は、拝観はもうお仕舞いにしたのですか」

「うむ。いつも五時には閉艦なんだ。最後の見回りを済ませて、班員は帰した」

「下見をしてから、一度、閣下のご自宅に戻り、腹ごしらえをして、夜にまた此処にやって来ることになるが、問題はないな」

わたしは亮佑の意向を問い質《ただ》した。

「芹川さんの左手はなんと？」

わたしは義手を亮佑に見せた。

「君を呼べと命じたっきり、後は沈黙だ」

「そうですか。私に問題を丸投げされても困るのですが……」

「苦情は君自身に言ってもらいたいな。この義手《て》の作者だろう」

「あぁ、いっそのこと、人畜無害な手に取り替えます？」

「呆《ほう》けたことを。わたしを失業させる気か？」

「それでも、私は依頼されたから制作したまでで……」

「課長、責任は課長にあると、亮佑が言っています」

わたしはお鉢を独眼竜に回した。

「ああ、ああ。なんでもかんでも、俺のせいにすりゃあいいだろう。悪者にされるのは慣れてるよ」

こういうことには、支倉は無頓着《むとんちゃく》だった。

「事件解決の鉄則として、怪奇現象を起こしている船霊《ふなだま》と、まずは対面してもらおうか」

今後の行動の道筋を示唆《しさ》するつもりで、わたしは提案した。

「その前に、爆発したという弾薬庫を見ておきたいですね」

そう言うなり、いかにも重量がありそうな革籠《トランク》をそこに置いて、亮佑はすたすたと歩き出した。豪快な十二吋《インチ》砲も、目が眩《くら》むような高さの檣《マスト》も、この男の興味の外《ほか》らしい。慌《あわ》てて、松尾が鍵の束を賑《にぎ》わしく鳴らして、その後を追った。

三笠の弾薬庫は大きく三ヵ所ある。二本の煙路を挟んで、前後部に十二吋砲用の弾薬庫があり、前部のその上に六吋砲用がある。三笠を沈没させた火薬の爆発があったのは、後部十二吋砲弾薬庫である。

「下甲板《かんぱん》以下は、見学者の立入り禁止区域にしているが、一ヵ月に一度は全艦検査をするんだ。異状が発生していると困るからね」

話しながら、松尾は戸口で懐中電燈の光を庫内に照射した。

中は伽藍堂《がらんどう》だった。照明設備が撤去されているから、限られた明かりに頼って、中を観察することになる。亮佑につづいて、わたしも中へ踏み込んだ。奥へ進むと、左手が気を利かせたのか、やわらかく発光した。左手を照明器具の代わりにして、とりあえず壁に沿って歩いてみた。硝薬《しょうやく》の臭《にお》いは消えており、左手の光は点滅しなかった。

「消火作業をしないで逃げたという三名の名前は、分かっているのですか」

亮佑が弾薬庫の真ん中で腕組みをして、周囲を観察する風情《ふぜい》で尋ねた。

「当時の乗員名簿から半舷上陸していた者を除いて――、と、本気で調査できると思っているのか」

わたしの皮肉をまじえた回答に辟易《へきえき》するでもなく、亮佑は淡々として推量を語った。

「殉職者三百三十九名の中に含まれている可能性のほうが、はるかに高いですね。生存していて、厳罰を恐れて三人して隠し通している場合も考えられますが、その後の原因追究の厳しさを慮《おもんぱか》りますと……」

「だろう？　だから、そういう徒労は回避した」

その事故で生き延びたとしても、今日《こんにち》までの間に病没も事故死もありうる。

「殉職者の亡霊はいないようですから、やはり、この霊気は船霊そのもののようですね」

「問題の三名を処罰せよと、その船霊が要求している」

「ほっといたら、どうですか」

聞き捨てならぬことを、亮佑は平然と口にした。

「実害はないのでしょう？　だったら、打遣《うっちゃ》っておきましょうよ」

亮佑の今回の怪奇事件に対する消極性は、人の生死に関わる問題ではあるまいしと、思っているからなのかもしれない。

「君なら、理解できるはずだ。人間の手で造られた物にも、人格が生じることを」

「よろしいのですか。科学技術の最先端を行く海軍の幹部将校たる者が、そんな非科学的なことを話して」

亮佑は人の立場に配慮する社会性を身に付けたようだが、わたしたちには無用の心配だった。

「困る人はいないのでしょう。そもそも、航海すべき船を岸壁に繫留《けいりゅう》したままにしているから、怒りを買うのですよ」

「船霊のか?」

「海戦で撃沈されたり、嵐《あらし》で沈没したりするのは、軍艦にとっては本望なのですよ。外洋で戦う船というのは、常にそういう危険《リスク》を背負って建造され、進水するものですから。釈迦《シャカ》に説法かもしれませんがね」

「しかし、三笠は撃沈されたのではない。ましてや、海難事故で沈没したのでもない」

松尾が先を続けようとするのを制して、わたしがあとを引き取った。

「爆発の原因については、今までの海軍の説は火薬の自然発火だった。しかし、兵員の酒盛り中に蠟燭《ろうそく》が倒れて火薬に引火したと、船霊は訴えている。この二つの原因のいずれが正しいのか、考察する必要があるのではないか」

亮佑の思考時間は短かった。

「庫内が高温に達したために、火薬が変質して自然発火したのなら、七月や八月に事故が発生しそうなものではありませんか。何故《なぜ》、九月に入ってからなのです」

海軍将校たちは、亮佑の問いかけに誰も回答が出せなかった。

「それと、火薬類は剝《む》きだしで保管する物ではありませんから、蠟燭の小さな炎ぐらいで引火しますかね、はたして」

亮佑の素朴な疑問は、〝上〟が出した結論に異を唱えようとしない、軍人の思考放棄を糾弾していた。同時に、船霊が嘘《うそ》を吐《つ》くはずがないという、わたしたちの思い込みをも打ち砕いた。

「三笠《ここ》の船霊は、ちょっと屈折しているようですね。航海したい気持ちが報われずにいるのと、世代交代に参加できないのと……」

「世代交代？」

はからずも、松尾と支倉が同時に訊《き》き返した。

「人間が生まれ変わるのと、同じ理屈ですよ。船霊にもいろんな性格があります。佐渡の海には、難破した北前船《きたまえぶね》の船霊が漂っていましたよ。大切な船荷を届けられなかった悔恨から、新造船に乗り移れずにいるのです。乗り移れば、新しい人生が始められるのに」

亮佑の口から語られると、とても作り話とは思えなかった。

「船霊の真意は、航海できない点にあると？」

松尾が亮佑の背後に迫った。

「私に船霊の心理は読めません。ただ、私の中にいる仏様が、そう教えてくれたのです」

松尾は、突拍子もない文言を聞いたという顔になった。

「この者のおしゃべりは話半分に聞いたほうが、閣下の頭が混乱しないで済みます」

松尾に亮佑を誤解されたくなくて、わたしは忠告した。

「――さて、船霊さんに会いに行きましょうか」

「この戦艦《ふね》、本当にもう航走できないのですか」

梯子《ラッタル》を登りながら、亮佑は先導する松尾の尻《しり》に話しかけた。

「造船技官に点検してもらったら、燃料と罐水《かんすい》を充填《じゅうてん》すれば、航走《はし》れるはずという話だ」

亮佑は「航海できるのに、させてもらえないから、性格が歪《ゆが》んだのかな」と、独りごとを洩《も》らした。わたしたちはとりあえず、上甲板の士官室に入った。見学者が一休みできるように、室内には長椅子《ベンチ》が備え付けられていた。

「船霊にしても、凱旋《がいせん》艦隊の旗艦という栄誉を奪われた瞋恚《しんい》から、犯人を処罰しろと要求したとは、思えませんね。それで溜飲《りゅういん》が下げられるのなら、事故に見せかけて犯人を殺害するくらいの霊力《ちから》は、持っているものです。戦艦の船霊《ふなだま》ともなれば、ね」

松尾が懐中電燈の光と手で勧めた長椅子に歩みながら、亮佑は自説を披露《ひろう》した。

「加えて、敷島の船霊と話し合うこともできるでしょう。それこそ、大海戦をともに戦った軍艦なのですから。二十五年間も霊障で人に危害を与えずにいるのなら、そんな低俗な理由ではないと思いますよ。戦艦の船霊としての矜持《きょうじ》があるでしょうし」

「本人が失火犯を処刑しろと、言ったのだがね」

先輩がたとの階級差を意識して、わたしは坐《すわ》らずに応じた。

「船霊にしてみれば、その左手が私を呼ぶのは、織込み済みだったのかもしれませんね」

ひとことの反駁《はんばく》もできなかった。人間は表面に見えるものを信じやすく、耳に聞こえる音声もまた信じやすいように、性根ができている。人間を超越した存在に対して、人間扱いして心理を解釈したわたしは、未熟者だった。

「ならば、支倉竜之介が海軍大佐として依頼する。松尾予備少将の精神の安寧のために、なんとかしろ、笠置亮佑」

真正面に腰かけた独眼竜に、亮佑は挑戦的な眼差《まなざ》しを向けた。

「軍人は手の施しようが無くなると、威嚇《いかく》でもって他人《ひと》に全面委任する」

亮佑は社会の荒波にもまれて、鼻っ柱が強くなったようだ。

「俺への非難は従容《しょうよう》として受け止める。だが、松尾伍長《ごちょう》の誇り《プライド》を傷付けるのは、許さん」

仏法神のような形相で、独眼竜が亮佑を睥睨《へいげい》した。

「ご心配なく。航海の鉄則どおり、早暁《そうぎょう》には海原に出航させてみせましょう」

「出航？　そりゃ、いくらなんでも無茶苦茶な話だ。物理的に不可能だ」

松尾が狼狽《ろうばい》した。

「まあ、とにかく、ご挨拶《あいさつ》をしておきませんとね。女性は意外と礼儀にうるさいですから」

打って変わって陽気に言うや、亮佑は案内も要らないかのように退室して行った。

「どうして女性だと？」

亮佑を追いかけながら、わたしは試《ため》しに訊いてみた。

「国を護《まも》るのは母性でしょう。自分の命を擲《なげう》ってでも子の命を守る。その覚悟がなくして、防衛戦争は遂行できないでしょう」

亮佑のさらに一転して神妙になった物言いに、松尾も支倉も戸惑っていた。

紫野貴李
Kiri Shino

「雉《きじ》の雌は、草原が火事になっても、わが身で巣をおおって雛《ひな》を守るそうです。人間の男に、それほどの覚悟が、果たしてありますかね」

「男というより、人間はえてして損得勘定で判断するからな、悲しいことだが。無償の国防は、軍隊にこそ必要なんだが……」

自分の若い頃にはあったと思っているらしい顔を、松尾は隠さなかった。

亮佑が礼儀に則《のっと》ってお参りをした。すると、淡い瑠璃《るり》色《いろ》の光が白木の社《やしろ》に灯った。

しかし、光は強弱があるのみで、信号の意味はなかった。まもなく、光は消えた。

「松尾さんには少々ご迷惑をかけることになりますが、ご容赦願います」

亮佑は神棚を仰いだ格好のまま言った。

「一度は退官を申し出た身、責任を取って免官になることに臆《おく》するものではない」

「それを聞いて安心しました」

独眼竜やわたしに見せなかった菩《ぼ》薩《さつ》のような微笑を、亮佑は松尾にだけ見せた。

亮佑は遠慮というものを知らなかった。出された料理には満遍なく箸《はし》を付けた。

「うちの女中の婆さんの手料理ときたら、味覚音痴なんじゃないかと思えるほど、ひどい味付けなんですよ。さすが、閣下と呼ばれるようなお方の家庭料理は違いますね」

修業の旅先で身に付けたらしい処世術を、亮佑は披露した。

「お若いのに口がお上手だこと」

などと笑って、内儀も最初は本気にしていなかった。

「旅先で滞在して、師匠から木彫《もくちょう》の技術を学び取るんですが、昼間覚えたことも、晩飯がまずいと、脳味噌《のうみそ》から剝《は》がれ落ちますね。今夜の料理は、大脳によく栄養がいきます」

支倉とわたしは、亮佑の変わりように呆《あき》れ返っていた。

「自ら志を立てて修業に臨まれるなんて、職人を継ぐのも大変なんですのね」

内儀は亮佑にばかり、飯や味噌汁のお代わりを勧め、軍人たちは放置された。

「亮佑、具体的に何をどうするんだ。話しておいてもらわんと、準備が……」

現役中堅将校の貫録を見せて、独眼竜が話しかけた。

「準備なんか、要りませんよ」

南瓜《かぼちゃ》の煮物を嚙《か》みながらの返答だった。

四

「都合よく満月とはいかないけれど、払暁《ふつぎょう》に出航させましょう」

ときおり雲に隠れる細い上弦の月を振り仰いでから、亮佑は神棚のある甲板《かんぱん》へと降りて行った。彼が手にしているのは、小学生でも持っていそうな彫刻刀の箱だった。

「明かりはこの程度で良いのかね？」

用意した二つの洋燈《ランプ》に燐寸《マッチ》で火を点《つ》けて、松尾は連絡路が両舷通路と交差する床に置いた。見学時間には舷窓《げんそう》を全開している艦も、それ以外の時間帯では閉鎖しているから、暗いだけでなく、蒸し暑さも尋常ではなかった。

「臨時に舷窓を開いても良いが。少しは月光が射《さ》すから」

松尾が亮佑に気を遣っているのは、その口調からも明白だった。

「いえ、それには及びません。光が外に洩《も》れて、近所の人に騒がれても面倒ですから」

亮佑は腰を落とすと、這《は》い回るような格好で、床に両手を滑らせた。そして、ときおり叩《たた》いた。彼の視界には床板しか入らないようで、人が立っていようがお構いなしに進んで来た。仕事の妨《さまた》げにならないように、わたしたちは亮佑から少し離れた。

「何をしてる」

独眼竜の問いかけは、案の定、黙殺された。亮佑は仕事にかかると、聴覚を遮断したように無心になる。おそらく、総理大臣が呼びかけても無視するだろう。

「おい、芹川、左手はなんと言ってる」

わたしは大仰に溜息《ためいき》を吐《つ》いて見せた。支倉はわたしの左手と顔を交互に見た。

「なんで黙ってるんだっ」

独眼竜は左手に向かって文句を付けた。

「黙って見守れということです」

もとより、立場をわきまえて控えめな松尾は、口出しせずに亮佑の所作を怪訝《けげん》な表情で眺めていた。

「よしっ」

自分に気合を入れたような声を発すると、亮佑は彫刻刀の箱を開けた。彼は艦首方向に向いて身を沈めると、角刀の刃を床板に差し込んだ。松尾がゲッと声を洩らす間に、その刃先は弧を描いた。

「な、なんてことを」

と、驚いている間にも、床板の継ぎ目がまるで障害にはならないようで、刃先は輪郭を仕上げていった。

「困る、こんなのは困る」

大切な文化遺産を傷付けられていると、松尾が周章《しゅうしょう》するのは当然だろう。けれど、それよりも彼を慌《あわ》てさせたのは、ここを管轄《かんかつ》する横須賀鎮守府長官の許可を得ていないという事実だろう。

「巷間《こうかん》にくだらない怪奇談が流布《るふ》されるほうが、よほど困るでしょう。閣下、そこにいらっしゃる大佐が、閣下に累《るい》が及ばないように処置してくれます」

ジタバタしても何の解決にもならないから、わたしは多少は楽観的に言った。

「伍長《ごちょう》、免官も覚悟したのではありませんか」

独眼竜が追い打ちをかけた。彼は腹を括《くく》ったようで、声がさばさばしていた。

「精神的な負荷には耐《た》えられる。しかし、損害賠償金には堪《た》えられん」

松尾は至極まじめだった。かえって、それが可笑《おか》しかった。

「資産管理課の課長は海兵時代に恩を売ってある四号ですから、上手《うま》く丸め込みますよ」

人を慰藉《いしゃ》するときの嘘《うそ》は、方便という。

「ところで、なにを刻んでるんだ」

支倉は上体をかがめて、亮佑の手元を覗《のぞ》きこもうとした。支倉の視線が投じられた先には、鋭い爪《つめ》が生えた五本指が刻まれていた。細部は刻まず、亮佑は場所を移動すると、そこにも爬虫類《はちゆうるい》の足らしきを描いていった。

「八方睨《にら》みの天井図ならぬ、床絵か」

亮佑は彫刻刀をときおり持ちかえ、洋燈《ランプ》を移動させて、一心不乱に線刻絵を描き続けた。頭の輪郭に着手して、その顔が向いているのが真東と知れた。亮佑の邪魔にならないように、わたしたちは舷側の通路へと後退した。

「日露戦役の頃は、ある意味で良かったよな。主力艦の大半が外国から買い付けたもので、日本人は謙虚でありながら、外交が上手だった」

松尾は感慨に耽《ふけ》るように囁《ささや》いた。昔を回顧するのは老いた証拠だが、わたしはそれを素直な気持ちで受け止めた。これからの帝国海軍の進路が、憂《うれ》えられて——。

「今ここで軍縮条約を逆手にとって路線を変更しようと、考えている一派があります。軍艦の建造中止を一大転機として、一手先二手先の科学兵器を開発し、同時に、それらを搭載する潜水艦や空母の設計をも研究させる、というものです」

「なるほど。——で、軍縮条約が失効したら、待ってましたとばかり、それらの建造に邁進《まいしん》する、というわけかね?」

支倉の話に、松尾はいちおう納得したようだった。

「結局、海軍の人間て、軍拡しか頭にないっていうことですか」

わたしたちに奇襲を喰らわすかのように、亮佑が呆れたような声を上げた。作品を生みだす速度も落とさずに、不意に発言するところが、この男の不気味な点だ。

「軍事予算は、もっと有効に使えってえ話だよ。なにせ、国民から頂戴《ちょうだい》してるお税金だからな」

支倉は後頭部を掻《か》きながら応じた。が、亮佑の聴覚は支倉の弁明を遮断したようで、反応は全くなかった。どうにも虚仮《こけ》にされたようで、ムッとしたくなるのだが、逐一気にしていたら、この男とは付き合えない。

「ところで、支倉。予備にまわると、どうしても中央の動静に疎《うと》くなるんだが」

気を取り直して、松尾が話題を新しくさせた。

「財部《たからべ》大臣が瑞西《スイス》あたりでまだ静養しているという噂《うわさ》は、本当か」

「はい。報道関係者には、そのように。倫敦《ロンドン》会議の疲労もあるだろうからと、浜口首相が休養を勧めたそうです」

「予備の中には剣呑《けんのん》な奴《やつ》がいてな。軍縮条約に調印した財部彪《たけしき》を斬ってやるなどと、放言する莫迦《ばか》もおるのだ」

「伍長は、艦隊派の連中の言動に不安を感じておられるんですか」

「海軍にかぎらず、内部分裂は国防力を弱体化させるよ」

「そういうお考えの伍長なら、真実を話しておきましょう」

財部海相は調印を済ませたら、すぐに帰国するつもりでいた。けれども、今帰国すると命が危ないから、まだ帰って来るなと、浜口総理は財部海相に電報を打った。半年くらい経《た》てば、艦隊派の怒りが治まるだろうから、それまで外遊しておれ、と。諜報部《ちょうほうぶ》だからこそ、政府の無電を傍受して外交用の暗号電も解読できたのだ。

「そうか。中央はそんなに険悪な空気になっているのか」

わたしたちの間で、小声で会話が交わされているうちに、亮佑は床の空白部分に波濤《はとう》を描ききっていた。その図柄は、北斎の『富嶽《ふがく》三十六景』に登場する高波を参考にしているようだった。波と波の間に、車輪のような物が見え隠れしていた。飛沫を刻み終えると、頭部の細部にかかった。尻《しり》をこちらに向けているので、具体的に何を描いているのか、見えなかった。

「おい、神棚が光ってるぞ」

支倉に注意されて、わたしは点滅信号を読んだ。

〔われが三笠から去らねば、この国《ここ》の国防に新しい時代を齎《もたら》せないだろう〕
船霊《ふなだま》が大きく嘆息を洩《も》らしたような、そんな光の強弱があった。
〔二十五年前の今日、九月十一日午前一時、じつはわれ自身が、火薬箱の蓋《ふた》を開けて蠟燭《ろうそく》を倒し、引火させたのだ〕
船霊の告白に驚愕《きょうがく》している場合ではない。わたしは通じるかどうか怪しいが、生の声で応じてみた。
「どうして、そんなことを――」
すると、わたしの言葉を通訳するかのように左手が点滅した。
〔三笠から解放されたかったのだ。自沈すれば廃艦処分にされると期待したのだ〕
「兵員の失火だと嘘を吐《つ》いたのは、何故《なぜ》です」
〔われの偽言を見破れる者でなければ、われを救えぬと思ったからだ〕
「救う？」
〔一度、宿ったら、船霊は廃船にならぬ限り、その船から解放されないのだ。われは、新しい時代の軍艦に宿りたいのだ。いや、宿らねばならない〕
「三笠が解体されないうちは、あなたの霊《たま》ノ緒《お》が切れない。だから、三笠を破壊しようとしたのですか」

一度は着底した三笠を修理して生き永らえさせたことは、反対に船霊を苦しませていたのか――。

「準備完了。今から目切りをする。間に合わせの龍頭龍尾《りゅうとうりゅうび》の外輪船だが、これがあなたを新しい軍艦《ふね》に運んでくれるはずだ」

亮佑が神棚に向かって声を上げた。瑠璃色《るりいろ》の光の珠《たま》が、中空に飛び出した。が、光の緒は神棚に繋《つな》がれたままだった。亮佑の手元で龍の瞳が生まれるや、線で刻まれた瞳が立体感をおび、鋭い眼光を放った。と、見る間に、龍は中空に首を起こした。その直後、龍の尾が床から跳ね上がり、神棚を叩《たた》き壊した。光は自由を得て、龍の頭部に飛び込んだ。

同時に、どこからともなく水が現れて、見る見るうちに床が浸水していった。まるで、進水式で乾船渠《かんドック》に海水が流入されるみたいだった。龍が向く先に暁光《ぎょうこう》が射した。水門が厳《おごそ》かに開かれていった。水門の全開が待ちきれぬように、龍の外輪船は一挙に加速した。水流が生じ、波がわたしたちを襲った。

龍が起こした渦潮に、亮佑が巻き込まれそうになったので、わたしは咄嗟《とっさ》に彼の手首を摑《つか》んだ。そのわたしの体を、松尾と支倉が抑え込んで、波に呑《の》まれるのをくい止めた。水圧と戦うのは、海軍兵学校での高飛び込み練習以来だった。

息が続かなくなるのを案じる頃には、引き潮のごとく水が消えていった。静謐《せいひつ》がわたしたちを包んだ。

「無事、船出したようですよ」

亮佑がわたしの手を払って起き上がった。周囲を見渡すと、わたしたちの衣類も艦内も濡《ぬ》れていなかった。洋燈《ランプ》もまた、清々とした明かりを保っていた。

「それにしても、せっかちな船霊だな。こっちには、ひとことのお礼も無しとは、ね」

亮佑は愚痴《ぐち》をこぼしながら、散らばった彫刻刀を拾い集めた。振り向くと、支倉は胡坐《あぐら》をかこうとしていた。

「船霊は、もう何年もこの日を待ってたのか」

ようやく身を起こした松尾が、沈鬱《ちんうつ》な表情で問うた。

「解放されたかったんですよ。新しい時代の軍艦に宿りたくて」

支倉が先輩をいたわるように言った。

「船霊は何度も台風や地震を利用して、この艦体を葬《ほうむ》ろうとしたらしいのですが……」

亮佑は立ち去った船霊に同情していた。

「その意を汲《く》まず、大被害を受けた後も、帝国海軍は三笠を保存させました。海戦勝利の記念碑《モニュメント》として」

わたしは誰を責めるのでもなく、亮佑の言い淀《よど》んだことを代わりに口にした。

「三笠は、帝国海軍の栄光の象徴であり、日露海戦に従軍した将兵総員の心の拠《よ》り所でもあるんだ。それを失《な》くすのは……」

松尾は絶句した。

「船霊は、閣下の気持ちを理解していたと思います。だから、笠置亮佑を呼んだのでしょう。三笠を解体させずに、自分を解放してくれると期待して——」

床からは、亮佑が描いたはずの龍の外輪船も波濤も消えていた。ただ、波を蹴《け》った爪《つめ》の痕《あと》だけが、生々しくささくれ立っていた。

紫野貴李
Kiri Shino

紫野貴李（しの・きり）

一九六〇年埼玉県生まれ。埼玉県立川越女子高等学校卒業。二〇〇七年『櫻観音』で第一回ちよだ文学賞大賞を受賞。奈良の作仏工房で修業する女性仏師を描いた同作は、逢坂剛、唯川恵両選考委員から高い評価を受ける。二〇一〇年『前夜の航跡』で、第二二回日本ファンタジーノベル大賞を受賞。受賞作は、旧海軍を舞台に、霊力を宿した木像を彫る仏師見習い・笠置亮佑にまつわる四編の奇譚《きたん》集。豊富な歴史的知識を背景に、緻《ち》密《みつ》な描写とウィットに富んだ会話文で、軽妙かつ骨太な物語世界を作り上げている。

著作リスト（刊行順）

『前夜の航跡』（新潮社）

紫野貴李
Kiri Shino

スミス氏の箱庭

石野晶

Akira Ishino

1

彼に出会ったのは、高校の入学式の日だった。

その日は朝から灰色の雲がぴったりと空をふさいで、寒風とともに小雪の吹きつけてくるような天気だった。

入学式に桜がつきものなのは、関東地方での話だ。東北のこの村では、桜が満開になるのはゴールデンウィークのころで、花吹雪の代わりに本物の吹雪が、校舎に続く長い坂を登る私達新入生を歓迎してくれていた。その手荒い歓迎に、暦の上では春なんだからと、黒タイツをあきらめて靴下をはいていた私の膝小僧《ひざこぞう》は、校舎に入るころには真っ赤になっていた。

堅苦しい入学式が終わり、保護者は先に帰り、教室ではクラスメイトの自己紹介と説明会とが行われていた。少人数の学校で、一学年二クラスのみ。受験した生徒が全員合格し、それでもまだ定員に足りていないという状態だ。クラスメイトは地元の中学からの馴染《なじ》みばかりの、新鮮味にかける顔ぶれだった。

松下由枝《まつしたゆえ》。趣味は読書。特技なし。地味にもほどがある私の自己紹介を聞いているのは、担任の先生だけだった。そもそも生徒全員がお互いの顔と名前を知っているので、この儀式自体あんまり意味がない。

席に着いて窓の外へ目をやると、まだ小雪がちらちらと舞っていた。雲に切れ目ができて、黄金のレースを垂らしたように光が降り注ぐ。瞬間粉雪は、空からの祝福の紙吹雪のように、きらめきながら舞い始めた。風がやわらぎ、雪が数瞬宙に留まる。ピタリと世界が静止したような気分に襲われた時だった。

「ムフウー」という音とともに、生温かいゆるやかな風が、首筋に吹きかけられた。生き物の気配に満ち満ちた空気が、私の体を包みこむ。

何かがいる。私の後ろに。私の席は一番後ろなのに。

思い切って振り向くと、目に飛びこんできたのは、茶色の毛並みだった。少し目線を上げても、まだ茶色い毛が広がっている。顔を少し上向けて、やっとそれの姿が確認できた。

そこにいたのは、短い足で直立する毛むくじゃらの生き物だった。

「ひいいっ」と叫んでイスを鳴らして私は立ち上がった。クラスメイトがいっせいに私に注目し、教室の中は静まり返った。隣のクラスからどっと笑い声が上がり、それが余計にこの教室の空気を冷えさせた。

誰も言葉を発しなかった。私の前にいる妙な生き物を目にしても。ひょっとしたらこの生き物は、私にだけ見える妖怪《ようかい》か何かなのだろうか。みんなが黙っているのは、突然奇声を上げて立ち上がった私を、妙な奴《やつ》だと思っているからじゃないのか。

「なんなんだ、こいつ」

隣の席の男子が呆然《ぼうぜん》と言ってその生き物を指差した時には、心底ほっとした。ああよかった。私だけ特別ではなかった。

何者だかわからない生き物は、隣の席の男子の前に立ち、「ムフウー」と息を吹きかけた。

女子の誰かが悲鳴を上げ、固まっていた空気が一度に弾《はじ》けて動き出した。あちこちでイスが鳴り、立ち上がる人、叫ぶ人、教室から逃げ出そうとする人もいた。先生が落ち着いて席に着くようにと声を張り上げるけれど、誰も聞いていない。

その時教室の前方の戸がガラガラと開き、男子生徒が一人入ってきた。先生は彼を見ると、助かったというように教壇を譲った。バンと教卓を叩《たた》いて、彼は言った。

「怖がらなくても大丈夫です。彼は無害です」

妙によく通る声は教室中に響き、生徒達の動きを止めた。後ろで応《こた》えるように「グフッ」と鳴く声がした。

「一年A組の皆さん初めまして。二年の山根《やまね》と申します。生徒会でスミス氏に関すること全般を任されています。あ、スミス氏というのが、彼の名前です」

山根さんがその生き物を指差し、教室中の視線が私の斜め後ろに集まった。

「スミス氏はこの高校に居ついている生き物です。学校全体で飼っているペットだと思ってください。彼に息を吹きかけられた人いますか？」

私と隣の席の男子がおずおずと手を上げると、山根さんは黒ぶちの眼鏡を直しながらうなずいた。

「犬が知らない人を警戒して吠《ほ》えるのと同じです。スミス氏はこの学校の全《すべ》ての生徒と教師の顔を覚えているんです。新入生は残らず彼に息を吹きかけられます。これはこの学校の生徒として認められるための儀式のようなものですから、ひとまず一週間我慢してください。一週間でスミス氏は皆さんの顔を覚えます」

山根さんが説明する間も、スミス氏は生徒の背後に回り、ムフウーと息を吹きかけていた。その度悲鳴が上がり、スミス氏の息でおもしろいように生徒の髪が逆立《さかだ》った。

「スミス氏は、なんなんですか？」

誰かの質問に、山根さんは大きくうなずいた。

「スミス氏が何者であるかということは、我々生徒会も正しくは把握していません。

代々の生徒会誌にも、彼がただここにいたという事実しか書かれていません。記録上では彼は三十年前からこの学校にいることになっています。どこから、何のために来たのかなどは、まったくわかりません。座敷わらしを知っていますね？　ああいうものだと思ってください。人に危害を加えることはなく、学校内ならどこでも自由に歩き回ります。座敷わらしと違うところは、触れるしごはんも食べるということです」

机の間を移動していたスミス氏は、壁と机の間にお腹《なか》が嵌《は》まって、フガフガと言っていた。短い手が胸の前でだらりと垂れて、空しく宙を引っかいている。あの位置にあの長さで、手が役に立つことがあるんだろうか。壁際《かべぎわ》の生徒が机を動かして助けてあげると、お礼がわりなのかスミス氏は息を吹きかけた。

「えー、では、幾つか注意事項を述べさせていただきます。スミス氏は自分で背中をかくことができないので、床や壁に背中をこすりつけて転がっていることがありますが、暴れているわけではないのでお世話係を呼んでください。あ、お世話係は生徒の中から選ばれて、スミス氏のブラッシングなどを行う人のことです。今は三年生の田《た》中恵美《なかえみ》さんがついています。それから、スミス氏は雑食で何でも食べますので、お弁当の残りやお菓子などをあげても構いません。ただし、与えすぎには気をつけてください。あと、中庭に砂場がありますが、それはスミス氏専用の遊び場なので、生徒は入らないようにしてください。スミス氏は一日の半分ほどを寝て過ごします。眠くなったら、階段の踊り場でも廊下の真ん中でも構わず寝てしまうので、踏まないように気をつけてください。寝ているところを無理に起こすと非常に機嫌が悪くなり、半日ほど物置に閉じこもったりしますのでやめてください。えーと、これくらいかな。では皆さん、スミス氏と友好的な関係を築いて、楽しく健全な高校生活を送りましょう」

入ってきた時と同様、山根さんは風のように教室を出て行った。一度戸を閉めた後、思い出したように顔を出し、「スミス氏、隣のクラスにもあいさつしておきますか?」と声をかける。スミス氏はその声に反応し、巨体を揺らして戸をくぐった。わき腹と耳がこすれて、嵌まるんじゃないかと心配したけど、難なく通り抜け出て行った。先生がやれやれと頭をかきながら、教壇に戻る。教室中の生徒が同じ口を持ったように、ため息の音が一つに重なった。異常事態にトゲの立っていた空気が一度に弛緩《しかん》した時、隣のクラスで悲鳴が響き、イスが床にこすれる音がした。

山根さんの言ったとおり、スミス氏は一週間で私達新入生の顔を覚えた。入学してからの一週間というのは、校舎の地図を頭に叩きこみ、学校のルールを覚え、各先生の特徴をつかみ、と、頭も心もフル回転の日々が続く。元々環境の変化が苦手な私には、くたびれる毎日だった。

　学校や教室の空気が、うまく体に馴染《なじ》まない気がする。水が合わないだけで弱っていく金魚のように、学校にいる間中居心地の悪さがつきまとっていた。スミス氏に顔を覚えられたのは、そんな疲労がピークに達したころのことだった。

　廊下に佇《たたず》むスミス氏を見つけ、ああまたいるなと思いながら通り過ぎた時、拍子抜けして立ち止まった。いつものムフウーが来ない。思わず後戻りしても、スミス氏は息を吹きかけてこなかった。

　ああ私、この学校の生徒として認められたんだ。そう思うと、ふつふつと胸の底から温かいものが湧《わ》いてきた。私ここにいてもいいんだ。ここが私の学校なんだ。とたんに私を包む空気はやわらぎ、着慣れた服のようにしっとりと体に馴染んできた。

　スミス氏は本当に、学校のどこにでも出没した。授業中でも構わずに教室に入ってきては、床に寝転がって先生に邪魔にされていたし、音楽室からでたらめなピアノの音がすると思って行ってみたら、スミス氏が鼻を鍵盤《けんばん》にこすりつけていたりした。

　廊下の真ん中で寝ていることなどしょっちゅうで、その度起こさないように気をつけながら、短い足の上をまたいで乗り越えた。スミス氏は寝る時は仰向けで寝る。全身茶色の毛に覆《おお》われていて、小山のように膨らんだお腹の上にちょこんとピンク色の手が載っていた。息をする度お腹が上下し、ヒゲがヒクヒクと動く。犬のように眠りが浅いということもなく、人がまたいだくらいではピクリともしなかった。

幸せな獣だ。敵を警戒することもなく、安心しきって眠りの波に漂っている。この場所にいる限り、安全だと知っているのだろう。

入学して一ヶ月も経《た》つころには、もうスミス氏の存在は学校生活の中に当たり前に組みこまれていた。新入生の誰もがお弁当の残りをあげたり、帰り際に短い手にハイタッチしたりと、ペット感覚で彼とつきあうようになっていた。

それでも私は、家で犬や猫を飼った経験もなく、スミス氏にどう近づけばいいのかもわからなくて、直接触れることはできないでいた。

ある日の昼休みのことだった。一年生の教室は三階にあるのにその階にトイレはない。更に学校の裏校則で一年生は一階の端にあるトイレを使うことになっている。裏校則に従って一階のトイレを出た私は、学校の上下関係って理不尽《りふじん》だよなあと考えながら階段を登っていた。

二階にさしかかった時、そこにスミス氏がいた。体を仰向けにして階段に背中をこすりつけて、クネクネと動いている。横を通り過ぎようにも、じたばたと動くスミス氏を蹴《け》ってしまいそうで、しばし私はスミス氏を観察した。その動作の意味を考えていて、ああ背中がかゆいのかと気がついた。山根さんがこんな時の対応を言っていた気がする。確かお世話係を呼べとか。でも三年生の教室に行く勇気もなく、辺りを通りかかる人もいない。おずおずと私は申し出た。

「私でよかったら、背中かきましょうか？」

言葉が通じるだろうかと心配したけど、スミス氏は転がるのをやめ、じっと私の目を見た。淡い茶色のビー玉のような二つの目に、私の姿が沈んでいる。フンッと鼻を鳴らして、スミス氏は体の向きを変えた。階段に腹ばいになったその途方もなく広い背中に、ためらいながら私は触れた。

茶色い毛は少し硬くて、うちの玄関にあるホコリとりのブラシの感触に似ていた。密集した毛の中に指先が沈む。その下には温かで柔らかな皮膚があった。ゆっくりと背中をかくと、スミス氏はあるかないかもわからない首をめぐらして、私を見た。

「グフッ」と言う。もっと強くという意味かと思い、力をこめてガシガシと背中をかいた。

真《ま》っ直《す》ぐに並んだ背骨の上を撫《な》でると気持ちがいいのか、スミス氏の体はつきたての餅《もち》のようにだらんと伸びた。階段の上に横たわる姿は、まるで熊《くま》の毛皮の敷物だった。広すぎる背中に片手だけじゃ足りなくて、両手を使ってこすり続けた。骨までなくなったようにだらしなく伸びていた彼の体は次第に丸まっていき、最後にはだんご虫のように丸くなって階段下で眠ってしまった。

もういいのかなと、そっと私はその場を去った。指にはスミス氏の毛が数本へばりついていた。鼻に近づけると、濃厚な生き物の臭《にお》いがした。それは、天日干しにした稲の香りに似ていた。

その日の放課後。部活に入っていなかった私は、部活に向かう友人達と別れ、一人で階段を下りていった。二階にさしかかると、目の前にスミス氏が立っていた。通せんぼするように私の前に立ちはだかっている。視界いっぱいにスミス氏のお腹が広がり、ちょこんと生えた手の先に何かを持っているのが見えた。紫色のスミレの花だ。スミス氏の手ってちゃんと使えるんだと、私は妙に感心した。

「グフウッ」と小さく言って、彼は花を持った手を差し出した。

「くれるの？」

一輪のスミレの花を、指先でうやうやしく受け取った。誰かから花をもらうのなんて、いつ以来だろう。うれしくて指先で花を回していると、「あっ」とスミス氏の背後から声がした。上級生の女子だった。ジャージの色で三年生だとわかる。彼女はとんでもない場面を目撃したというように、私を指差していた。

「あなた、その花、どうしたの」

「え、花壇からとってきたんじゃないですよ。スミス氏にもらったんです」

「もらったって。大変。お世話係呼んでこないと。あなた、戻るまでここにいてね」

大変って、一体私、何をしたんだろう。ただ花をもらったことが、そんなにいけないことだったんだろうか。

やがて戻ってきた先輩は、同じ色のジャージを着た女子を連れてきた。先輩はこれで役目は終わったとばかりに、「私部活があるから」と行ってしまった。残った女子が私に向かう。背の高いきれいな人だった。

「三年の田中です。現お世話係の。スミス氏から花をもらったって本当？」

「はい、このスミレの花を。昼休みに背中をかいてあげたお礼だと思うんですけど」

「あなた、一年生よね」

「はい、何も知らなくてすみません」

「別にあやまることじゃないでしょ。スミス氏、この子でいいのね？」

言葉の前半は私に、後半はスミス氏に向けられたものだった。スミス氏はまぶしそうな顔で鼻をヒクヒクさせるだけだった。

「ああ、よかった。受験勉強があるから、そろそろ係交代してもらいたかったのよ。じゃああなた、これからよろしくね」

田中さんはポケットから銀色のブラシを取り出すと、私に手渡した。丸くてブラシ部分は針金のように硬くて短い。

「あの、どういう意味ですか？　これ」

田中さんはキョトンとして、二、三度瞬《まばた》きした。やたらと濃いまつげが音を立てそうだった。

「本当にあなた、何も知らないんだ。あのね、スミス氏に花を贈られるっていうのは、お世話係として認められたっていうことなの。だからこれからは、あなたがスミス氏のお世話をするのよ」

言葉の意味がゆっくり頭に染みこんできて、私は花を床に落とした。とっさに「無理です」と叫んでいた。

「無理です、そんなの。私ペット飼ったことないですもん。世話の仕方とか知りませんし、できません」

「そんなこと言ったって、スミス氏がもう決めてしまったんだから。彼は一度決めたことは動かさないわよ」

「だって、こんな何だかわからない生き物を、どうやって世話すればいいんですか」

「難しいことは何もないわよ。お世話係の仕事で大事なのは二つだけ。まずブラッシング。背中がかゆそうにしてる時は、そのブラシで背中をかいてあげること。頭はブラシをかけると嫌がるから、撫でるだけにして。それともう一つの仕事は、階段を登る時引っ張ってあげること。彼足が短いから、うまく階段登れないのよ。手を引いて一緒に登ってあげてね。それと後は砂場で一緒に遊んであげるくらいかな。ね、簡単でしょ。散歩もしなくていいし、ご飯はみんながあげてくれるし。足りなければ自分で草とか適当に食べるし。こちらの言うことはわかるし」

スミス氏は私の落とした花を拾うと、ピンク色の指先でつまんで私の胸に押しつけた。小さな子が母親の足にすがりつく時にするような、切実な目をしていた。

この手を振り切れないと思った。彼は私を必要としている。

自分は彼に選ばれたのだ。彼がまた誰かを選ぶ日まで、私が彼の世話をするんだ。あきらめというよりは、理解だった。大変だという気持ちより、誇りが勝った。

押しつけられた花を、私はそっと受け取った。

「これからよろしくお願いします。スミス氏」

彼は耳をプルプルと動かした。それが彼の喜びかたのようだった。

2

そういうわけで私は、スミス氏のお世話係になった。

お世話係に新入生が選ばれるのは異例だということで、私は一度に校内の有名人になった。子供のころから地味で目立たなくて、教室の脇役《わきやく》だった私に、人生で初めてスポットライトが当たった気がした。

友人達は「何だかわかんないけど、すごいね」と言い、同級生達も私に一目置くようになった。

だけどすぐに私は、お世話係が栄誉ある役職などではなく、文字通りのお世話係だということに気づかされた。

田中さんはスミス氏がいかにも世話がかからないような話をしていたけど、あれはどうやら彼女の策略だったようだ。

スミス氏はしょっちゅう壁や床を相手に背中をこすりつけていて、その度私に声がかかった。休み時間でも放課後でもこっちの都合などお構いなしで、「お世話係」と呼ばれたらブラシを手に走らなくてはならない。

スミス氏は私がブラシを手に現れると、プルプルと耳を震わせた。そしてマッサージされるおじいさんのように床に腹ばいになる。広い背中をブラシでガリガリとこすってあげると、フウと胸の空気を全部押し出すような、満足げなため息を漏らした。

ブラッシング以上に大変なのが、階段を登らせる仕事だった。ペンギンの足は本当は長いというけど、ペンギンじみた歩き方をするスミス氏の足は本当に短い。階段の一段目に足をかけようとしてもどうにも届かず、その場でパタパタと足踏みしながら何分でも何時間でも私が来るのを待っている。到着した私が手を引いてあげると、よちよちと体を揺らしながら彼は階段を登った。歩き方を覚えたばかりの幼児のように、彼はひたすらに私の手だけを頼りにしていた。

体育館へと続く階段前でスミス氏が立ち往生しているのを見つけた生徒は、さすがに気の毒そうな顔で私を呼びに来た。うちの体育館は小高い丘の上にあって、コンクリート製の階段が神社の石段のようにどこまでも延々と続いている。一体、体育館に何の用があるっていうの、と心の中で叫びながら、昼休みを丸々潰《つぶ》して一歩一歩確かめるように登るスミス氏の手を引き続けた。

スミス氏は毎日、ゆるゆると生きていた。動き自体がゆるやかで、私達とは違う時間の流れの中にいるようだった。しなければならないことは何一つなくて、したいことだけして生きているように見えた。

スミス氏の歩調に合わせて階段を登り、放課後は砂場で一緒に遊び、時には一緒に昼寝する。そんな生活を送るうちに、私もどんどんスミス氏側の時間の流れに取りこまれていくのがわかった。その中から見てみれば、私が元々いた場所は激流のようだった。そこで溺《おぼ》れそうになりながら必死に泳ぐ人達は、走っても走ってもどこへも行きつけない、カラカラを回し続けるハムスターに見えた。

日中の気温が少し上がるころになると、毛だらけのスミス氏は涼しい場所を求めて校舎の隅っこを好むようになった。特別教室のある棟の三階の、誰も行かない廊下の端や、一階の階段下にあるダンボールの積まれた物置き場。そういう暗くてひんやりした場所を見つけては、スミス氏は寝転がって昼寝した。ダンボールに頭を載せ、ほこりだらけの床に仰向けになり、胸の上に手をそろえて眠りにつく。

時間に余裕のある時は、私も一緒になって昼寝した。お腹《なか》の上に私が上半身を載せても彼は気にせず眠りこけていた。柔らかなお腹は私の体に合わせてかすかに沈みこみ、ウォーターベッドのようだった。スミス氏の呼吸に合わせてゆったりとお腹が波打ち、その波が私の心にまで押し寄せてくる。それは、ふくふくとした幸福の波だった。ひたひたと打ち寄せるばかりで、決して引かない波。

私はスミス氏と自分が、見えない糸で繋《つな》がっているのを感じるようになっていた。恋人のような甘い愛情ではなく、家族同士の血の繋がりとも違っていて、友情に一番近いけれどももっと信頼しあえる繋がり。家族とも友達とも築けない関係を、彼との間には築けている。そのことがうれしかった。

放課後になるとスミス氏は、大抵砂場で私を待っていた。その日もジャージに着替えて中庭へ向かうと、彼は待ちくたびれて砂の上でゴロゴロしたのか、全身砂まみれになっていた。私の姿を見つけると、ピタリと動きを止めて耳を震わせながら立ち上がる。犬のように全身をブルブルさせて、毛についた砂を振るい落とした。

私はポケットから小さな人形を取り出してみせた。小学生のころ集めていたお菓子のおまけで、ナースとスチュワーデスとウエイトレスの三体だった。スミス氏は小さくジャンプして、うれしさの最上級の仕草をしてみせた。

この人形達はスミス氏の宝箱の中にしまわれた。クッキーの空き缶の宝箱の中には、彼が生徒達からもらい集めたガラクタがぎっしりと詰まっている。おはじきや、ちぎれたストラップや、腕の取れたロボットや、ジュースのおまけの人形が。

その宝物達を使って箱庭を作るのがスミス氏の趣味だった。砂場の中に場所を決めて四角く穴を掘ると、その前にベタリと座りこむ。じっと考えながら宝物を選び、将棋でも指すように真剣な仕草で、短い手を一生懸命に伸ばして、狙《ねら》い定めた場所にそれを置く。

その過程をじっと見守るのが私の役目だった。おはじきでできた川がキラキラと流れ、壊れたルアーが夜光虫のようにきらめき、川岸ではナースがロボットがうさぎが、手をバンザイさせて何かを叫んでいる。

これでじゅうぶんだというように、スミス氏は手を止めた。完成した箱庭をじっと眺めているその時、スミス氏は昔語りをするおじいさんのような目になる。彼が作る箱庭には、ここで目にした懐《なつ》かしい記憶が刻まれているのだろう。

やがてスミス氏は、やってくれというように、私を見てうなずいた。完成した箱庭の上に私は砂をかけていった。こぼれ落ちていく砂の中に、津波に呑《の》まれていくようにひとつの世界が消えていく。この砂場の中に封印された、幾つもの箱庭を思った。掘り起こしてみれば地層のように、スミス氏の思い出が発掘されるはずだった。

何十年とこの学校にいるスミス氏のそばを、どれだけの生徒と教師が行き過ぎていったのだろう。彼はここにとどまり続けるのに、みんなここを出てどこかへ行ってしまう。スミス氏を学生時代の思い出にしてしまう。流れ続ける場所にとどまり続けるのは、ひどく孤独なことのはずだった。箱庭を埋める一瞬、彼の孤独に触れられる気がした。それでも彼は、自分を置いていった全《すべ》ての人を覚えていて、愛しているのだろうか。

砂をはらって私が立ち上がった時だった。スミス氏の背後から人が走り出てきて「タックルー！」と叫ぶと、直立したスミス氏に頭から突っこんでいった。学ラン姿のその人は、スミス氏のクッション性の高いお腹に弾《はじ》き飛ばされて、砂場にごろんと転がった。

「山根さん？　何してるんですか」

眼鏡を直して立ち上がったのは、生徒会の山根さんだった。

「いや、倒せないものかと、時々仕掛けてみるんだけどね。やっぱり頑丈だよね」

「無理だと思います」

きっぱりと言った私の言葉を聞いているのかいないのか、彼はスミス氏の背中を撫《な》で回していた。

「実はね、最近妙な噂《うわさ》があって、スミス氏の正体は教頭先生なんじゃないかって。それで着ぐるみならファスナーがあるんじゃないかと探してるんだけど」

「確かに教頭先生って、あんまり見かけませんよね。でも彼の背中にはファスナーなんてついてませんよ。あ、ところで山根さん」

私は前々から聞こうと思っていた質問をぶつけた。

「どうして彼はスミス氏って呼ばれてるんですか？」

「ああそれは、幾つか説があってね。英語の教科書からとったとか、彼が自分で名乗ったんだとか。後は、一つ都市伝説めいた話もあってね。昔この学校にスミス氏っていうアメリカ人の英語教師がいたんだって。その人、アメリカに帰る直前に事故で亡《な》くなってしまって、その無念の魂が飼っていたハムスターに乗り移ってこんな姿に……」

「じゃあ英語でも通じるんですかね。ハロー、ミスタースミス」

私の片言の英語に、スミス氏はまったく無反応だった。

「反応しませんよ」

「だろうね」

あっさりと言うと、山根さんは砂場に向かった。

「相変わらず人形だらけだなー」

「あ、掘り返さないでくださいよ。スミス氏が怒りますよ」

「スミス氏が怒るところ、俺はまだ見たことないけどね。あれ何か生えてるよ。抜いとこうか？」

砂場の隅にひょろりと生えた、青々とした双葉を抜こうとする山根さんを慌《あわ》てて止めた。

「駄目です、抜いちゃ。それ願いがこめてあるんですよ」

「は？　何それ」

「最近女子の間ではやってるおまじないみたいなものですよ。この砂場に願い事を書いた紙と一緒に花の種を植えて、見事花が咲いたら願いが叶《かな》うっていう。ここってスミス氏がゴロゴロしますよね。それで駄目になる可能性が高いので、花まで咲かせるのは至難の業《わざ》ですよ」

「水はどうするの？」

「ちゃんとあげてるみたいですよ。朝なんかに、ここでじょうろで水あげてる女の子見たことありますから」

「へえ、知らなかったな。お、ここにも生えてる。こっちもだ」

まだ双葉のままの芽や本葉を出したものや、五センチほどに茎が成長したものまで、それらはスミス氏が転がる場所を避けて砂場の角や端に生えていた。

新しい双葉を見つける度に、その下に埋められた願い事を私は思った。将来の夢だろうか。それとも恋の成就《じょうじゅ》だろうか。低い成功率に賭《か》けるくらいだから、それはあまり現実味のない、それでももし叶ったら死ぬほどうれしい願い事なのだろう。

だから毎日この砂場で芽の数を確認するのは、結構ハラハラするものだった。この芽の成長ぶりに、一喜一憂する人達がいる。この芽の下に大きな夢が埋まっている。たかがおまじないでも私達のような女の子にとって、その結果は、将来を揺るがしかねないほど影響力のあるものだった。

それから半月ほどの間に、砂場では幾つもの新しい芽が顔を出しては、スミス氏に踏み潰《つぶ》されたり、水が足りなくて枯れていったりした。しぶとく生き残り成長を続けているのは、二本の朝顔と一本のヒマワリ、それにもう一つ茎や葉の形だけでは何になるのかわからない苗だった。

それは、マリーゴールドのようなギザギザとした葉っぱを持っていて、背は十センチを超えてまだ伸び続けていた。本葉が出てからの成長ぶりは勇ましい限りで、見る度に伸びている。背が高くなっても茎がしっかりしているために倒れることもなかった。

スミス氏の砂浴びの被害にも遭わず、伸び続けたそれはある日小さな蕾《つぼみ》をつけた。

傘を閉じたような形の薄く柔らかな蕾は少しずつ膨らんでいき、ついに弾けるようにして花を開いた。たまたま、その瞬間にスミス氏と居合わせた私は、目が釘付《くぎづ》けになった。

蕾の外側は透けるような白さだったのに、開いたユリのような形の花は真っ黒だった。まるでそこに世界の切れ目ができて、闇《やみ》が染《し》み出してきたような黒さだった。スミス氏は開いた花に顔を近づけて、しばらく匂《にお》いを嗅《か》ぐようにしていた。だけど突然聞いたこともないような高い声を上げると、花に嚙《か》みつき砂から引っこ抜いてしまった。そこにできた穴にスミス氏は短い手を差しこんで、すごい勢いで掘り始めた。彼の手がこんなに早く動くところを私は初めて見た。

やがてスミス氏は一枚の紙を掘り出した。元は画用紙を切ったものだったのだろうけど、染みこんだ水でふやけてぼろぼろになっている。それでも広げてみると、そこにはまだかすかに読み取れる文字が残っていた。学年とクラス、氏名まで書きこまれた下には、開いた花の黒さにふさわしい、禍々《まがまが》しい願いが書かれていた。

『この学校がなくなりますように』

スミス氏はもう一声高く叫ぶと、花を踏み潰し口に紙をくわえて、のしのしと歩き出した。ゆるゆる、ポムポムと移動する、いつものスミス氏の姿はそこになくて、巨体を揺らして背中の毛を逆立たせて、ドシドシと廊下を進んでいった。

やがて二年生の教室まで来ると、彼は勢いよく戸を開けた。授業の始まる前でざわついていた教室は、鼻息荒く毛を逆立てたスミス氏に何事かと静まり返った。

机や椅子《いす》を押しのけて進んでいったスミス氏は、一人の男子の前で立ち止まった。

机の上にスミス氏が例の紙を落とすと、「あ」と彼は青ざめた。

「ブフォー」という象の鳴き声のような、かん高くて迫力のある声が教室中をビリビリと震わせた。それがスミス氏の鳴き声だと、一体何人が気づけただろう。

スミス氏は座ったままガタガタと震えている男子を、その膨らんだお腹《なか》で机ごと突き飛ばした。机が吹き飛び、周りで見ていた生徒が慌てて避《よ》け、机と椅子が倒れてひどい音を立てた。

倒れた男子生徒は、床に突っ伏していた。怪我《けが》はしていないようだけど、近づいてきたスミス氏から身を守るように頭を抱えこんだ。

「悪かったよ。謝るから。先生に怒られて、何かにぶつけたかったんだ。ただのおまじないじゃないか。誰も本気であんなこと願うわけないだろ。だからもう、やめてくれよ」

彼の声は最後には泣き声になっていた。スミス氏はその頭に、怒りを吐き出すように息を吹きかけた。男の子の悲鳴が響き、他のクラスからも何事かと見物人が現れていた。

スミス氏が振り返った瞬間、私は彼を怖いと感じた。そこにいた生徒全《すべ》てが、同じように怖がっているのがわかった。スミス氏は教室に立ちこめた怯《おび》えを敏感に感じ取ったようだった。逆立《さかだ》った毛が一瞬でしおれ、彼はうなだれた。彼の目は私達以上に怯えていた。生徒からの愛情を失うことに。

私は一瞬でも彼を恐れたことを恥じた。スミス氏のそばへ行き背中を撫《な》でると、彼は甘えるように私の頭に鼻をこすりつけてきた。

「ごめんなさい。お邪魔しました」

スミス氏を連れて、何事もなかったように私は教室を出た。だけどスミス氏への恐れは、みんなの中にしっかりと種を蒔《ま》いてしまっていた。

3

表面上は何も変わらない日が続いているように見えた。だけどスミス氏が怒りを爆発させたことは、全校生徒の間に広まっていて、以前のように屈託なくスミス氏に触れる生徒は目に見えて減っていた。

あの砂場に咲いた黒い花は、私の心にべったりと消えない染みのように残り続けていた。

その朝開いた地方紙に、うちの高校の名前を見つけて記事を辿《たど》った私は、黒い花を咲かせた願い事が本物になってしまったことを覚った。

私が受験をする前から、その噂《うわさ》は囁《ささや》かれていた。学校全体を灰色の霧で包み続けていたその不安が、その日現実となって押し寄せてきた。

それは県の教育委員会が発表した、県立高校の統廃合計画書だった。私達の通う高校は、生徒数の減少から五年後には閉校となり、隣の市にある高校に統合されると記事にはあった。

登校してみると、校内はどこへ行っても閉校のニュースで溢《あふ》れていた。誰もがその話を大っぴらにはできないというように、こそこそと囁きあっていた。まるで校舎が聞き耳を立てているとでもいうように。話をする人達はどこか後ろめたそうにしていた。

自分達には直接関係のない話だから。それがみんなの本音だった。私達は三年でここを卒業していくし、先生達にとっても何年かごとに渡り歩く学校の一つに過ぎない。

石野晶
Akira Ishino

五年後の話は結局他人事《ひとごと》で、悲しめないことが申し訳なかった。校舎に感情があったら、閉校を決めたどこかの偉い人よりも、そんな私達の態度にこそ憤《いきどお》ったことだろう。

閉校のニュースを知った時から、私の頭には彼のことがあった。スミス氏はここがなくなったらどこへ行くのだろう。統合される高校は、この辺よりずっとひらけた街中にあり、彼の存在を許容してくれるかどうかは疑わしい。それ以前にスミス氏が、ここを離れたがらないかもしれない。

それでも、どんな選択をするのかは彼自身が決めることだ。私は自分の口で彼に閉校を打ち明ける決心をした。

その日は梅雨の真《ま》っ只中《ただなか》の雨の日で、砂場にも行けず散歩もできず、放課後の校舎をスミス氏はうろうろと歩き回っていた。誰もいない三年生の教室に入ると、彼は教室の真ん中に立ちつくして何かを探すように鼻を動かした。

スミス氏の横でぼんやり机に腰掛けていると、彼の辿るものが見えるような気がした。記憶の糸だ。今ここに通う生徒達、かつて通っていた生徒達、この教室で息をして将来を思い描いていた生徒達の記憶が、一本一本からまりあいながら、無数に空気の中に存在している。それらの一つ一つをスミス氏は丁寧にほどいて、アルバムの一ページを開くように堪能《たんのう》している。そんなイメージをしながら、彼を見つめていた。

学校というのは、記憶の箱だ。私達は三年の間をここで過ごすけど、それは人生という尺度で見れば、そんなに長い時間ではないのだろう。それでも毎日毎日、泣くほどくやしかったり、筋肉痛になるほど笑い転げたりしながら、学校での日々を生きている。その濃密な時間が、教室に降り積もっていく。毎年入れ替わっていく生徒の記憶を建物は包み続けて、スミス氏だけがそれに触れられる気がした。

この記憶と彼の中にしまわれている思い出があれば大丈夫だと、私は勝手に判断した。学校がなくなっても、きっと彼はどうにかやっていける。まだ五年という時間がある。その間に彼自身で最良の道を選んでくれればいい。

「あのね、スミス氏。まだ、今すぐじゃなくて、五年後の話なんだけど、この学校閉校になることが決まったの」

彼は記憶の糸を手繰り寄せるのをやめて、体ごと私のほうを向いた。意味がわからないというように、頭を振る。

「あと五年で、この学校なくなっちゃうの。先生も生徒もいなくなって、学校の中空っぽになっちゃうのよ。だからスミス氏も——」

ガシャンと机の倒れる音が、私の言葉を遮った。あの黒い花を見つけた時と同じものが、スミス氏の全身からふつふつと立ち上っていた。毛を逆立てたスミス氏は、周囲にある机を手当たり次第になぎ倒していった。

「落ち着いて、スミス氏。今すぐじゃないの。まだ五年も先の話で……」

言いながら私ははっとした。彼は私達とは違う時間の流れにいる。今日と明日に明確な境界はなく、一週間後も五年後もいつか必ず来る日というだけで、大した差はないのかもしれない。

スミス氏は巨体を揺らして机と椅子を倒し続けた。机の上に載っていたバッグや、残っていた教科書が床にばら撒《ま》かれていく。彼の目には冷たい哀《かな》しみだけが浮かんでいた。

生徒に別れを告げられ続けても彼が平気でいられたのは、また新しい生徒がやってくるからだ。思い出を地層のように重ねて生きてきた彼にとって、新しい人が来ないということは、想像できないことだろう。居場所を変えればいいと考えていた私は安易だった。彼にとっての居場所は、ここしかないのだ。他のどの学校でもなく、ここでなくてはならないのに。

教室の戸が開く音がしたと思ったら、悲鳴が響いた。荷物を取りに来たのだろう。女の子が二人、教室の惨状を目の前にして呆然《ぼうぜん》と立ちすくんでいた。

「ちょっと、どうなってるのこれ」

「スミス氏が暴れてる……ひどい、めちゃくちゃじゃない」

二人の悲鳴を聞いて、他の生徒や先生達も駆けつけてきた。みんな入り口から教室をのぞいては惨状に息を呑《の》み、もう力尽きて隅で丸くなっているスミス氏を、正体を現した怪物でも見るような目つきで睨《にら》んでいた。

そこに並んだたくさんの目が『お世話係がついていて、何で止められなかったんだ』と私を非難しているような気がした。

「ちょっと通してくださいね。はい、失礼します」

人ごみをかき分けて教室の中へ入ってきたのは、山根さんだった。彼の顔に他の人のような非難の色が浮かんでいないのを見つけて、私は唯一《ゆいいつ》の味方を得られたような気がした。

「派手にやったねー。一体何があった？」

「私、スミス氏にここが閉校になること話してしまって。そうしたら嫌がって暴れてしまったんです」

「ああ、ちょっといじけてみたんだな。子供が駄々をこねるのと一緒だ。ただスミス氏の場合、体がでかいから大事になるんだよな」

彼は大丈夫だというように、私の頭に手を置いた。

「さ、お世話係の出番だ。スミス氏を人のいない場所へ連れていって慰めてやってくれ。ここは俺が片付けておくから」

頼もしく言う彼に背中を押されて、私は倒れた机を避けながらスミス氏の元へ近づいた。背中に私の手が触れると、彼はビクリとして身を縮めた。彼は自分が何をしてしまったかをよくわかっていた。叱《しか》られるだろうかとおずおずと私を見上げて、申し訳ないというようにうなだれた。

「行きましょうか。スミス氏」

彼の手を引いて教室を出ていくと、集まっていた人達が一瞬でザッと戸から離れて、私達を遠巻きに見つめていた。そこに空いていたのは、冷え冷えとした距離だった。怯えと腹立ちと裏切りとが、その距離の間に詰まっていた。

飼い犬に手をかまれた人は、犬に向かって腹を立てる。かわいがっていたのに裏切ったなと。ほんの一瞬感情を爆発させただけだと、説明したところできっとわかってもらえない。

「大丈夫、私がいるからね」

スミス氏の背を撫《な》でて、私はつぶやいた。彼にというよりは、自分に言い聞かせるためだった。

スミス氏がまた暴れたというニュースは翌朝には学校中に広まった。先生も生徒も、スミス氏に抱きついて頰《ほお》ずりしていた女の子も、毎日のようにお弁当のプチトマトをあげていた男の子も、今度こそみんないっせいに回れ右するようにして、スミス氏に背を向けた。

彼は一日で透明になったようだった。学校を歩き回るスミス氏を誰もが見ないふりをした。彼が近づいてくれば、みんな目を合わせないようにしてそっとその場から立ち去り、彼が教室に入ろうとすれば戸が開かないようにみんなで押さえた。

学校という場所の恐ろしさを私は思い知らされた。まるでオセロゲームだった。黒か白かという答えしかなくて、黒だと言う人が多数いれば、黒だという考えが正しいことになってしまう。スミス氏は黒だと決められてしまった。私一人が白のままでいても、何の効果もなかった。

それでも私は、スミス氏のそばにい続けた。彼が廊下で転がっていても、もう誰も私を呼びには来なかったけれど、黙々と彼の背中にブラシをかけた。こんな状態の時でも、彼の背中は相変わらず陽だまりの匂《にお》いに満ちていて、その幸福の象徴のような匂いに胸が締めつけられた。

匂いに胸がいっぱいになって、ブラシを手放して彼の背中にしがみつくと、その硬い毛の中に顔を埋めた。小さなころ、刈り取った稲束の上に寝転がって、親に怒られたことがある。その時の感触にそっくりだった。毛がちくちくとして、陽だまりの匂いが毛布のように体を包みこんで、子供に返ったように私は泣いた。スミス氏の毛の上を、涙が真珠玉のようにコロコロと転がり落ちていった。

スミス氏が可哀想《かわいそう》でならなかった。みんなあんなに可愛《かわい》がっていたのに、どうしてこんなひどい仕打ちができるんだろう。スミス氏は体に似合わず、寂しがりやで傷つきやすくて甘えん坊なのだ。みんなわかっているはずなのに。無視することがスミス氏を一番痛めつけるとわかっていて、やっている。その残酷さが信じられなかった。

数日が経《た》つと、学校内でただ一人スミス氏の味方でい続ける私をも、みんなは透明人間のように扱った。中学時代からの友人も、クラスメイトも、一切近寄らなくなり、私は教室の中に居場所をなくした。

スミス氏のそばだけが、私の安らげる場所だった。学校中が人の悪意に染まり、どしゃぶりの雨の中で雨宿りするように私達は寄り添った。

スミス氏は日に日に元気がなくなっていった。私の差し入れるごはんもあまり食べたがらず、透き通っていた茶色の目には濁った光が沈むようになった。人のいる場所を避けるようになり、一日中階段下の暗がりや物置の中で過ごすようになった。耳もしっぽもだらりと垂れて、お腹《なか》周りがやせて皮がたるんでいた。

明日からテスト期間に入るという日の放課後のことだった。テスト勉強をする気にもなれず、一階の階段下の暗がりでスミス氏のお腹に寄りかかってぼんやりしていると、軍隊のような足音が響いてきた。足音は私達のいる場所へと向かってきて、ピタリと止まった。

目を開けると、山根さんを先頭にして、生徒会の人達が数人と、三年生の生徒が十人ほど私達を取り囲んでいた。

「テスト期間中、生徒の妨げにならないよう、スミス氏を隔離することに決まりました」

事務的に告げた山根さんを、私は信じられない思いで見つめた。彼だけは私達の理解者だと思っていたのに。

「隔離ってなんですか。スミス氏は危険動物なんかじゃないですよ」

「生徒の安全のためです。スミス氏には体育館の倉庫にしばらく入っていてもらいます。彼を連れていってもらえますか？」

「嫌です。そんなこと」

「断るのなら、スミス氏を学校から追い出すけどそれでもいいの？」

冷たくそう言い放ったのは、前のお世話係の田中さんだった。私より長い時間スミス氏と一緒にいたはずなのに、どうしてそちら側にいられるんだろう。

「いいわよ。もう、私が彼を連れていくから」

「やめてください」

スミス氏の手を取ろうとした田中さんの手を、私は払った。こんな人に彼に触れる資格なんてない。

私達を取り囲む檻《おり》のような人垣の中で、私は必死に考えた。どうやったら彼を救えるだろう。立ちすくむ私の耳元に、山根さんが囁《ささや》いた。

「今は取りあえず、言う通りにしてくれ」

はっとして彼を見ると、見たことのないほど真剣な顔をしていた。眼鏡の奥の目に温かな光を見つけて、私はうなずいた。

「スミス氏、体育館に行きましょう」

彼は何のためらいもなく、私に短い手を差し出した。彼は人の言葉を理解している。それでも私に全幅の信頼を寄せて、身を委《ゆだ》ねてくれていた。

後ろ向きで階段を登りながら、私はスミス氏の手を引いた。一歩一歩足の裏で何かを味わうように進むスミス氏の足取りに、後ろからついてくるみんなは苛立《いらだ》っているようだった。一歩ごとに絶望へと近づくようで、この階段が終わらなければいいのにと私は願った。

勿論《もちろん》そんな願いが叶《かな》うはずもなく、やがて体育館に辿《たど》り着くと後ろにある倉庫の扉が開けられた。跳び箱やマットがしまってあるそこは、決して広い場所ではない。スミス氏が横になったら、それでいっぱいになってしまうだろう。生徒会の人達が倉庫の中に、バケツに入れた水と、スミス氏の非常食のドッグフードを袋を開けて置き、私を促した。

「すぐに迎えにくるからね」

心の中でごめんなさいを何十回も繰り返しながら、私はスミス氏の背中を押した。彼は自分から倉庫の中へと入っていって、マットに頭を預け、いつもの昼寝の姿勢をとった。

でも目は閉じず、じっと私を見つめていた。無邪気に待っているのではなく、寂しがっているのでもない。その目には怒りも哀しみも浮かんでいなかった。あきらめに似ているようで、少し違う。スミス氏の目は静かに凪《な》いでいた。雪の下でピッタリと地面に葉をつけて春を待つ植物のように、この吹雪をやり過ごそうとしていた。彼は春が来るのを信じていられるのだ。そして彼にとっての唯一の希望の春が、この私だった。

ガシャンと鉄格子《てつごうし》でも閉めるような嫌な音を立てて、扉が閉じられた。その取っ手部分に頑丈な鎖が通され、その先に南京錠《ナンキンじょう》が掛けられる。

「明日から、スミス氏の世話は私がやるから」

田中さんが私に、そう言い放った。スミス氏にはもう、関わるなという意味らしかった。

「あの、田中さん。聞いてもいいですか。あなたはどれくらいの間、スミス氏のお世話係をしてたんですか？」

背中を向けた彼女に尋ねると、そのままで答えが返ってきた。

「一年と五ヶ月。高校時代の自由時間の大部分を彼に費やしたのよ。彼のために部活だって辞めたんだから」

「それなのに、平気でこんなことができるんですね」

振り向いた田中さんの顔には、冷酷さと一緒になぜか傷ついたような表情が浮かんでいた。

「私が世話してれば、こんなことにはならなかったのに。あなたが悪いんじゃない。ちゃんとスミス氏を管理しないから」

「管理って、スミス氏は自由に生きていたいんですよ」

「だから、そうやってあなたは失敗したんでしょ。ここは学校なんだから、ある程度線を引いて彼とはつきあうべきなのに。あなたったら、彼の好きなようにさせるばっかりで、いつだってべったりくっついて……」

田中さんの目に、わずかに涙が滲《にじ》んでいた。今さらのように私は気がついた。係を引き継いだ時田中さんは、スミス氏を私に押しつけられてせいせいしたという顔をしていたけど、あれは強がりだったんじゃないだろうか。本当はスミス氏が新しく私を選んだことに、ショックを受けていたんじゃないだろうか。

「田中さんはスミス氏と一緒にいて、幸せでしたか？」

彼女の目に一瞬、愛情のような柔らかなものが浮かんだ気がした。だけどそれを恐れるように、彼女は私に背を向けた。

「私は、幸せでした」

私の言葉から逃げるように、田中さんは体育館を出て行った。

その夜からひどいどしゃぶりの雨になった。朝になっても雨の勢いは衰えず、怒りでもこもっているように傘に雨が叩《たた》きつけられる。高校へと続く坂道はちょっとした小川のようになり、履いていたスニーカーにはたちまち水が染《し》みこんだ。どうにか校舎に辿り着き、濡《ぬ》れた靴下を脱いでいると「スミス氏の涙雨だな」とぽつりと声が降ってきた。頭を上げると、裸足《はだし》でペタペタと廊下を歩いていく山根さんの背中があった。

雨はテストの間も耳障《みみざわ》りな音を立て続け、昨日の騒ぎでろくに勉強していなかった私から、集中力まで奪っていった。その日の全《すべ》ての科目が終了すると、点数なんてもうどうでもいいと開き直って、チャイムと同時に教室を出て私は体育館へと向かった。体育館へ続く階段を覆《おお》うのは、薄い板とトタン屋根で、雨の音がいやに響く。パチンコ玉でも降り注いでいるような、激しい音だった。体育館の中に入ると雨の音は包みこむような柔らかさに変わったけれど、その分誰もいない体育館の静けさが迫ってきた。

ここの体育館がこんな小高い場所にあるのは、限られた土地を有効利用するために山を切り開いて建てたからだ。体育館の裏には切り取られた斜面があり、その向こうは半分だけの山になっている。窓から見えている崖《がけ》にも激しく雨は降り注いでいて、滝のような水流がエニシダの葉で覆われた斜面を滑り落ち、土を削っていた。

倉庫の扉にそっと近寄ってみると、中はずいぶん静かだった。スミス氏はまだ寝ているのだろうか。

「スミス氏、起きてる？　由枝です。わかる？」

扉の向こうで、ミシミシと床を踏みしめる音がした。扉に重みがかかり、ギシリといった。ハタハタと、蝶《ちょう》の羽ばたくような音がする。スミス氏がうれしくて耳を動かしているのだと気づいた。こちらの匂《にお》いを嗅《か》ぐように扉に顔を押し当てているのだ。それで動かした耳が扉に当たり、ハタハタという。

「ごめんね。そこから出してあげたいけど、鍵《かぎ》がないの」

その時タンッという足音が、体育館の中に反響した。生徒会の人達か、田中さんか、それとも先生か。怒られると私は身構えた。

「鍵なしで、そこにはりついてても、意味ないだろう」

のんびりとした声が響いた。山根さんだと声でわかった。振り向くと銀色の鍵を指で回しながら、ゆったりと歩いてくる彼の姿があった。

「その鍵、どうやって手に入れたんですか？」

「だって俺、生徒会の一員だもん。スミス氏の様子を見るという正々堂々とした理由で借り出してきました」

「あの、今のうちに聞いておきたいんですけど、山根さんはスミス氏の味方ですか？　敵ですか？」

彼はガクッと大げさに膝《ひざ》を折った。

「味方に決まってるだろう。松下さん、俺をそういうふうに見てたわけ？」

「す、すみません。昨日のお芝居があんまり板についてたので」

「あれは生徒会用の顔ね。便利だよ、ああいう顔持ってると。先生もだませるしね。ああでもしないと、もっとひどいことになりそうだったからね」

彼は魔法でもかけるように鍵を指で一回転させて、南京錠に差しこんだ。カチリという音とともに鍵がはずれる。鎖をはずす彼の手をもどかしい思いで見つめて、開いた扉の中に私は飛びこんだ。

スミス氏のお腹《なか》がそこにあった。柔らかくて陽だまりの匂いがして、温かな私の場所が。その中に顔を埋めて頰《ほお》ずりをした。スミス氏が満足げに息を吐いて、お腹が少しへこむ。

「さて、助け出したはいいけど、これから彼をどうすればいいか。松下さん、何か名案はないか？」

山根さんの声に私は現実に引き戻された。学校中が敵となってしまった今、この場所にいてもう、彼は幸せではないだろう。

「私がうちに連れていって、スミス氏の面倒を見ます」

「まあ、俺のうちも居候《いそうろう》が一匹増えるくらい、どうってことないけど。ただ、それでいいのかな？　彼は」

そうだ。一番大事なのは、スミス氏の気持ちだ。彼のお腹を撫《な》でながら、尋ねてみた。

「スミス氏、私と一緒に、うちで暮らす？　それとも山根さんの家がいい？」

彼ははっきりと首を振った。答えはノーだった。

「だって、他の学校にもきっと行けないよ。ここにいたって、みんなの態度はひどくなるだけだよ」

それでもスミス氏は、首を振り続けた。生徒に無視されても、倉庫に閉じこめられても、彼はこの学校にいたいのだ。この学校はスミス氏にとっては大きな箱庭で、彼の世界の全てなのかもしれない。

「ちょっと、何やってるの！」

突然けたたましい声が響き、何人もの足音が体育館の中に反響した。田中さんを先頭にした、三年生の女子グループだった。

「山根さんが鍵を持ち出したって聞いて、慌《あわ》てて来てみたの。スミス氏の面倒は私が見るって言ったでしょ。勝手なことしないでよ」

「いや、でも外の空気を吸わせたほうがいいのかなって思ったもんだから」

「だから、私が世話するってば。もういいわよ。先生に、スミス氏のための檻《おり》を作ってもらうよう頼むから。そうすればお互い安全に暮らせるでしょ」

檻という言葉に、心の底が冷えた。もうだめだ、本当に。スミス氏の存在を許していたこの学校のゆるゆるとした空気は、もうどこにも存在しない。

「檻って、スミス氏を何だと思ってるんですか。彼を見世物にでもする気ですか？彼は、この学校で同じ時間を過ごす仲間でしょう」

怒りが私の頭を真っ白にしていた。相手が上級生でももう関係なかった。スミス氏から自由を奪う権利なんて、誰にもないはずだ。

一瞬体育館の中が、しんと静まり返った。その静寂の隙間《すきま》を雨音が埋めていく。

その時ミシリと、建物全体が奇妙な音を立てた。雨音とは違う、小豆でもこぼすようなざらついた音がする。

スミス氏が一声高く鳴いた。いつか男子生徒に怒りをぶつけた時と同じ、建物中に反響して、体をビリビリと震わせる声だった。

「ヤバイ、あれ見ろ」

山根さんが指差す方向に、みんなが目を向けた。高い位置に並ぶガラス窓。そこから裏の崖《がけ》が見える。裏山はザワザワと揺れていた。エニシダの植えられた斜面から岩が幾つか転げ落ち、壁に当たり建物を軋《きし》ませた。見守るうちに緑の斜面にすうっと茶色い亀裂《きれつ》が入り、切り取られた部分の土砂が滑るように落下してくる。

「崩れるぞ！　走れっ」

山根さんが叫ぶと同時に、みんないっせいに出口へ向かって駆け出した。スミス氏の手を引いて、私もみんなの背中を追いかける。土砂が壁に押し寄せて、建物全体が軋みながら揺れた。金属製の扉が倒れる音が響いて、背中から圧倒的な質量を持つものが追いかけてくるのがわかった。

「松下さん、早く！」

出口で待っていた山根さんに手を引っ張られて、私とスミス氏は体育館の外へ転げ出た。観音開きの扉を山根さんが閉じると、扉一枚向こうに土砂が押し寄せてくる気配がする。

悲鳴を上げながら階段を駆け下りていく、女の子達の背中が見えた。

「松下さんも、早く逃げて」

背中で扉を押さえる、山根さんの声が震えていた。

スミス氏がいつになく機敏な動きで立ち上がると、体当たりするようにして山根さんを突き飛ばし、自分が代わりに全体重をかけて扉を押さえた。「グオウー！」と私達を促すように、声を上げる。

立ち上がった山根さんが、スミス氏に向かってうなずくと、私の手首をつかんだ。

「行くよ」

「だって、スミス氏が」

山根さんはもう振り向かず、痛いほどに私の手首をつかんで、階段を駆け下りていった。引きずられるようにして下りながら、私はスミス氏を振り向いた。

スミス氏は、少し笑っているように見えた。手を振るように、短い手をパタパタと動かし、耳をプルプルと震わせていた。

扉がバンッと開き、その勢いでスミス氏の体が倒れた。その上を静かに土砂が覆《おお》っていく。その光景も、すぐに階段に遮られて見えなくなった。

溢《あふ》れ出しそうな涙をこらえて、私は前を向くと山根さんの背中を追って階段を駆け下りた。

わずかに勢いの衰えた土砂は、それでもまだ執念深く追いかけてきていた。二段飛ばしで階段を下り続け、最後には五段ほどを一気に飛び降りて、長い廊下を校舎の奥まで走り続け、やっと私達は足を止めた。

土砂は階段の入り口までを呑《の》みこんで、止まっていた。

助かったという安堵《あんど》と、スミス氏を失った悲しみで、息を切らして廊下に転がりながら、私は泣き続けた。

「俺のこと、恨んでいいから」

かすれた声で山根さんが言うのに、ブンブン首を振った。誰かを恨んでも仕方のないことだとわかっていた。スミス氏はスミス氏の意思で、私達を守ってくれたのだ。

土砂から生徒を守ったことで、スミス氏は一転、学校の英雄と称《たた》えられた。彼にした仕打ちなどきれいに記憶から消してしまったように、みんなは彼との楽しかった思い出ばかりを語った。

建物から土砂を取り除いて安全が確保されるまで、学校は閉鎖されることになり、近くの小学校の空き教室や公民館を使って授業が行われた。不便な生活は夏休みに入るまで続き、夏休み明けに久しぶりに校舎に入ると、我が家に帰ったような気分になった。

土砂の取り除かれた体育館からは、スミス氏の死体は見つからなかった。それが様々な憶測を呼んだ。スミス氏はやっぱり座敷わらし的な存在だったのだとか、神様が生徒を守るために使わした獣だったのだとか、実はスミス氏はモグラが巨大化したもので、土を掘って山へ逃げたのだとか。

中庭の砂場には、スミス氏の好物の果物とお菓子が積み上げられた。添えられた手紙にはどれも、小学生がケンカした友達に送る仲直りの手紙のような文章が連なっていて、痛みにひりつく私の心をわずかに癒《いや》してくれた。

みんな心の底では悔やんでいるのだ。彼にひどいことをしたと。関係が修復されないままに彼を失って、行き場のない悲しみが供物《くもつ》となって砂場に積まれていた。

一度だけ田中さんが、ブドウを持って砂場を訪れた。

「スミス氏にブドウあげる時って、いちいち皮むかないといけないから、面倒なのよね」

独り言のように語ってから、ポツリと彼女は言葉を落とした。

「私だって、彼と一緒にいられて、幸せだったわよ」

世話をする対象がいなくなっても、みんなは私をお世話係と呼んだ。私の役割は、スミス氏とみんなを繋《つな》ぐ糸のようなものだった。私がお世話係でいる限り、みんなはスミス氏を日常の合間に思い出してくれる。廊下の隅や階段下に寝転がる、彼の姿を思い描いてくれる。お世話係の証《あかし》のブラシを制服のベルトからぶら下げて、私は校内をスミス氏の代わりに歩き回った。

やがて季節が巡り、新入生がやってきて、私は二年生になった。スミス氏に息を吹きかけられることのない新入生達は、砂場に供えられたお菓子に首を傾《かし》げ、新たなストーリーを作り出すと学校の不思議話を更新していった。

私達がスミス氏を知る、最後の世代になる。私達が卒業したら彼を思い出す生徒は誰も存在しなくなり、その時本当に彼はこの学校から消え失《う》せてしまうのだろう。

秋の気配が濃くなってきた日の放課後。中庭を通ると山根さんがシャベルを手に、砂場で発掘作業をしていた。三年生になり部活を引退した彼は、ここのところ毎日砂を掘ってはスミス氏の箱庭を発掘し、写真に収めていた。

「ああ、松下さん、今まで撮った写真プリントしたんだけど、見る?」

彼に手渡されたノートのページには、無造作に写真が貼《は》りつけられていた。砂の中に埋もれた小さな人形、ビー玉、飛行機の模型。スミス氏の思い出が写真に収まって、何枚も並んでいる。スミス氏のいた証がそこにあった。砂場は丸々スミス氏の思い出

石野晶
Akira Ishino

の箱だった。

「ねえ、山根さん。学校って変なところですよね。先生も生徒も、何年かしたら入れ替わって、そのうち昔のこと覚えてる人、誰もいなくなっちゃうんですよ。この砂場が何のためにあるのかってことも、いつかわからなくなるんでしょうね」

「だからスミス氏は、箱庭っていう形にして残そうとしたんじゃないかな。ここにたくさんの思い出が保存されていればそれで満足だったんだと思う」

ノートの最後の辺りのページには、写真ではなくボロボロになった紙がシワを伸ばして貼られていた。スミス氏がいなくなった後も、花の種を埋めるおまじないは続いていた。スミス氏の邪魔が入ることはもうないのに、種はどれも芽を出さないままひっそりと朽ちていった。その叶《かな》わなかった願い達が、掘り出されてここに収められていた。

「学校がなくなりませんように」

「スミス氏のお腹《なか》に、もう一度触りたい」

「スミス氏のいたころの学校に戻してください」

「またプチトマトあげるから、帰ってきてよ、スミス氏」

「十年後も二十年後も、この学校の中で生徒が笑っていますように」

スミス氏のいたころの温かで幸福な季節を、柔らかだったこの学校の空気を、取り戻したいとみんなが願ってくれていた。スミス氏もこの学校も、ちゃんとみんなに愛されていた。

「あ……」と言って山根さんが、シャベルを動かす手を止めた。その手元を私ものぞきこむ。

「何か出てきました？」

「これ」

砂場の一角の浅い場所だった。そこに手の平ほどの大きさの、熊《くま》のぬいぐるみが横たわっていた。大きくふくらんだお腹の上に、女の子の小さな人形が置かれている。ふくふくとした幸福の波が、一瞬で押し寄せてきた。

「幸福の形だね」

彼の言葉にうなずいて、私は熊のお腹を指でつついた。女の子の人形が動き、くるりと体の向きを変える。思い出の中の私が、スミス氏のお腹の上で寝返りを打った。

石野晶
Akira Ishino

石野晶（いしの・あきら）

一九七八年岩手県生まれ。二〇〇七年、「パークチルドレン」（石野文香名義）で第八回小学館文庫小説賞を受賞しデビュー。一〇年七月、『月のさなぎ』（『しずかの海』から改題）で第二二回日本ファンタジーノベル大賞優秀賞を受賞。儚《はかな》い少女性を細やかに描き出す一方、ダイナミックに展開されるストーリー構成は類を見ず、選考委員の小谷真理氏は「世界のどこにもない特殊な個性」と激賞した。ファンタジー作品でありながらＳＦ、ミステリー、学園物など様々な要素を盛り込んだ受賞作は、才能が飛躍する可能性を強く予感させ、今後の活躍が期待される。

著作リスト（刊行順）

『月のさなぎ』（新潮社）

石野晶
Akira Ishino

赫夜島《かぐやしま》

宇月原晴明

Haruaki Utsukibara

その中になお言いけるは、色好みといわるる限り五人。思いやむ時なく夜昼来けり。その名ども、石作皇子《いしづくりのみこ》、車持皇子《くらもちのみこ》、左大臣阿倍御主人《あべのみむらじ》、大納言《だいなごん》大伴御《おおとものみ》行《ゆき》、中納言石上麻呂《いそのかみのまろ》足《たり》、この人々なりけり。

かぐや姫、石作皇子には、「仏の石の鉢という物あり。それを取りて給《たま》え」という。車持皇子には、「東の海に蓬莱《ほうらい》という山あるなり。それに銀《しろがね》を根とし、金《こがね》を茎とし、白き玉を実として立てる木あり。それ一枝おりて給わらん」という。今一人には、「唐土《もろこし》にある火鼠《ひねずみ》の皮衣《かわぎぬ》を給え」。大伴の大納言には、「竜の頸《くび》に五色に光る玉あり。それを取りて給え」。石上の中納言には、「燕《つばくらめ》の持たる子安《こやす》の貝一つ取りて給え」という。

『竹取物語』

1

舳先《へさき》が静かに水を分けて行く。水はどこまでも冷たく、清く、澄んでいる。はるかな深みにゆらめく藻がはっきりと見えた。しかし、魚影は見えない。櫂《かい》を漕《こ》ぐ手をとめ、水面《みなも》をじっとのぞき込む。魚はどこにもいない。動くものはただ、藻と、絶えることのない湧水に盛り上がっては崩れる水底《みなそこ》の砂と小石だけだ。

顔を上げ、耳を澄ます。

あたりは、しんと静まり返っている。鳥の声も、羽音も、ない。鳥どころか、虫さえどこにも見当たらない。初夏の淡海《あわうみ》でそれがいかに常ならぬことであるか、よくわかっている。動くものはただ、水面を這《は》う白い霧だけだ。

瘴気《しょうき》……か。

背に冷たいものが走る。櫂を手にしたままふり返った。漕ぎだしたばかりだが、すでに岸は霧の彼方《かなた》にかすんでいる。梅雨時の曇天にこの霧で、西の空にそびえているはずの霊峰、富士の勇姿は見えない。噴き上げる炎が、視界をさえぎる幾重もの雲と霧を赤く染めているだけだ。

霧が這い寄ってくる。首にかけた鹿島《かしま》神宮の守袋《まもりぶくろ》をしっかりと握った。

少しためらい、思い切り吸い込む。しばらく様子をうかがう。が、何事もない。ほっと息をつく。効いているようだ。

「さすがに大師《だいし》の秘法よ」

つぶやきながら櫂を握り直し、再び力強く漕ぎ始めた。

宇月原晴明
Haruaki Utsukibara

「将門《まさかど》、遠慮はいらぬ。近《ち》こう」

殿上《てんじょう》の御簾内《みすうち》から声がする。

「いえ、私はここで」

平将門はわずかに低頭したが、動こうとはしない。洛中一《らくちゅういち》と謳《うた》われる壮麗な枇杷第《びわだい》の屋敷、将門は、その塵《ちり》一つなく掃き清められた庭に座したままだ。頭上には見事な藤棚が広がり、初夏の日射《ひざ》しをさえぎっている。

「なら、儂《わし》も」

縁先から、一人の男がぽいと庭に飛び下る。

「純友《すみとも》」

御簾内からの制止の声を聞き流し、藤原純友は、将門の傍らの庭石に腰を下ろした。

「ともに、ここで承ろう」

純友は将門に笑いかける。

「そうか」

御簾が動く。

「では、麿《まろ》もな」

扇で御簾を分け、声の主《ぬし》が姿を現わした。思わず将門は平伏する。枇杷第の主人、藤原仲平《なかひら》は、ゆったりと縁先に胡座《あぐら》をかいた。

「これで話ができる」

許されて顔を上げた将門は、あらためてあたりに目を配る。奥庭とはいえ、警護の者の影も見えなかった。今を時めく藤原北家《ほっけ》の、近々、右大臣へ任じられようという貴人の屋敷とも思えない。そろってゆれる薄紫の藤の花房が見事なこの庭にいるのは、三人だけのようだ。

将門は座り直した。枇杷第には何度となく訪れ、決まってこの庭に座し、様々な下知を受けたが、こんなことは初めてである。余程の密談に違いない。

「話というのは、ほかでもない」

仲平は、いつものように唐突に語り始めた。

「今は昔、竹取の翁《おきな》という者がいた。野山にまじって竹を取り……」

いきなり、純友が吹き出した。

「これこれ、無礼ではないか」

仲平がおっとりとたしなめる。

「なれど、御殿《おんとの》」

かまわず純友は笑いながら続けた。

「それは『竹取物語』でありましょう。ここな剛の者に、お伽噺《とぎばなし》を語られるおつもりか」

笑いたいのは将門も同じだ。『竹取物語』を知らぬ者はいても、かぐや姫の名を知らぬ者はいまい。都ばかりか、将門の本領である東国は下総《しもうさ》でさえ。

だが、仲平はにこりともせず、うなずいた。

「そのつもりじゃ。おかしいかな」

大真面目《おおまじめ》である。さすがに純友も笑うのをやめた。

「今は昔……」

藤原仲平は、再びゆるゆると語り始める。

あきれ顔で聞き流していた将門と純友の背が、にわかにのびた。

なよ竹のかぐや姫が果たしてこの世のものであったのかなかったのかは、さておこう。しかし、姫が残したとされる不老不死の霊薬を富士の高嶺《たかね》で焼いたのは、事実だというのだ。内裏の奥深くに秘蔵されていた史書に記載があったのを、仲平自身が確かめたという。宮中を牛耳る藤原北家の公卿《くぎょう》ならではのことだ。

「さよう、今からざっと二百年《ふたももとせ》よりもなお昔のことじゃ」

仲平の言葉に、二人は顔を見合わせた。

都が山城に遷《うつ》る以前のことなど、たがいに想像もつかない。ましてや、かぐや姫が月宮に昇天するにあたって贈った霊薬を、かぐや姫を失っては不老不死などなんになろうと、時の帝《みかど》が、月に最も近い高峰で燃やしたというお伽噺が史実であるなどとは、途方もない。

「将門、そなた、富士は馴染《なじ》みであろう」

仲平の問いにうなずく。北家に仕える家人《けにん》として、下総と都とを幾度も往還した平将門である。東海道にそびえる富士山を仰ぎ見て、あるいは故郷の遠からんことを思い、あるいは都への遠路はるかなるを思う。富士を見るのは、容易ではない長旅にならなくてはならぬ愉《たの》しみであった。

「いまだ煙が昇っておるそうであるな」

「それはもう、さかんに」

古《いにしえ》の帝が不老不死の霊薬を焼かせたゆえ不死の山、その時、帝の命を受けた武者が数多く登頂したゆえ、富士の山。そう呼ばれるようになったこの山は、霊薬を焼いて以来、昇る煙の絶えることがないという。『竹取物語』の結びを将門は思い出す。

「麿は東下《とうげ》したことなく、いまだ富士を見ぬ」

仲平は残念そうにつぶやいた。

「が、西行《せいこう》し、大宰府《だざいふ》に赴いたことはある」

東国から西国にいきなり話が飛んで、将門はとまどう。

「純友、あの折は世話になったな」

笑いかける仲平に、藤原純友も笑顔を返した。二人は遠縁にあたるが、純友は早くから地方官に転じ、四国の伊予を拠点に、瀬戸内一帯の海賊に睨《にら》みをきかせている。

藤原仲平の大宰府下向においては、警護の任にあたった。十年ほど前のことだ。

「『竹取物語』の霊薬が、まことにこの世にあったと知ったのは、その大宰府でのことよ」

仲平は続けた。

「唐土《もろこし》は呉越国から参じた有徳人《うとくじん》に教えられたのじゃ」

呉越とは、この頃、中国大陸南部の要地杭州を押さえ、銭《せん》氏が立てた王国である。空前の繁栄を誇った大唐帝国はすでに滅び、五代十国の時代であった。呉越の国は富み、その勢いは盛んで、南方十国の盟主と目され、地の利を活《い》かし、東海南海にしきりに使者を派遣していた。

大宰府で藤原仲平が接したのも、そうした一人であったろう。

日本と呉越にまだ国交はない。呉越国王の正式な使者でこそなかったが、両国の通交を模索するために王の意向を受けて派遣された有徳、すなわち富裕な大商人であった。内裏への挨拶《あいさつ》がわりに千金を献じた後、その呉越商人があれこれ物語った中に、東海扶桑《ふそう》国にあると名高い赫夜《かぐや》の不老長生薬についての問いがあったのだ。

「それこそ唐人の寝言でありましょう」

すかさず、純友が茶々を入れる。

しかし、仲平は動じない。

「かの地では、秦《しん》の昔に徐福が求めた蓬萊《ほうらい》の仙薬よりも名高いという。知らぬは、本朝ばかりのようじゃ」

驚いた仲平は、帰洛後ひそかに調べ始める。初めは五里霧中であったが、長年にわたる探索の果て、雲間に月がのぞくように、いくつか見えてきたこともある。探索十年、藤原仲平は満を持して二人を呼び出したのだ。純友がからかっても動じないはずである。

「霊薬はあった」

仲平は言い切った。もう純友も何も言わない。

「そして、ここが肝心じゃが、今もあるやもしれぬ」

2

櫂《かい》を握る平将門の手が汗ばむ頃、漂う霧のむこうに、小さな島が見えてきた。

あれか。

一層、力を込める。

「あれが、赫夜島《かぐやしま》か」

土民が呼ぶ島の名を口にしてみる。

枇杷第《びわだい》の庭で初めてその名を耳にした時には、雅《みや》びなような滑稽《こっけい》なような不思議な気がしたものだ。今、白く瘴気《しょうき》に覆《おお》われたその島に一人むかう将門には、この島のもう一つの名が思い出されてならない。

「殺生島《せっしょうとう》」

藤原仲平は、霊薬が今もあるであろう地を、そうも呼んだ。

「お言葉ですが、御殿《おんとの》」

初夏の風がわたる枇杷第の庭で、将門は問うた。

「霊薬は富士山上で焼かれたと、先ほどおっしゃられたのでは」

仲平はうなずく。

「残りはな」

「残り？」

純友も声を上げた。

「おおかたは奪われたのじゃ。富士へむかう途上での」

将門も純友も沈黙した。

山城か、奈良か、飛鳥《あすか》か、いずれにせよ畿内であったには違いない都から、富士の峰までは、はるかに遠い。運ぶのは、この世に二つとない不老不死の霊薬である。いかに時の帝が厳命し、あまたの武者どもに護《まも》らせたとはいえ、遠路の道中何事もなかったと信じられるのは、お伽噺の中だけだ。

整然と街道を進む勅願の一行は、突然の襲撃にたちまち壊乱する。警護の武者らの必死の抵抗もむなしく、混戦の中で霊薬は奪われ、わずかに残されたものだけが、帝の願いどおり最も高い山の頂《いただき》で焼かれたのだ。

野盗、山賊、海賊の類《たぐい》と日夜奪ったり奪われたりを繰り返している二人にとって、『竹取物語』が急に生々しい現世《うつしよ》のものとなったようであった。

宇月原晴明
Haruaki Utsukibara

「一体、何者が奪ったのでしょうか」

将門は首を傾《かし》げる。仲平は曖昧《あいまい》に首をふった。

「わからぬ」

そのまま、ゆれる藤の花房をぼんやりと見つめている。

「無茶なことを訊《き》く」

純友が笑った。

「昨日今日の強盗沙汰《ざた》でさえ、賊の正体が知れることなどめったになかろうに、二百年も昔のことなどわかるものか」

「確かに」

将門も笑う。しばらく二人の笑い声に耳を傾けていた仲平だが、藤棚を見つめたまま、おもむろに口を開いた。

「奪ったのが何者かはわからぬが」

のんびりと続ける。

「彼奴《きゃっ》らがいずこにおるかはわかった」

純友が、おおと声を漏らした。

「いずこでございましょう」

将門が問う。仲平は変わらず、藤を見つめている。いや、藤の花ではなく、棚の彼方《かなた》を眺めているようだ。ぽつりとつぶやいた。

「赫夜島」

その奇妙な名の小島は、富士山のまわりにいくつか点在する名もなき湖の一つにあるという。不老不死の霊薬が富士の高峰で焼かれて幾年かすぎたある夕べ、湖上の空が轟音《ごうおん》とともに光に裂かれ、紅《くれない》に染まった。その日からだ。どこからともなく得体の知れない一団がやって来て、われ先にこの島に渡ったという。

これは、妖霊星《よろぼし》が落ちたに違いないと論じる者もいれば、天狗《あまつきつね》の来襲ではないかと唱える者もいて、何が起こったのか確かではない。確かなのは、島が、おびただしい数の一団に占拠されたということだけだ。無人とはいえ、土地の漁師が時折舟を寄せることもあった島だが、それからというもの、近づくことすらままならなくなった。舟の影が見えるだけで、雨霰《あめあられ》と矢が射かけられるからだ。

島からは夜となく昼となく普請《ふしん》の音が聞こえ、昼は幾筋もの白煙が上がり、夜は明々と炎が空を照らした。いつしか赫夜島と土地の者が呼ぶようになったのは、夜ごと島が無数の篝火《かがりび》に飾られたからだという。

名の由来はもう一つある。誰いうとなく湖一帯に広まった奇怪な噂《うわさ》だ。かぐや姫の噂。月へと昇天したはずのあの姫が、天から帰ってきたというのである。そうして、あの素性の知れぬ一団は、姫の帰還を知って慕い来った、今もなお、かぐや姫を恋う者どもの群れであると。二百有余年後の今日まで、連綿と伝承されていた。遠からぬ富士山頂で勅命により霊薬が焼かれたという史実が、このような伝説を生んだのかもしれない。

「なれど、あれこれ調べさせてみるとな、ゆえなきことでもないように思う」

どうやら、と仲平は続けた。

「富士への道中で霊薬を奪い逃げ散じていた者どもが、この地に再び集うたらしい」

何ゆえかはわからぬ。

将門が口を開く前に、仲平はつけ加えた。

何ゆえかはわからないが、彼らはその湖中の島を拠点に旺盛《おうせい》な活動を続けた。昼夜を問わぬ作業はやむことなく、ばかりか、ついには近隣一帯を荒らしまわった。

「姫のためぞ！」

口々にそう叫んで、米穀、家畜、財物の略奪を繰り返したという。人々は、赫夜の湖賊と呼んで恐れ、湖の四方は広く無人の地と化した。

傍若無人の乱暴狼藉《ろうぜき》は、十年も続いたであろうか。

ある時、一帯の人々は、しばらく湖賊の襲撃がないことに気づく。その年は、ついに襲撃のないまま終った。あくる年も、湖賊は姿を見せなかった。その翌年も。恐る恐る湖に近づいた人々が見たのは、湖面を覆《おお》う白い霧だけであった。霧は、あきらかに赫夜島から湧《わ》き出してくるように思われた。

「瘴気《しょうき》じゃ」

仲平はおぞましげに顔をゆがめた。

湖畔で幾人もが倒れた。泡を吹き、痙攣《けいれん》する者たちを見て、多くはうろたえ逃げ帰る。それでも、果敢に舟を出し、濃く薄く霧の流れる湖に漕ぎ出した者はいたが、誰一人として戻ってこなかったという。瘴気の湧出《ゆうしゅつ》は、湖賊の出現と同じく唐突で謎《なぞ》めいていたが、湖賊もまたこの瘴気のために絶滅したに違いなかった。

爾来《じらい》、二百年あまり。名もなきこの湖は、浜に走る一匹の獣なく、上を飛ぶ一羽の鳥なく、水に泳ぐ一尾の魚もない非情荒涼の地と化したままだ。赫夜島は、やがて殺生島と呼ばれるようになり、いつしか、かぐや姫とのゆかりを語る伝承も忘れ去られた。藤原仲平が内裏の書庫を漁《あさ》り、都からはるばる探索の手勢を送り込むまでは。

舟はようやく島に着いた。

波にさらわれないよう舟を浜に揚げ、将門はあらためて、これから分け入らなければならない島を眺めた。

砂と小石の浜は、枯れ果てた草の原に続いている。何もない。湖畔と同じく、命あって動くものの気配は何もなかった。ただ、すべてを押しつぶすような曇天の下、彼方で風にゆれている竹林の緑だけが、唯一《ゆいいつ》の慰めである。

仲平が強調したように、往時にくらべて瘴気は随分薄れたようだ。少なくとも竹は生きていられるらしい。霧も湖面ほどには漂っていなかった。

無用であったかな。

舟から薙刀《なぎなた》を取り出し、将門は苦笑する。いくつもの修羅場をくぐってきた愛用の業物《わざもの》を持参したのだ。装束も、兜《かぶと》こそ着用してないが、細い鎖を編み込んだ烏帽子《えぼし》に、胴丸、籠手《こて》、脛当《すねあて》を着け、太刀を佩《は》いている。万が一のための武装も、これでは闘う相手を見つけるほうが難しそうである。

それでも、いつも戦場《いくさば》でするように薙刀を手に、将門は目を閉じ、深く息を吐き、吸っては、また吐いた。何の変哲もない湿気を含んだ朝の大気である。ただ、この季節にしては涼しい。

高野の金丹《きんたん》の効能は一昼夜。その間に、この無人の島に湖賊が築いた屋敷跡から、不老不死の霊薬か、せめて、それにつながる手がかりだけでも見つけ、瘴気を避けて湖を遠巻きにしている郎党のもとへ戻らねばならない。

貝から真珠を探すのにも似た無茶な試みだが、主《あるじ》の下知とあらば是非もない。

薙刀を小脇《こわき》にかかえ、将門は荒れ野に踏み出した。

3

「徒労に終るやもしれぬ。いや、まず徒労に終るであろう」

藤原仲平は、沈鬱《ちんうつ》な口調で決めつけた。

であったとしても、死滅した湖賊の廃墟《はいきょ》に残されているかもしれない霊薬を探すため、赫夜島に渡ってもらいたい。

それが、右大臣になろうとしている藤原北家の公卿《くぎょう》仲平が、二人を枇杷第《びわだい》に呼び出した理由であった。

「なんとも、雲をつかむような話でござりまするなあ」

藤原純友は、あきれ顔で顎《あご》を撫《な》でている。

「ならば、その雲をつかんでもらいたい」

仲平は真顔で返した。

「万に一つ、霊薬が今もまだあるといたしましょう。瘴気渦巻く殺生島《せっしょうとう》、人の身でなんじょう渡れましょうや」

純友がけわしい声で言いつのる。

「瘴気は大事ない。封じる手立てはこうじておる」

仲平は、豪奢《ごうしゃ》な絹の袖《そで》からのぞく、ふっくらとした両の掌《て》を打った。

水干姿《すいかん》の二人の童子が現われ、捧《ささ》げ持った螺鈿《らでん》の高坏《たかつき》を、それぞれ平将門と純友の前に置き、去った。純友は庭石から下り、地に胡座《あぐら》をかいて、将門とともに、目の前の高坏に載せられたものを見つめている。

棗《なつめ》の実ほどの菓子のようなもの。

「高野《こうや》の金丹、比叡《ひえい》の銀丹という」

将門は金箔《きんぱく》につつまれた丸薬を眺めているばかりだが、純友はさっそく、銀の箔につつまれた丸薬をつまんだ。

「儂《わし》が比叡で、将門が高野か」

ためつすがめつ掌《てのひら》で転がしている。

「これ、粗末にするでない」

仲平が珍しくあわてた声を出した。

無理もない。この二粒の丸薬は、仲平が、高野山と比叡山の高僧知識に直々に依頼し、加持祈禱《かじきとう》の秘術秘法をつくし、ついに練り上げたものであった。東密《とうみつ》と台密《たいみつ》とを競い合わせ、全山挙げての練成合戦に持ち込んだからこそ、成しとげられたのだ。

「それでも、一年《ひととせ》かかっておる」

仲平は溜息《ためいき》をついた。

「両山《りょうざん》が一年かけて、ようやくこればかり……」

あえて口にはしなかったが、むろん莫大《ばくだい》な私財が投じられたに違いない。富裕なことで知られているこの公卿ですら憂鬱《ゆううつ》にするほどの。それだけの価値はあるだろう。この丹薬を呑《の》めば、いかなる毒も受けつけない。少なくとも、一昼夜の間は。すでに、両山の決死の志願僧が、あるいは毒水を口にし、あるいは鳥兜《とりかぶと》の根を齧《かじ》って、効能は証明済みだ。

「霊薬を手に入れねばならぬ」

うなるように仲平は言った。

「なんとしても、帝《みかど》の御心《みこころ》を安《やす》んじるのじゃ」

時の帝は、人皇第六十代敦仁《あつひと》である。後の世に醍醐《だいご》天皇と呼ばれ、延喜《えんぎ》の聖代を実現したと讃《たた》えられたこの名君の治世もすでに三十四年。内裏の誰もが、次代への継承について心を悩ませていた。東宮として皆の期待を一身に負っていた保明親王《やすあきらしんのう》が二十一の若さで早世。次いで、立太子された親王の息子慶頼王《よしよりおう》も、わずか五歳で父の後を追うように没した。帝は急遽《きゅうきょ》、保明親王の弟寛明《ゆたあきら》親王を東宮に立てる。まだ四つであった。

息子と孫を相次いで夭折《ようせつ》させた帝と后《きさき》藤原穏子《やすこ》は、内裏の奥の奥の一室に幾重もの几帳《きちょう》をめぐらせ、風にあてるのも恐れるようにこの幼い親王を隠し育てているという。寛明親王は、今年ようやく八歳。夭折への恐怖は、まだまだつきることがない。

帝が恐れたのは、病だけではなかった。最も恐れたのは、怨霊《おんりょう》であった。ほかの誰でもない、帝が右大臣に抜擢《ばってき》した菅原道真《すがわらのみちざね》の祟《たた》りである。左大臣藤原時平《ときひら》の讒言《ざんげん》をいれ、道真を大宰府へ左遷《させん》したのもまた、帝であった。

すでに道真も時平もともに世を去り、延長《えんちょう》と改元してから八年になる今となっては、延喜の聖代最大の汚点と誰もが噂《うわさ》し、帝自身もそのことを後悔していた。保明親王が逝《い》ったのは、奇《く》しくも道真の死から二十年目のことであったのだ。

恐慌《きょうこう》をきたした帝は、左遷の勅命を自ら破棄し、道真を右大臣に復すとともに、正二位に昇進させたが、慶頼王の命をつなぎとめることはかなわなかった。道真の怨霊がいつ寛明親王を祟り殺すかと、天子として父として、その苦悩は果てしない。

帝の懊悩《おうのう》は、藤原仲平自身のものでもあった。道真と対立し、三十九歳で倒れた時平は、彼の兄であり、后《きさき》穏子は彼の妹、保明親王も寛明親王もともに彼の甥《おい》であるのだから。仲平がはるばる大宰府まで下向したのも、道真の霊を祀《まつ》る社殿の造営を指揮するためであった。その社殿は、後に天満宮と呼ばれることになる。

子の夭折の予感に脅え続ける帝に、何重もの几帳の内に隠れ震えている妹と甥に、かぐや姫の霊薬を献上できれば、どれほど大きな慰めになるだろう。伝説のとおり不老不死がかなおうとは、さすがに思っていない。が、長生の助けになることは疑えないはずだ。

仲平は、ゆるゆると、だが、熱を込めて語った。今は純友も神妙な顔で耳を傾けている。

ふっと口をつぐむ。と、仲平は縁に座り直した。

「では」

重々しい声で告げる。

「頼んだぞ、将門」

「かしこまりましてござりまする」

藤棚の下で、将門は見事に平伏した。

「待たれませ」

純友が声を上げた。

「御殿、儂はどうなりまする」

「ここな、うろたえ者め」

仲平は扇を口にあて、忍び笑う。

「そなたは二の矢じゃ」

純友は急いで将門を見た。顔を上げた将門は、平然と仲平に対している。

「将門が戻らぬかもしれぬ、と」

純友のつぶやきに、仲平もまた、平然とうなずいた。

「なにしろ二百年もの間、何人《なんぴと》も足を踏み入れられなんだ島じゃからの」

純友は黙り込んだまま、地をにらんでいる。

「ようよう手にした金銀二円、一度に失う愚は冒せまい」

仲平は再び、声もなく笑った。

声がした。

枯れ草を踏む平将門の足がとまる。女人の悲鳴のごとき声が、確かに聞こえたように思う。

立ちどまり、様子をうかがい、耳を傾ける。

途端、ぎゃっという衣《きぬ》を裂く叫びが降ってきた。薙刀《なぎなた》をかまえ、頭上を見上げる。

はるか上空を一羽の鳥が舞っているのが見えた。曇天を背に、ゆうゆうと輪をかいている。

鳥か……。

将門は舌打ちした。

重なった雲よりもなお黒い。鴉《からす》か鵜《う》だろう。

鳥？

将門は、再び空を見上げた。

なぜ瘴気《しょうき》にやられない。

ぎゃあと黒い鳥が叫んで、身をひるがえした。漆黒の姿が見る見る大きくなる。鴉ではありえない。もはや鵜でもなかった。黒い翼をはばたかせ、まっすぐ矢のように飛んでくるその姿は、たちまち人ほどの大きさになった。

裂帛《れっぱく》の気合いとともに薙刀が一旋する。しかし、手ごたえはない。必殺の刃は、鳥

宇月原晴明
Haruaki Utsukibara

がまとっている生臭い風を裂いただけであった。

馬鹿《ばか》な！

飛び去っていくものを、将門は呆然《ぼうぜん》と見送った。

それは、鳥ですらない。自分とあまり変らぬほどの身体《からだ》を宙にささえている巨大な両の翼に、羽根はなかった。むしろ蝙蝠《かわほり》に似た皮の翼だ。

空に飛ぶ鳥なく、地に走る獣なしではなかったのか。

漆黒の姿は見るまに小さくなっていく。それが鳥であれ、蝙蝠であれ、金丹《きんたん》を服した将門同様、瘴気などものともしていない。

ぎゃあああ。

はるかな高みで雄叫《おたけ》びを上げ、それは反転した。黒い翼がひるがえり、再び石のように落ちてくる。

将門は薙刀をかまえ直した。

刃は銀光と化し、島の大気を十文字に斬《き》り裂いた。血も散らず、肉も飛ばない。しかし、将門は手をとめなかった。そのまま薙刀を回転させ、石突《いしづき》で打つ。

将門は息を呑《の》んだ。薙刀が動かない。

薙刀の柄は、黒曜石のような鉤爪《かぎづめ》の生えた足に握られていた。黒皮の翼がはばたき、薙刀をつかんだまま舞い上がろうとしている。させじと踏んばった将門は、剛毛に覆《おお》われた暗黒の姿と対峙《たいじ》した。

「おまえは……」

何者だと叫ぶ前に、薙刀は突き放され、将門はよろめく。皮の翼が残したぬるい風と悪臭の中で、かろうじて体勢を立て直した。漆黒の姿は、すでに遠く舞い上がっている。

薙刀を手に、将門は戦慄《せんりつ》していた。

およそこの世のものならぬ黒い化生の顔に、鳥類の嘴《くちばし》はなかった。顔と同じく漆黒の唇から、思いがけない白い歯がのぞいていた。けれど、その口以上に将門を驚かせたのは、その目だ。顔よりもさらに黒々と光る瞳《ひとみ》は、鳥のものでも獣のものでもなかった。そこに宿っていたのは、間違いなく知性のきらめきだ。

初めて見たものへの興味、何かを思い出したかのような驚愕《きょうがく》、羞恥《しゅうち》、悲哀、そして、激しい憎悪《ぞうお》。

薙刀の柄ほどの長さしかへだたっていないところで対した化鳥の顔。その瞳に刹那《せつな》にひらめきすぎたあまりにも人に似た想念に、将門は思わず声を発したのだ。人に詰《きっ》問《もん》するがごとくに。

あれが、天狗《あまつきつね》というものか。

将門が絵巻や草紙で見知った天狗の姿とは、あまりに違う。

ぎゃあ、ぎゃあと高空から鳴き声が降る。将門の問いに答えるかと思える叫びには、たぎるような憤怒《ふんぬ》が籠《こも》っていた。雲の下で、黒い翼が方向を転じるのが見えた。

埒《らち》があかぬ。

将門は薙刀の石突を力まかせに地に突き立てると、脱兎《だっと》のごとく駆け出した。飛来する化生の鳥に背をむけ、浜へ。背後に羽ばたきの音と風を感じる度に、首をすくめ、背を丸め、木陰に身を隠しながら、走り続ける。

枯れ草の原からようやく浜に足を踏み入れた時、ついに漆黒の爪《つめ》が将門の頭にかかった。

南無三《なむさん》！

将門は砂礫《されき》に転がり、黒い翼は、烏帽子《えぼし》をつかんで舞い上がる。戦用《いくさ》に鎖が編み込まれていなければ、大怪我《おおけが》をしていたはずだ。ぎゃあと勝利の叫びとともに、目の前に、鎖がむき出しになるまで引きちぎられた烏帽子が落ちてきた。

どうにか浜を進み、将門はそのまま舟の中に転げ込んだ。間一髪、漆黒の影が舟縁《ふなべり》をかすめて飛びすぎる。

高空で何度めかの反転をし、漂い流れる霧をすかし、憎しみに燃える目で、それは見た。将門が浜に立っているのを。烏帽子を失ったそのむき出しの頭を、見た。

ぎゃあああ。

黒い唇が咆哮《ほうこう》し、猛然と羽ばたく。漆黒の翼が大気を切り裂きまっすぐに飛来したその時、将門が弓をかまえた。すばやく引き絞り、放つ。

矢はうなりを上げて飛び、降下してくる黒い翼を、迎え撃った。

漆黒の唇は叫ばなかった。それは、中空でもがきながら、自身の腹に突き立った矢を、信じられないように見つめていた。空を踏み、黒い翼をばたつかせ、ようやく落下をまぬがれ身を起こした時、第二の矢が、腰に突き刺さった。

それは、叫んだ。かつてない声で叫びながら、暗黒の身をひるがえし、渾身《こんしん》の力で舞い上がる。将門は、あっというまに小さくなっていく黒い背に、三の矢を放った。手ごたえはあったが、漆黒の姿はわずかにぐらついただけで、霧と雲の彼方《かなた》へ飛び去っていった。

「……何ぞ、あれは」

安堵《あんど》の吐息《といき》とともに、答えのないまま心に繰り返していた問いを、将門は口にした。ともあれ、あれが何であれ、矢が立つなら、この世のものに違いなかろう。さすがに自分の用心深さにあきれ舟に置いてきた弓だが、まさに備えあれば憂《うれ》いなし。このまま持参したほうがよさそうだ。いつあの化鳥が戻ってくるかもしれない。

「こんなことなら」

弓と靫《うつぼ》を手に、将門は苦笑した。

「純友に譲ってやればよかったな」

4

「将門、一の矢を儂《わし》に譲る気はないか」

馬を寄せてきた藤原純友は、いきなり言った。

「断わる」

平将門は、にべもなく答えた。

「つれないのお」

純友は、やれやれと首をふる。

「恩賞がいるのじゃ。情けなや、儂は手元不如意《ふにょい》でな」

情けないとは微塵《みじん》も思っていない堂々たる口調で、純友は続けた。

「毎度のことではないか」

すでに枇杷第《びわだい》は遠い。大路を行くのは、たがいの郎党ばかりで、それもかなり後ろから、のろのろと着いてくるだけだ。ただ二騎、轡《くつわ》をならべてゆったり進む将門と純友に、気を遣う相手は誰もいない。二人は、いつもの間柄に戻っていた。

「もったいなくも北家の公達《きんだち》の口にすることとは思えぬ」

将門は例によって、いかにもあきれたように責める。

「何が公達か！」

純友もいつものように大袈裟《おおげさ》に嘆息してみせる。

「北家も儂らのごとく傍流《はずれ》のまた傍流《はずれ》となるとな、都では食えず、伊予でも食いかね、本家の連中に顎《あご》で使われるばかりじゃ」

「それも、かかる下総《しもうさ》の東夷《あずまえびす》とともにな」

純友と将門は、声をそろえて笑った。

「なんの、桓武帝《かんむのみかど》五世の末裔《すえ》のおまえが東夷《とうい》なら、儂はまごうかたなき西戎《せいじゅう》よ」

さらりと純友が言い捨てる。

将門は黙って手綱を握っていた。二十歳《はたち》になるやならずで初めて顔を合わせ、たちまち意気投合したのも、貴人にはありがたい純友のこうした心映えゆえだと、心底思う。

「儂は銭《ぜに》が欲しい」

将門の思いなど気にもせず、純友が剽《ひょう》げた声を上げる。

「まとまった銭を手にしたら、こんなまずい魚しか食えぬ都に出稼ぎになど、金輪際やってくるものか」

純友は決まり文句で締めくくった。

二言めには京の都のと自慢するが、瀬戸内の新鮮な海の幸《さち》に慣れた舌には、干物《ひもの》か塩漬け、川魚しか手に入らない湿気た盆地など我慢ならないというのが、純友の口癖だった。将門の本領が大海に臨む下総国であるのも、二人が親しくなった一因だろう。

「東海の魚もうまいぞ」

渦巻く鳴門《なると》の潮、ちりばめられたような島々、行き交うおびただしい船団、揚げられた網に跳び跳ねる光る魚の群れ……えんえんと続く伊予自慢にじっと耳を傾けた後、将門がぽつりと発した一言に、純友も口をつぐんだものだ。身分違いの若造に純友が一目置くようになったのは、この時からかもしれない。

「上洛《じょうらく》したのは確か、十五の時だったな」

純友の問いに、将門はうなずいた。

「十二年になる」

貴族として都で生まれながら任地の伊予に根づいた純友とは、逆だ。坂東平氏の子として下総に生を受けた将門は、父の手で藤原北家に預けられ、都人《みやこびと》として育てられたのである。

「坂東も良きところらしいな。将門、下総が恋しくはないか」

将門は黙ったままだ。

草の海。脳裏に浮かんだのは、果てしなく続く、見渡すかぎりの草原であった。薄《すすき》、葦《あし》、茅《かや》、人の背丈ほどの高さの草にまじって咲く可憐《かれん》な秋の花々。潮の海は伊予にもあるだろう。けれど、あの草の海は、上方《かみがた》西国に類《たぐい》あるまい。秋草の穂と花の波の中を、馬で駆ける。どこまでも、どこまでも、ついに馬が疲れ立ちどまるまで駆けても、草の海はなおはるかに続いている。

一族郎党とともに群れ駆けるのも格別だが、まったくの単騎で駆けるのは至上の悦《よろこ》びだ。日と月が草の中から昇り、草の中に沈むのを見たことがあるか。時には、西の草の原に沈みゆく日と、東の草の原から昇る月とをともに見ることができる。馬上、左右に日と月とを眺めたことがあるか。あの草の海を駆けている時ばかりは、このまま坂東に留まってもよいと思う。が……。

「俺は京が嫌いではない」

将門は、ようやくつぶやいた。

「それは、おまえがまだ若いからじゃ」

もう若くなどないという将門の抗議を、純友はさえぎる。

「儂のように三十路《みそじ》も不惑近くになってもまだぱっとせぬとな、都の風は冷たいぞ」

日頃、俺おまえで付き合っている純友が自分より十も年上なことに、将門はあらためて気づかされた思いだった。

「孔子さまも言うておるわい。『四十五十にして聞こゆること無くんば、これまた畏《おそ》るるに足らざるのみ』となあ」

さりげなく『論語』を引くとは、腐っても貴族である。

「ならばこそ、俺は手柄が欲しい」

将門の言葉に、今度は純友が黙り込んだ。

「十二年の間つとめて、検非違使佐《けびいしのすけ》にもなれなんだ」

「……む、いや……」

さばさばした口調の将門に、純友のほうがあわてている。

「ここらで手柄を立て、洛中の噂《うわさ》にでもならぬことには、せっかく主を代えたかいがない」

純友は難しい顔になる。

「あの殿は、あの殿でなあ」

難しい顔のまま、うなった。

「何ぞ、あれは」

平将門は、またつぶやいた。つぶやかずにはいられない。

枯れ草の原はうねりながら高くなり、小さな丘となっている。再び手にした薙刀《なぎなた》を杖《つえ》に丘の上に立った将門は、黒い盆地を見下ろしていた。黒いのは、焦《こ》げているからだ。将門の足の下で、炭と化した草が灰となって散っていく。燃えたのは随分前らしい。一面に焦げた枯れ野は、繰り返し雨に打たれたのだろう。すり鉢状の盆地の底は、炭と灰と泥のまじった泥濘《ぬかるみ》であった。あちこちに大きな水たまりもできている。

だが、将門が驚いたのは、そんなことではない。

泥濘と水たまりの続く中に、緋《ひ》の色をしたものがうずくまっている。

薙刀を泥濘に立て、将門は弓に矢をつがえた。きりきりと引き絞ったまま油断なく、その緋色の何かに近づいていく。牛や馬ほどはないが、犬や狼《おおかみ》より大きい。ちょうど人ほどの大きさである。あの漆黒の化鳥を思い出し、ぞっとした。

ふっ、ふっ、ふっ。

その時、将門は、あきらかに獣の息づかいを聞いた。

ふっ、ふっ、ふっ。

荒い息をしているのは、間違いなく緋色の何かだ。鞴《ふいご》のような息、まさにその言葉どおりであった。緋色のものが、ふっと息を吐くと、その度に、紅《あか》い炎が吐息のごとく上がった。鞴で吹かれた焼け炭のように。

ふっ、ふっ、ふっ。

幾筋もの炎が、緋色の身から細く上がっては消え、消えては上がる。将門は、この盆地を焼き払ったのが何ものであるかを知った。

化物は一匹ではなかったか。

ふっ、ふっ、ふっ。

炎はもう消えることなく、一つになっていく。すぐに牛ほどの大きさにふくれ上がり、燃え上がる松明《たいまつ》のように、ゆらりと緋の獣が立ち上がった。

四つの足は火の柱となり、紅蓮《ぐれん》の炎を背負っている。燃える首を将門にむけたが、炎に覆われてその顔は見えない。

将門はねらいすまして矢を放った。矢はうなりを上げて過《あやま》たず、炎の顔に命中する。しかし、突き立った矢は、そのまま燃え上がって消えた。獣は何の痛痒《つうよう》も感じていないらしい。

「畜生め！」

毒づきながら、将門は二の矢を放つ。その矢も炎に消えた。緋の獣は、燃える前足で悠然と泥をかいている。三の矢、四の矢も燃えて消えた。

ふっ、ふっ、ふっ。

獣は燃えながら、まっすぐに突進してきた。将門は憑《つ》かれたように、むかってくる獣になお矢を放ち続ける。

指が靫《うつぼ》を探り、ついに矢がつきたことを知った時、獣の燃える身体《からだ》に跳ね飛ばされ、将門は宙を舞った。泥水の中に転げ落ちたが、すぐに立ち上がる。弓と空の靫を捨て、後をも見ずに土手を駆け上がり、盆地の底から走り出そうとした。

将門の目の前に炎が上がった。もはや炭と灰と化した草と木が、なお赤く燃えている。かまわず駆けようとすると、再び炎がさえぎった。炎は背後から飛んできている。

将門は腹を括《くく》った。ゆっくりとふり返る。

ふっ、ふっ、ふっ。

燃える緋色の獣が、少し離れてこちらをうかがっていた。燃え上がる顔から、炎の玉が吐き出されるように飛んだ。将門の捨てた弓と靫が、泥の中で火につつまれる。

……逃げるなというのか。

棒立ちの将門に、炎の尾を引いて再び獣が突進してきた。今度は、はじき飛ばされる寸前に、将門は自ら横に跳んだ。猛然と駆け抜けた獣は、彼方《かなた》でまた悠然とこちらをむきなおった。漆黒の化鳥と同じように。

なぶれるだけ、なぶりたいらしい。

ただ殺すだけなら、いきなり火の玉を吐きつければいい。どうもそのつもりはないようだ。あの化鳥といいこの燃える四つ足といい、なるほど獣身ではあるけれど、妙に人くさいところが、なお一層おぞましい。だからこそ妖物《ようぶつ》なのか。

是非もない。

将門は、傍らの水たまりに身を投げた。激しく転げまわる。ずぶ濡《ぬ》れになって立ち上がった。燃える獣は動かない。将門のふるまいに、妖物は妖物なりに驚いたのかもしれなかった。

全身から滴《しずく》を垂らし、獣を横目に、将門はゆうゆうと歩む。泥から薙刀を抜くと、燃える獣に正対した。

ふっ、ふっ、ふっ。

獣が炎の足で、また泥をかく。

将門と獣がたがいにむかって突進したのは、同時であった。投げられた薙刀は回転しながら地をすべると、駆ける将門の手から、薙刀が飛んだ。燃える獣は脚を打たれ、どうと倒れる。


り、その長い柄が獣の脚にからんだ。燃える獣は脚を打たれ、どうと倒れる。

鹿島《かしま》大明神もご照覧あれ！

将門はそのまま駆け、起きようともがく獣の炎を上げる背に、跳び乗った。すでに太刀を手にしている。満身の力を込めて太刀を燃える首に刺し、抜くと同時に、泥水の中に転げ落ちた。急いで焼けた身体を濡らす。毛沓《けぐつ》も足袋や袴《はかま》も、すべて皮革でつくられている。水をたっぷり含ませておけば、すぐに燃えることはない。わずかに焦げただけだ。

湯気を上げて立った将門は、獣が倒れたまま動くことなく炎につつまれているのを見つめた。幾度か目をしばたたかせる。熱気で、もう少しで目をやられるところだった。炎の脚にはじかれ傍らに転がっていた薙刀で、念のためにとどめを刺してみる。

ただ、炎に覆われ、傷も見えず血も流れないでは、生死の別はわかりようもない。

油断なく薙刀をかまえたまま、静かに燃え続ける獣から目を離すことなく、将門はじりじりと遠ざかっていった。こんな下知を受けてしまった自身を呪《のろ》いながら。

藤原仲平に仕えたことを、将門は初めて後悔した。

5

十五で上洛《じょうらく》した時、平将門が仕えたのは、藤原仲平ではなく、忠平《ただひら》であった。藤原忠平。仲平の五歳年下の弟であり、実は彼こそが、北家のみならず藤原一族すべての頂点に立つ氏《うじ》の長者である。

藤原一族筆頭たる北家の栄光を託された兄弟がいた。当時としては珍しく母も同じくする時平、仲平、忠平の三人である。長兄時平が三十九で急逝した時、氏の長者を継いだのは、仲平ではなく、末弟の忠平であった。醍醐《だいご》帝はもちろん、世人の誰もがそれをいぶかしく思わなかった。というよりも、世に藤原北家の兄弟といえば、幼い頃から知謀で知られた時平と聡明《そうめい》で知られた忠平の二人以外にない。時平と忠平の兄弟仲が良くないことを心配する者はいても、仲平という三人目の兄弟がいることを思い出す者はなかった。珍しく仲平について語られる時は、温厚篤実《とくじつ》なその人柄が話題となるばかり。

藤原仲平は良き人であった。良き人になるしかなかった。知謀縦横の兄と聡明無比な弟に挟まれては、終始にこにこと邪気のない笑みを浮かべているしかない。

時平という重しがのぞかれた後の藤原忠平の台頭ぶりは、凄《すさ》まじいの一語につきる。時平と違い、頭が切れるだけではなく、忠平は、誰からも信頼され敬慕される人徳を持っていた。左大臣であった兄をはばかることなく、菅原道真とも親交を重ねたという。道真左遷《させん》を悔いてやまなかった帝《みかど》が、溺《おぼ》れるように忠平を頼っていったのも無理はない。また、忠平は頼るに値する傑物であった。時平の没後五年、三十半ばで右大臣に任じられ、それから十年で左大臣に昇進。兄の遺《のこ》した『延喜格式《えんぎきゃくしき》』を完成させたのをはじめ、忠平は、道真失脚と時平急逝で頓挫《とんざ》しかかった延喜の治世を見事に補完し、さらに発展させたのだ。

仲平は、そんな弟の出世を無邪気に寿《ことほ》ぎ、一族の長であり上司でもある弟の下知に喜び勇んで従った。自ら進んで大宰府へ赴いたように。

実に二十年もの長きにわたって。

延長八年の今、位人臣を極めた弟が君臨する都の一隅に、五十も半ばをすぎて、ようやく右大臣になれるかもしれない予感に浮き足立っている仲平がいる。おそらく彼自身よりもはるかに名高い枇杷第《びわだい》の屋敷に、上機嫌な笑みを浮かべたまま贅沢《ぜいたく》にひっそりと。

藤原仲平は良き人であった。誰もが認める、どうでも良き人であった。

「気さくで気前のいい、まことにもって良き殿ではあるのだがなあ」

藤原純友は顎《あご》をなでながら、考え込む。

そう、だからこそ、純友がこの屋敷に出入りしているのだ。一族の鼻つまみとはいわないまでも、歓迎されてはいないはずれ者を快く受け入れてくれるのは、仲平しかない。

平将門が、十年近く仕えてきた忠平から仲平に主を代えたのも同じ理由だ。藤原忠平は偉大な主人であった。しかし、辺境出身の身分の低い少年が仕えるには、少々、偉大すぎる主人であった。多忙な忠平を、おびただしい数の人々が二六時中、十重二十重《とえはたえ》に取り巻いている。右大臣になってからは、直談《じきだん》はむろん、側近に会うことも難しくなった。このままでは頭角を現わすどころか、忠平に名を覚えてもらうことすら容易ではない。

驚いたことに、忠平は仲平への推薦状を用意してくれた。それが効いたのだろう。藤原仲平は、将門を側近の一人に加えた。忠平邸で見知っていた純友がいたこともあり、将門にとっては、まことにほどのよい主人を得た思いであった。取り巻きの数もささやかで、将門と純友はすぐに、なくてはならぬ配下として仲平に重用されることになる。

「その良き殿も、大臣《おとど》の位が鼻先にちらちらし始めた頃から、どうもいかん」

純友はぼやく。

「ことに、この赫夜島《かぐやしま》の一件は、妙じゃ」

純友の真面目《まじめ》くさった渋い顔に、将門は笑う。

「かぐや姫が残した霊薬を探そうというのよ。妙でなくてなんとしょう」

「まあ、それはそうじゃが……」

純友は笑わない。

「仮に、仮にじゃ、不老不死の霊薬らしきものが見つかったとせい。帝がさようなことを信じると思うか」

「それは……」

将門も難しい顔になる。見つけるまでが自分のつとめだと心得ているから、見つけた後のことなど思いもよらない。

「お信じになられるのではないかな。殿が献上するのじゃから」

「儂《わし》はそうは思わぬ。忠平の大臣ならともかく」

宇月原晴明
Haruaki Utsukibara

純友はぴしゃりと決めつけた。将門もうなずかざるをえない。

「が、悪《あ》しくは思《おぼ》し召されまい。北家に仲平もありと大御心《おおみこころ》に留めてもらえよう」

純友の渋面が、さらに渋くなる。

「われらは、さようなつまらぬことのために命を張らされるのかや」

うんざりしたように吐き捨てる。

「つまらぬことではあるまい。五十路《いそじ》になるまで忘れられておった殿にとってはな」

二人はともに黙り込んだ。馬蹄《ばてい》の音だけが響く。

「思えば、不憫《ふびん》よなあ」

しばらくして、純友がしみじみとつぶやいた。主人である仲平のことを言ったのか、そんな主人に使われている自分たちのことを言ったのか、将門にはわからなかった。

平将門は、竹林の中を進んでいく。

草も枯れるこの島で、竹ばかりは生き生きとしている。盆地を抜け、広がる竹の林に将門は恐る恐る踏み入ったが、竹の様子に、これといった変りはない。濡《ぬ》れた身体《からだ》がすっかり乾いてしまうほど歩いても、なんの変哲もない竹林《ちくりん》が続いているだけだ。ようやく緊張が解けたのか、竹林の中で、将門は思わずにはいられない。

あの黒い化鳥や燃える妖獣のどこに、かぐや姫とのかかわりがあるというのか。ここは、神に呪《のろ》われたのか仏に罰せられたのか知らないが、ただの化物島にすぎないのではないのか。

藤原仲平の探索結果自体を将門は疑い始めている。

この島がかぐや姫と無縁だとしたら、自分は一体何をしているのだろう。京を出立する自将門は、藤原純友から餞別《せんべつ》として贈られた『竹取物語』を思った。

分と郎党を迎え、純友が開いた送別の宴を思った。宴の座興にと、純友は『竹取物語』をろうろうと読み上げたものだ。都から湖へと下る道中の徒然《つれづれ》に、将門も幾度となく目を通した。

それもこれも無駄であったか。

竹林は突然、終った。いきなり視界が開け、将門は小さく叫んだ。

再びの枯れ草の原である。しかし、そのむこうには、湖中の小島にはすぎた巨大な館《やかた》がそびえていた。黄色の瓦《かわら》が曇天に鈍く光っている。

この島に人がいた証《あかし》をやっと見つけた。将門は薙刀《なぎなた》をかついで足を速めた。あれが伝承のとおり湖賊の築いたものならば、霊薬発見の望みは皆無ではない。

その歩みがとまる。

彼方《かなた》の館にばかり目がいって気づかなかった。館の前庭にあたる枯れ野に、白く横たわるものがある。

またか。

溜息《ためいき》をつき、将門は薙刀をかまえ直した。そっと近づいていく。館の前にいる以上、逃げるわけにはいかない。

遠目に見るかぎり、化物らしくはなかった。少なくとも、翼もなければ、燃えてもいない。頭まですっぽりと白衣《びゃくえ》をまとい、背をむけて横たわっているだけの人に見える。あるいは屍《しかばね》かもしれない。屍であってほしい。

再び将門の足がとまった。あたり一面、枯れ草の中に、いくつもの白い塊が転がっているのに気づいたのだ。ちょうど足もとの草陰にも一つ転がっている。

髑髏《しゃれこうべ》？

薙刀の柄で、将門は慎重に枯れ草をかき分けた。

石であった。骨と見まごうばかりの白い石。それを削った鉢であった。荒い鑿《のみ》の跡も残っている。ちょうど人の頭ほどの大きさだ。あたりを見まわし、その数に驚く。湖賊が何のためにこれほど多く石の鉢を作らねばならないのだろう。

踏み出した将門の毛沓《けぐつ》の下で、踏み割られた何かが、ぱきりと小さな音を立てた。

こちらは本物の髑髏だ。二百年も前のものにふさわしく黄変し、半ば土に埋もれている。よく見ると、石鉢と同じく、人骨は枯れ野のあちこちに散らばっていた。

「侍《さぶらい》とは、珍しや」

将門は、薙刀をかまえた。声を発したのは、横たわる白衣の姿だ。

「大臣《おとど》らには逢《あ》ったかな」

白衣の背が小刻みにゆれている。笑っているらしい。

「赦《ゆる》せ。畜生の宝を求めすぎたがゆえ、畜生道に堕《お》ちた者どもよ」

言っている意味はわからない。が、尋常な声だ。応《こた》えようと口を開きかけ、将門は気づいた。この男も瘴気《しょうき》にやられていない。尋常な人でないことは確かだ。

「立ち帰りて帝《みかど》に告げよ。姫は天より戻られたとな」

将門の沈黙にもかまうことなく、白衣の男は続けた。

「もっとも、姫は、釈尊の鉢を手に入れた麿《まろ》のものである」

白衣のゆれはやまない。

釈尊の鉢？　仏の石の鉢……。

将門は、『竹取物語』の一節を懸命に思い出そうとしている。

まさか……。

宇月原晴明
Haruaki Utsukibara

息を呑《の》んだ。

ためらいながら、しかし、将門はその名を口にした。

……まさか……。

「石作皇子《いしづくりのみこ》」

呼びかけに応えるように、横たわったまま、白衣の腕がけだるく上げられた。

二百年だ！

薙刀をかまえたまま、将門は硬直している。

二百年前、富士に運ばれる途上の不老不死の霊薬を強奪したのは、皇子の一党であったのか。かぐや姫への求婚の条件として仏の石の鉢を求められ、果たせなかったと伝えられる皇子。今も生きてあるのなら、そして、こんな老いもかすれもしていない声を出せるなら、間違いない。石作皇子は、奪った霊薬を服用したのだ。

ただの化物島が、今ようやく、仲平の言う赫夜島《かぐやしま》となった。

「白山《しらやま》に逢えば光も失《う》するかと鉢を捨てても頼まるるかな」

詠《うた》いながら、ゆらりと白衣の皇子が起き上がる。変らず背をむけたままだ。

「下郎、呼び捨てるとは無礼であろう」

背をむけて野に立ったまま、皇子は不機嫌な声を上げた。だが、将門にとって、もはやその姿など眼中にない。

「では、かぐや姫は、あれに？」

将門は、白衣のむこう、黄瓦の館にひたと目をすえている。

「おまえもか」

怒りの声とともに、石作皇子はふりむいた。深い頭巾《ずきん》に隠れ、その顔は見えない。白衣につつまれた影と対峙《たいじ》しているようだ。

「おまえも姫を……」

かまわず、将門は館にむかおうとする。

「退《すさ》りおれ！」

頭巾の下の闇《やみ》が叫び、皇子は白い両袖《りょうそで》を広げた。

枯れ野に転がったおびただしい石鉢が、ごとりと動き、そして、一斉に宙に浮く。

薙刀をかまえ直す暇《いとま》もない。白い石の鉢は、うなりを上げ、飛来してきた。かろうじて一つを石突《いしづき》ではじく。将門は後ろに跳んだ。一瞬前まで立っていた地に、石鉢が落ちて穴を開けた。草と骨、土くれが散る。

八方から来襲する鉢を左に跳び、右にかわし、将門は懸命に走る。時にふりむき、薙刀を縦横にふるって、はじき、突き、たたく。すでに刃は欠け、石突ははずれ、薙刀はただの棒と化していた。それでも、上下左右に弧を描いて飛び来る石の鉢からかろうじて頭を護《まも》り、将門は竹の林に飛び込んだ。一気に、そのまま竹林の奥まで駆け入る。

飛来した石鉢は林立する青竹に次々にあたり、はじかれ、音を立てて転がった。白衣をまとった石作皇子が、ふわりとやってくる。白い頭巾に隠れた影のような顔が、竹林の前に転がるいくつもの白石の鉢を見下ろした。

「小癪《こしやく》なまねを」

皇子の頭巾の頭が上がる。石の鉢はごとごとと動き、再び地から浮いた。浮遊する石鉢の一団を従え、石作皇子は竹林に入る。白い石の鉢はふらふらとためらうように竹の間を飛び、やがて、生あるもののように竹と竹の間をぬって自在に飛び交い、将門を求めて八方に散った。石鉢の群れ飛ぶ中、皇子は竹林をすべるように行く。

ふいに白衣の足がとまった。降り積もった竹葉の上に、一本の棒が置かれてある。ぼろぼろになった薙刀の柄だ。

皇子の白い頭巾がふと傾《かし》げられた時、頭上はるかにのびた竹の上から、将門が降ってきた。両手で握った太刀が、皇子の背を唐竹割りに斬《き》り下げる。

声も立てず、よろよろとふりむいた白衣の首を、斜にはね上げた将門の白刃が斬り飛ばした。血の飛沫《しぶき》を上げて飛んだ皇子の首が地に転がるのと、空に浮いた石鉢が一斉に落下したのは、同時であった。

竹の葉を血で汚して転がる首は、なお頭巾に隠れたままだ。首を失った白衣の身体《からだ》と、身体を失った白衣の首と、散乱する石の鉢を前に、将門は太刀のかまえを崩さなかった。白衣も鉢も微動だにする気配はない。

「不死身ではないらしい」

ぽつりとつぶやくと、太刀をぬぐって納め、将門は急ぎ竹林を後にした。

6

急がねばならぬ。

重なる雲のむこうにも、日の傾くのがわかる。この島で夜を迎えることを思い、平将門はぞっとした。いつ高野の金丹《きんたん》の効力が切れるやもしれない。

館《やかた》の入口で、将門はしばし息を整えた。

二百年か。

黄色く焼き上げた瓦《かわら》をいただく館は、なるほどそれ相応に古びている。大寺の講堂に似た堂々たる造りだ。

自分がたった今斬ったばかりの白衣《びゃくえ》の姿を、思い出さずにはいられない。

二百年前、かぐや姫を得られなかった石作皇子は、かぐや姫が残した不老不死の霊薬を強奪し、服用した。姫が戻ってきたと皇子は言った。藤原仲平が調べたという妖《よ》霊星《ろぼし》あるいは天狗《あまつきつね》の落下の噂《うわさ》が、それにあたるのだろうか。湖賊と化した配下の者どもが瘴気《しょうき》により死に絶えた後も、皇子は霊薬の効力により生き続けたのか。求めて得られなかった仏の石鉢を独り作り続けながら。

ならば、あの黒い化鳥と燃える獣はなんだ。

……大臣《おとど》と言ったな。畜生道に堕《お》ちたとも。

将門は、やれやれと首をふり、考えるのをやめた。

俺は侍だ。侍はただ公達《きんだち》の道具でありさえすればよい。

開け広げられ、風雨にさらされたままの扉の内に、将門は足を踏み入れた。

目の前は闇である。太刀の柄《つか》に手をかけ、腰を落とし、じっと様子をうかがう。

あの皇子と称する者の言葉がまことなら、ここにかぐや姫がいるという。たとえ、かぐや姫がいなくとも、この島に霊薬があるとすれば、ここよりほかにないはずだ。

闇に慣れた目に見えてきたのは、地の奥深くまで下りていく螺旋《らせん》形の階段《きざはし》であった。館は、地に掘り下げられた巨大な穴を覆《おお》うために築かれていたのだ。

穴の底にかすかにゆらめく明りが見える。闇の中で何かが、ちらちらと光る。

ええい、面倒じゃ。

階段の板を踏み鳴らし、将門は叫んだ。

「桓武帝五世の裔《すえ》・平朝臣《たいらのあそん》将門、命《めい》によりて見参いたす。なよ竹のかぐや姫さまは、いずこにおわしまするや」

繰り返し叫びながら、将門は階段を鳴らして下りていく。

「ここに」

将門の何度目かの叫びに、穴の底から一つの声が応《こた》えた。将門に負けない若く、ろうとした男の声。

「何者か」

下り続けながら、将門は問う。

返事はない。

将門は気づいた。穴の底から漏れてくる火明《ほあか》りに、きらきらと光るものが階段の板に這《は》い、柱にからみついている。葉と花と実をつけた蔓《つる》のごときもの。

……黄金《こがね》だ！

将門は目をむいた。

この蔓も花も葉も、すべて金でできている。蔓から生えた黄金の枝先についた実だけが、白い玉石《ぎょくせき》を象嵌《ぞうがん》したようだ。こんな途方もないものは、『竹取物語』にしか出てこない。

これは……蓬萊《ほうらい》の黄金の玉の枝……。

見下ろせば、はるかな深みに螺旋を描いて続く階段の両側が、ぼうと明るんでいる。黄金の蔓は、下るほどその数をふやし、階段を縦横に這い、うねり、荘厳《しょうごん》しているようだ。

では、この声の主は……。

「もしや、車持皇子《くらもちのみこ》さま」

将門は耳を澄ます。

「そう呼ばれたこともあった」

しばし沈黙の後、深淵《しんえん》より声が応えた。

不老不死の霊薬を奪ったのも、服用したのも、石作皇子だけではなかったのだ。

「お教えくだされ」

階段を下る足をとめることなく、将門は問う。

「この島で一体何が？」

底でゆらめく明りが、徐々に大きくなっていく。

「今は昔、この地に星が落ちた」

闇《やみ》の奥で、声は語り始めた。『竹取物語』が終ったところから始まる昔を。

「かぐや姫、戻りきたれり。かく信ずる者らが島に集い、埋もれ隠れた星にむかって地を穿《うが》った。穴が星に達した時、毒の気が湧《わ》き上がり、この地を覆った」

瘴気か。

黄金の蔓のからみ落ちる階段を踏む将門の足が、とまった。島に充満し湖までも覆い、生あるものをことごとく滅ぼし去った瘴気は、ここから湧出したのだ。その穴へ、下りていく。金丹の効力を信じるしかない。

「どれほどの朝《あした》と夕《ゆうべ》がすぎたか。わずかに残されし者らはみな、今もさらに姫を恋い続けてやまぬ」

二百年の間、絶息した湖賊の屍《しかばね》の中に寝起きし、ひたすら石の鉢を削り続ける皇子。

再び階段を下りながら、将門は、もう一度、自らが斬った石作皇子のことを思った。

かぐや姫に求められた仏の石の鉢など手に入れられるはずもなく、機知と才覚でごまかそうと贈った石鉢も姫に突き返され、鉢を捨てて逃亡したと物語られた皇子。

不老にして不死の命を得てもなお、姫に捧《ささ》げる石鉢を作り続けるその妄執と狂気を思った。

階段をなだれ落ちる蓬萊の蔓は、もはや黄金の瀧《たき》のようだ。

石作皇子だけではない。これほどまでに目も眩《くら》むほどの財貨を費やして、蓬萊の玉の枝を作り上げた車持皇子を見るがいい。むろん、石の鉢とは違う。作ったのは、配下の工匠《たくみ》らであろう。『竹取物語』に、蓬萊島に生える枝だとかぐや姫でさえ一度は信じたと伝えられるほどの、細工の粋を凝らした黄金と白玉の品。鍛冶工匠《かじのたくみ》らが姿を現わし偽造したことを暴露しなければ、皇子が失踪《しっそう》することもなかったろう。この島で、車持皇子は再び召集した工匠らに、今一度、存分に鍛冶錬金の腕をふるうよう命じたのだ。帰ってきたかぐや姫のために。彼らが瘴気で死に絶えるまでの十年の間。

その姫が、この穴の底にいる。

そして、姫がいるならば……。

「命によりてお尋ねいたす。不老不死の霊薬はいまだこの地にありや」

将門は叫んだ。

そうだ。求めているのは、かぐや姫ではない。霊薬ではないか。

固唾《かたず》を呑《の》んで待つ。

「念珠《ねんじゅ》とともに、姫の御胸《みむね》に守られてあり」

声が応えた時、将門は、灯明の炎に照らされた地の底にたどり着いた。

いくつもの小さな炎が、幾本もの白銀のうねる根から生えた黄金の幹と枝と蔓、そして白玉の実に照り返し、無数の光の点となって、ちらちらと瞬《またた》いている。豪奢《ごうしゃ》な細工の間に転がっているのは、それとは似つかわしくない人骨だ。息絶えた時そのままの姿と装束を残した屍が、骨と化してあちらにもこちらにも倒れていた。

黄金と白骨がちりばめられた光と闇の中を、そろそろと将門は進む。

「皇子」

何度か呼びかけたが、もう声は応えない。

薄闇の中、四本のことさらに大きな黄金の幹が柱となった巨大な天蓋《てんがい》が現われた。垂れ落ちた幾重もの紗《しゃ》の幕を、油断なく捲《めく》り、将門は凍りついた。

かぐや姫……。

天蓋の内には、わずかに地からのぞく黒鉄《くろがね》のごとき台状の岩があった。平たいその岩の上に、五彩の唐衣《からぎぬ》を着けた後ろ姿が座している。

この島に足を踏み入れてから、もうこれ以上、驚くことなどないと思っていた。

だが、姫が、あのなよ竹のかぐや姫が、まさか目の前に現われようとは。

将門は言葉もなく、陶然と歩み寄っていく。

灼《や》け蕩《とろ》けたようななめらかな岩の面《おもて》に、極彩の裳《も》が垂れている。しかし、将門の目をとらえて離さないのは、裳よりもなお長く垂れた、きらめく黄金の髪であった。

呼びかけようとしても、声が出ない。

「逢《あ》うことも涙に浮かぶ我が身には死なぬ薬も何にかわせん」

金の髪がゆれ、ろうとした声が上がった。将門が、はじかれたように後ろに跳ぶ。

「車持皇子！」

将門の手が太刀にかかった。

「そう呼ばれたこともあった」

さやさやと裳と髪を曳《ひ》いて、姫の姿をした皇子が、かつて星であった岩から下りる。

「今は、なよ竹のかぐやと呼んでたも」

発せられるのは、闇から応えていた声に違いない。

そして、こちらをむいた。

白玉のごとく変じた二つの目が、空《うつ》ろに将門を見つめる。灯明の光を映し、黄色い小さな炎が、瞳《ひとみ》のかわりにちろちろ燃えていた。顔は白く半ば透け、細く青く血管が網のごとく浮いている。工匠らが全滅して後、遺《のこ》された黄金細工と屍に埋もれ、穴の底で独り二百年。車持皇子は、不老不死のまま身も心も変じていったのか。

「さあ、妾《わらわ》をなんとする。内裏に連れて参るか」

ほほと笑い、皇子は、ふいに動いた。

亡霊のように宙を飛び、将門の目の前に立つ。太刀を抜くまも跳び退《すさ》るまもない。

「それとも、この薬を喫し、そなたもここで永久《とわ》に乞《こ》い求める身となるか」

皇子は、姫の衣裳の襟をくつろげた。血管の透ける白く半透明の首にかけられた苛《いら》高《たか》の数珠《じゅず》。その先に、親指ほどの玻璃《はり》の楕円《だえん》の玉が下げられている。

玉の内に、緑に光る何かが充ちているのを、将門は見た。

「姫」

形をあらため、皇子の袖をとる。

「ともに、都へ……」

そのまま、まるで骨がないかのようにぐにゃりと冷たく柔らかい身体《からだ》を引き寄せた。

「嬉《うれ》しや。抱いてたもれ」

車持皇子の色を失った唇が、にいと笑みを浮かべる。

将門の手が数珠にかかった。

「行くと思うか！」

叫びとともに、将門は皇子の胸を渾身の力で蹴《け》り飛ばした。ぎゃっと悲鳴を上げ、五彩の裳と金の髪をひらめかせ、車持皇子は宙を飛び、白骨の中に転げ落ちた。

引きちぎった数珠を手に、将門は身をひるがえす。

蜘蛛《くも》の巣のごとくまつわりつく紗の幕をもがくように抜け、幾体もの骨を砕き、ゆれる灯明の間を一気に階段へ。そのまま闇《やみ》の階段を駆けに、駆ける。

黄金の蔓をこえ、金細工の花と葉を踏み、白い玉の実を散らし、将門は後をも見ずに穴を駆け上がった。

ようやく館《やかた》から飛び出して、一瞬、目が眩んだ。変らぬ曇天だが、明るさにすぐには目が慣れない。

それでも駆けようとして、将門は倒れた。

足に黄金の蔓がからんでいる。階段で見たものと形は同じだが、ただ金で造形されているだけではなかった。黄金の糸が編まれて綱となっている。足首にしなやかに巻きつき、離そうとしない。金の蔓はまっすぐ館にのび、黒く口を開けた闇の中に消えていた。

黄金の蔓がぐいと引かれ、起き上がりかけた将門は、また引き倒された。

きらめく蔓にすがり、闇の中から、金の髪をおどろに乱した車持皇子がまろび出る。

「行かせると思うか」

裳はちぎれ、打掛は脱げて半裸となり、血管の浮いた半透明な肌を曇った空の下にさらしたまま、皇子はあえいだ。

「妾は、なよ竹のかぐや」

将門は立ち上がりざま太刀を抜き、黄金の蔓を斬りつけた。柔らかくはじかれ、刃《やいば》は通らない。再びふり上げた太刀に、飛んできたもう一本の金の蔓が巻きついた。

「そなたは、帝《みかど》になれ」

車持皇子から繰り出された二本の黄金の蔓にからめ取られ、将門は動きがとれない。どうにか身をひねった拍子に、太刀が奪われた。皇子は蔓を鞭《むち》打たせ、もぎとった太刀を彼方《かなた》に放り出し、また金の蔓を放った。空を切って飛来した蔓は、蛇のように将門の喉《のど》に巻きつき、執拗《しつよう》に締め上げる。

「ここが都、ここが内裏ぞ」

薄れていく意識の中で、将門は、覚えのある絶叫を聞いた。

ぎゃあああ。

はっと気がつき、ふり返る。

次の瞬間、将門は、金の蔓も車持皇子のことも忘れた。

竹林の上空に、漆黒の化鳥が浮いていた。その両足には、あの緋色《ひいろ》の獣がつかまれている。獣はもう火につつまれてはいなかったが、その顔からはなお、いくつもの細い炎が上がっていた。

ふっ、ふっ、ふっ。

息づかいとともに、炎がその形を変えていく。

死んでいなかったのか。

将門は立ちつくした。

……一難去らず、また一難……。

ただぼんやりと、そんなことを思った。

背後で悲鳴が上がる。

「石上黄門《いそのかみのこうもん》、阿倍大臣《あべのおとど》！」

叫んだのは、車持皇子だ。二つの白い瞳が、恐怖に見開かれている。映り込んだ獣の炎がゆらめく。

ぎゃあああ。

漆黒の翼が大きくはばたいた。緋色の獣をぶら下げたまま宙を舞う。皇子は金の蔓を投げ捨て、背をむけた。あおりを受け将門は倒れたが、黒い翼は、眼中にないかのように、その上空を飛びすぎる。将門は急いで喉と足首にからんだ蔓をはずした。

車持皇子は、わななき、泳ぐように館へむかう。黄金の髪がどろどろと乱れ、ゆれた。

「妾を赦《ゆる》してたも！　赦してたも！」

哭《な》くがごとく叫びながら、這《は》い出た闇の穴に戻ろうとよろめき行く。

ふっ、ふっ、ふっ。

緋色の獣が、炎の玉を吐いた。

ぎゃあああ。

叫んだのは、黒い化鳥か、火につつまれた車持皇子か。渦巻く黄金の髪の一筋一筋を炎に変え焼け崩れていく皇子を後目に、将門は枯れ草を蹴り、駆けた。

背後から轟音《ごうおん》が上がる。思わず、ふり返った。

黄色の瓦《かわら》を葺《ふ》いた館が燃えている。化鳥と緋色の獣は、皇子を焼いただけでは飽きたらないかのように、曇天を舞い、館に炎の玉を吐きつけていく。将門のことなど忘れてしまったらしい。

将門はもはやふり返ることなく、一散に駆け続けた。

宇月原晴明
Haruaki Utsukibara

7

竹林を駆け、盆地を走り、枯れ野を抜け、平将門は浜に出た。黒い翼も燃える獣も追っては来ない。舟はそのまま置かれてあった。一気に湖に押し出す。懸命に櫂《かい》をこぐ。こぎ続ける。

島の影は小さくなり、ようやく霧のむこうに消えた。

将門は初めて、手をとめた。櫂を引き揚げ、深々と溜息《ためいき》をつく。

弓も薙刀《なぎなた》も太刀も失った。が……。

鹿島《かしま》神宮の守袋から、小さな玻璃《はり》の玉を取り出す。緑に光る液がゆれるさまを、将門はしばらく放心したように見つめていた。

不老不死の霊薬が、ここにある。

立ちどまることなく数珠をちぎり捨て、駆けながら袋に押し込んだ。かぐや姫が残した時、霊薬は壺《つぼ》いっぱいに充《み》たされていたという。それが今では、玻璃の小玉にわずかに封じられているばかりだ。

誰が飲んだのか。石作、車持、変り果てた二人の皇子ばかりではない。

将門は、車持皇子の叫びを思う。

「石上黄門、阿倍大臣！」

中納言《ちゅうなごん》石上麻呂足《いそのかみのまろたり》、左大臣阿倍御主人《あべのみむらじ》。皇子らとともに、かぐや姫に求婚したと『竹取物語』に記されている貴人たち。

あの漆黒の化鳥、燃える獣がそうだというのか。

ならば、彼らもまた霊薬を口にしたに違いない。

「畜生の宝を求めすぎたがゆえ、畜生道に堕《お》ちた者どもよ」

石作皇子の言葉が重なる。

石上中納言は、燕《つばくらめ》の子安貝《こやすがい》。阿倍左大臣は、火鼠《ひねずみ》の皮衣《かわぎぬ》。かぐや姫のために、ともに畜生の宝を求めた二人。そして、自らが畜生と化した二人。

将門は、玻璃の小玉を手に戦慄《せんりつ》した。

富士に運ばれる霊薬を奪ったのは、かぐや姫を得られなかった求婚者たちであったのだ。あるいは失踪し、あるいは病に倒れ、石上中納言にいたっては死んだとさえ物語られている彼らであったが、姫の昇天後、ひそかに徒党を組んだのだろう。

天より落ちた星から現われたのは瘴気《しょうき》だけで、かぐや姫は帰ってこなかった。そう思い知ってから二百年。屍《しかばね》に埋もれた島で、霊薬と瘴気、失望と狂気が、かつて都で色好みを謳《うた》われた貴人たちを、少しずつ少しずつ変えていったのか。

ある者は、姫に求められたものをなおも作り続け、ある者は、得られなかったものそのものに自分がなろうとした。宝を持つ畜生そのものに、ついには、かぐや姫その人にさえ。

あの時、妖鳥《ようちょう》と妖獣と化した中納言と左大臣は、かぐや姫を思い出したのか。畜生の浅ましさ、車持皇子を姫だと一途《いちず》に信じ、二百年にわたる恋慕と怨念《おんねん》を思い出したのだろうか。追っていたはずの将門の存在を忘れてしまうほど、狂おしく。

すれば、皇子はもって瞑《めい》すべし。かぐや姫として死ねたなら、本望であろう。

じっと掌中の楕円《だえん》の玉を見る。

すべての神変不可思議はこの薬から、か。

霊薬はただ、玉の内でぼうと光るばかりだ。

将門はあらためて、かぐや姫に求婚し続けた五人の色好みのことを思った。

……五人？

「世界の男《おのこ》、貴《あて》なるも賤《いや》しきも」

『竹取物語』の一節をつぶやいてみる。誰もが恋い慕い、誰もがかなわぬものと諦《あきら》めた中で、最後まで諦めることがなかったのは、「色好みといわるる限り五人」。

玻璃の玉を守袋に戻し、将門は指を折っていく。

石上中納言、阿倍左大臣、石作皇子、車持皇子……。

一本残った指を見つめ、将門は呆然とつぶやいた。

「大伴大納言《おおとものだいなごん》はどこだ」

大納言の求めていたものは？　竜の首の玉だ。

将門は自身に問い、自身で答えた。

つまり、畜生の宝だ。

ぐんと大きく舟首が持ち上がり、うねって落ちた。黒い大きな影が、舟の下をよぎってすぎる。

「しまった！」

将門は櫂を握った。

いきなり、人の胴ほどもある青い鱗《うろこ》で覆《おお》われた蛇身が波から現われ、ずるりと舟の上を横切って、また波に消えた。湖面は煮え湯のように立ち騒いでいる。

将門は櫂をかまえる。もう櫂しかない。

ぼおおおお。

波を割り、飛び出した頭が吼《ほ》えた。髪はなくびっしりと鱗に覆われ青光りしていた

宇月原晴明
Haruaki Utsukibara

が、それは、竜のものではない人の頭であった。あの黒い化鳥にも似た人もどきの。渾身《こんしん》の力を込めて打ち下ろした櫂は、一瞬遅く水面を叩《たた》いただけだ。

ぼおおおお。

咆哮《ほうこう》とともに小舟の右に現われ、左に沈む蛇体を追って、将門の櫂は空《むな》しく波を叩き、空を切り続けた。

木の葉のようにゆれる舟上で立ち上がり、将門は、きりもなく櫂をふりまわす。日は傾き続け、刻々と曇天の空は暮れていく。湖面はまだ薄明るい。しかし、やがてすべてが闇《やみ》に没するだろう。

将門は目に入った汗を懸命にぬぐった。視界をぼやかせているのは、汗ばかりではない。

……こんなところで死ぬのか……。

武者ならば、常住在戦場。死は日常茶飯とはいえ、命を捨てるのは、都か坂東のどちらかと思い定めていた。まさか、都からも下総《しもうさ》からもほど遠い、こんな人外魔境の湖で落命せねばならぬとは。それも、同じ武者の手にかかるならともかくも、恋に破れた大納言のなれの果ての青坊主《あおぼうず》、かかる竜もどきの大蛇《おおくちなわ》ごときに。

ぬぐってもなお、汗と涙で目が霞《かす》む。何もかもが茫々然《ぼうぼうぜん》としている。

将門は、単騎どこまでも草の海を駆ける自らを思った。あまりの唐突さに、自分でも驚く。死を目前にすると、人は最も心を寄せるものを思うのか。

ぼおおお。

はっと、自身が馬ではなく舟の上にいることを思い出す。

かまえ直そうとした櫂が、水中からのびた青い尾にはじかれて飛んだ。最後の獲物《えもの》を失い、将門は舟底に座り込む。

舳先《へさき》のすぐ先の湖面が沸き上がり、青坊主の半身が躍り出た。腹も背も、青く不思議な燐光《りんこう》を発する鱗に覆われている。手は鰭状《ひれじょう》の肉の垂れ下がりと化し、鼻は両の穴が開いているだけだ。肩と一体化した太い首は、そのまま紡錘形《ぼうすいけい》の頭に続いている。二つの熟れた李《すもも》をつけたような充血した目が、傲然《ごうぜん》と見下ろしていた。

ぼおおおお。

天を仰いで咆哮すると、将門にむかい、大納言はぞろりと牙《きば》のそろった紫の口を開いた。

「南無《なむ》……鹿島大明神」

うめきつつ、将門は、なんとか立ちあがろうともがく。

ぐぼぁ！

宇月原晴明
Haruaki Utsukibara

奇怪な叫びを上げ、大納言の蛇身がのけぞった。大量の血を舳先にぶちまけ、青坊主はうねりながら湖に消える。

開けた視界にうねる波のむこう、篝火《かがりび》を焚《た》いた小舟に、銛《もり》を片手に仁王立ちになった男がいた。

「純友！」

将門は叫んだ。

「どうしてここに」

「どうしても恩賞が欲しくてなあ。手柄を横取りにきた」

銛をかまえ、藤原純友は豪快に笑った。

「おもしろいものがおるようじゃが、将門、息災か」

「ああ、愉快でたまらん」

波に翻弄《ほんろう》される舟に、将門はかろうじて、しがみついている。

「ははあ、そうは見えんがなあ」

ぼおおおお。

湖面を分け、青坊主が姿を現わした。

「純友、正直こいつは、おまえのほうが任じゃと思う」

銛の立った青い背をうねらせ、大納言は突進してくる。

「どうやら、そのようじゃ」

純友の投げた銛は見事に青坊主の鱗と肉片を散らし、その頭に突き立った。

ぼおおおお！

大納言は血を噴き、絶叫した。二つの銛を負った蛇体は、うねりつつ波の下で反転する。くねる長い尾は湖上に高々と突き出され、のたうちながら、将門の乗る舟に落下した。舟は二つに折れ、将門は湖に飛んだ。

草の海にも似た碧《あお》く冷たい水の中を、将門は石のように沈んでいった。

どこまでも続く草の海から、日と月とが一度に昇る。その輝きで目が眩《くら》み、頬《ほほ》が熱い。たまらず、うっすらと目を開けてみる。炎であった。薪《まき》のはぜる音がする。

「気がついたか」

藤原純友が、のんびりと声をかけた。舟からはずし地に置いた篝火に、身をあぶらせている。

「あの愉快な奴《やつ》なら、心配ない。さすがに三本目の銛で退散しおった」

あたりはすっかり暮れていた。

宇月原晴明
Haruaki Utsukibara

……そうか、俺は湖に……。

平将門は、あわてて首にかけた守袋をさぐる。

「探しているのは、これか」

純友の手に、楕円《だえん》の玻璃玉《はりだま》がきらきらと光っていた。

「なぜ、おまえが霊薬を」

将門はうめきながら半身を起こした。湖畔に寄せては引く波の音が、背後から小さく聞こえてくる。

「やはり、霊薬か。後生大事に守袋を握っておったから、さもあらん。見事手に入れたとは、さすが将門」

純友は上機嫌で、玻璃の小玉を懐《ふところ》に入れようとする。

「どうするつもりだ」

将門の声が鋭くなった。

「言ったはずじゃ」

純友は、にたりと頬をゆがめる。

「儂《わし》は手柄を横取りにきたとなあ」

将門はものも言わず、跳びかかった。

すかさず純友は跳びのいて、立ち上がった将門の、頭の先から爪先《つまさき》まで視線を走らせる。

「少し遅いが、ま、それだけ動ければ大丈夫じゃろ」

一つうなずき、純友は破顔した。

「返すぞ」

無造作に玻璃の玉を放って寄こす。

「悪ふざけはよしてくれ」

ぼやきとともに受け取った玉に目を落とした将門は、息をとめた。小さな玻璃玉の楕円の端が欠けている。緑に光る霊薬は失われ、玉は空であった。

「……飲んだのか……」

あえぎながら問う。

「飲んだ」

満面に笑みを浮かべたまま純友はうなずいた。

「不老不死など信じておらぬはずだろう？」

すがるように将門は重ねて問う。

「信じてはおらんが……」

純友の笑みは変らない。

「おまえに死なれては困るのでな」

笑みが消えた。

「飲んだのは将門、おまえだ」

将門は、雷に撃たれたように総身が硬直した。

「儂が引き揚げた時には、もう息がなかった。信じていようがいまいが、霊薬らしきものにすがるしか手はないわい」

純友の言葉が、どこか遠くから聞こえてくる。かろうじて動く右手で、のろのろと自身の唇に触れる。震える指先は、かすかに緑に光っていた。驚天動地の連続であったこの日、しかし、これほど自失したことはなかった。

「ま、効いて良かった」

純友はあっさりと言う。

泣いていいのか、笑っていいのか、将門にはわからない。

「……すまぬ」

かろうじて声を出し、くたくたと座り込んだ。

「すまぬことなど何もないわ」

純友も、どかりと火のそばに腰を下ろす。

「今死なれては、儂が困る。おまえと一緒でなければ、坂東武者らが、この身を無事には帰すまい」

将門は、瘴気《しょうき》を避け湖を遠巻きにしている自らの配下を思った。不安と焦燥に足摺《あしずり》しながら、自分の帰りを首を長くして待っている家の子郎党のことを思った。

「そうなりゃ、わが郎党と合戦になる。伊予で覇を唱えねばならぬ純友党よ。こんなところで一人でも損じるわけにはいかん」

黙している将門にかまわず、いつものように純友は続けた。

「将門よ」

薪を動かし火の加減を調節する。

「この赫夜島《かぐやしま》の一件、やはり裏があった。霊薬を献上する相手は帝《みかど》ではない」

純友の顔がけわしくなる。

「呉越王じゃ」

どうも合点がいかんと、西海南海を股《また》にかける瀬戸内・九州の海賊らに八方手をつくして調べてみたのだ。

そう純友は語った。

二百有余年前、かぐや姫の霊薬を奪った者どもは、その一部を唐土《もろこし》に売ったらしい。

「まだ大唐国が栄えていた頃じゃ。なるほど彼の地で知られておるわけよ。大唐が滅んで後も、霊薬の評判はますます高まるばかり。ついには、呉越王がひそかに本朝に使者を遣わしたと、まあ、そういうことじゃわい」

純友の言葉に、将門は『竹取物語』を思った。阿倍左大臣が火鼠の皮衣を買おうとしたのは、唐土の商人からだったはずだ。その伝手《つて》を使えば、霊薬売却は容易であったろう。赫夜島にやって来た彼らは、かぐや姫の要求に応《こた》えるために費やした私財をはるかに上まわる莫大《ばくだい》な財貨を、手にしていたに違いない。

ならばこそのあの黄金《こがね》か。

将門は、館《やかた》の下に穿《うが》たれてあった巨大な穴を思い、身ぶるいした。

黄金だけなら良い。あの金の髪の乱心した皇子と黒い翼、そして、燃える獣……。

腹の底から四肢に、何かがじわりと染《し》みていくような心持ちがする。

「大唐滅んで二十有余年、そろそろ唐土に次の大王朝が生まれてもよい頃合よ。南海筋では、呉越国がそうなると見ておる者が少なくない。大呉越の威光を借りれば、二十年冷飯食いの殿でも、立派に弟御と張り合えようからな」

純友は顔をしかめた。

「帝のご機嫌とりに使われるのもたいがい気に入らんが、唐人のご機嫌とりの下働きなど、儂《わし》はまっぴらご免じゃ。そうおまえに言うてやろうと追って来たらな……」

純友は立ち上がり、湖を指さした。

「あれを見たら、舟を出さずにはおれまい。まさかの時の銛《もり》が役に立つとは、思わなんだがなあ」

つられて立ち、湖のほうをむいた将門は、銀丹を無駄にすることを恐れず、純友が瘴気の湖に乗り出したわけを、ようやく理解した。

夜の湖の彼方《かなた》、赤い光が見える。一つは、空中に燃える富士の火口、もう一つは、湖上に燃える赫夜島だ。

逃げ出すのに夢中で気がつかなかった。炎上する館から竹林や枯れ草に燃え移ったのだろう。全島が、その名にふさわしく燃え輝いていた。

「あの島で何があったかは知らんが、こいつが片づいたら、儂はもう二度と上洛《じょうらく》はせん。帝だろうが、唐人だろうが、本家だろうが、糞《くそ》を食らえ！　これからは伊予で、誰にも使われず自《じ》ままにやっていくつもりじゃ」

純友はふりむいた。

「おまえはどうする。赫夜島でのことがあの水蛇くらいおもしろけりゃ、洛中の話題をさらうのは間違いない。出世も夢ではないぞ」

「俺は……」

将門は、自分の内側をのぞき込むようにうなだれた。

身の裡《うち》にはただ、草の海が広がっている。その上にぽっかりと浮かんだ日と月が見えた。

「……俺も下総に帰ろうと思う」

将門の言葉に、純友は目を丸くした。

「ああ、それがよい」

しかし、すぐにうなずく。

「おまえもいつまでも誰かに追い使われておる男ではない」

「それはどうかわからんが」

将門は神妙な顔つきになった。

「もう一度、坂東の草原《くさはら》を駆けられぬようなら……」

死んでも死に切れないという言葉を、将門は呑《の》み込んだ。未練に封じられ、二百年あまり彷徨《さまよ》い続けた者どもを思う。あの草の海に戻れなければ、自分も化生のものに変じてしまうかもしれない。

「どうも、おたがいまともな往生は望めぬようじゃのお」

純友は陽気に言い放つ。

「気をつけねば、いずれ首が飛ぶぞ」

腹の底から湧《わ》き上がる熱いものが、五体の隅々にまで行き渡るのを将門は感じた。

「なんの、首が飛んでも動いてみせるわ」

「えらい奴《やつ》に、えらいもんを飲ませたわい」

二人はともに、これ以上ないくらい上機嫌に笑った。

ぎゃあああ。

静まりかえった夜の湖畔に、思いがけないほど大きな叫びが響く。

「何じゃ」

驚く純友の傍らで、将門は身構えた。すでに燃える薪《まき》を手にしている。

燃え続ける赫夜島から、星のように紅《あか》く光る点が離れ、ふらふらと上昇していく。

ぎゃあああ。

叫びは遠くその紅い星から聞こえるようだ。紅い星は、そのまま舞い上がり、富士の火口の光に融《と》け込むように、消えた。

「あれは、何じゃ」

宇月原晴明
Haruaki Utsukibara

繰り返す問いに、将門は答えない。
「行こう、純友」
将門は、松明《たいまつ》のごとく燃える薪をかかげた。
「あれが何かは、長い話になる」

平将門と藤原純友が、枇杷第《びわだい》での復命を終え、都を離れてから十日とたっていない延長八年六月二十六日、醍醐《だいご》帝と太政官《だじようかん》がそろった清涼殿《せいりようでん》で、惨事は起きた。

殿上に侍する者大納言正三位《しようさんみ》兼行民部卿《みんぶきよう》藤原朝臣清貫《ふじわらのあそんきよつら》は、衣焼け胸裂けて夭亡《ようぼう》す。また従四位下《じゆしいげ》行右中弁兼内蔵頭《くらのかみ》平朝臣希世《たいらのあそんまれよ》は、顔焼けて臥《ふ》す。また紫宸殿《ししんでん》に上る者、右兵衛佐《うひようえのすけ》美努忠包《みぬのただかね》は、髪焼けて死亡す。紀蔭連《きのかげつら》は、腹燔《や》け悶乱《もんらん》す。安曇宗仁《あずみのむねひと》は膝《ひざ》焼けて臥す。

『日本紀略』

世にいう清涼殿落雷事件である。その衝撃により、醍醐帝はにわかに病を得、三ヶ月後の九月二十九日に崩御する。
菅原道真の怨霊《おんりよう》が雷神と化し祟《たた》ったと満天下を震撼《しんかん》させ、天神信仰を確立させたといわれるこの惨劇が、道真の怨霊の仕業でないことを知る者は、将門よりほかになかったろう。

遠く下総で、藤原清貫、平希世、美努忠包、紀蔭連、安曇宗仁の五人の死者の名を耳にした時、将門は、京の空を舞う漆黒の翼と燃える獣の姿を思ったろうか。かぐや姫の五人の求婚者との暗合に、慄然《りつぜん》としただろうか。

平将門が新皇と称して坂東の地に公然と反旗を翻《ひるがえ》し、藤原純友が西海に反乱の兵を挙げたのは、ともに九年後の天慶《てんぎょう》二年のことであった。


葎《むぐら》はう下にも年は経ぬる身の背きてとまるかぐや姫ゆえ　　新皇

宇月原晴明
Haruaki Utsukibara

宇月原晴明（うつきばら・はるあき）

一九六三年岡山県生まれ。早稲田大学卒。大学在学中、『早稲田文学』の編集に携わる。一九九九年、『信長　あるいは戴冠《たいかん》せるアンドロギュヌス』で第一一回日本ファンタジーノベル大賞を受賞する。縦横無尽で圧倒的な発想力はデビュー作から顕著で、まったく新しい信長像を描き出し注目を集める。二〇〇六年、『安徳天皇漂海記』で第一九回山本周五郎賞を受賞。古今東西虚実を問わず歴史の欠片《かけら》を融合し、独自の幻想世界を構築する手法は、留まることなく進化を続けている。

著作リスト（刊行順）

『信長　あるいは戴冠せるアンドロギュヌス』（新潮社）

『聚楽《じゅらく》　太閤《たいこう》の錬金窟《グロッタ》』（新潮社）

『黎明《れいめい》に叛《そむ》くもの』（中央公論新社）

『天王船』（中央公論新社）

『安徳天皇漂海記』（中央公論新社）

『廃帝綺譚《きたん》』（中央公論新社）

宇月原晴明
Haruaki Utsukibara

Fantasy Seller

この作品は平成二十二年十月刊行の、小説新潮十一月号特別綴込別冊「Fantasy Seller」を文庫化したものです。

森見登美彦著

太陽の塔

日本ファンタジーノベル大賞受賞

巨大な妄想力以外、何も持たぬフラレ大学生が京都の街を無闇に駆け巡る。失恋に枕を濡らした全ての男たちに捧ぐ、爆笑青春巨篇！

森見登美彦著

きつねのはなし

古道具屋から品物を託された青年が訪れた奇妙な屋敷。彼はそこで魔に魅入られたのか。美しく怖しくて愛おしい、漆黒の京都奇譚集。

仁木英之著

僕僕先生

日本ファンタジーノベル大賞受賞

美少女仙人に弟子入り修行!? 弱気なぐうたら青年が、素晴らしき混沌を旅する冒険奇譚。大ヒット僕僕シリーズ第一弾！

仁木英之著

薄妃の恋

—僕僕先生—

先生が帰ってきた！ 生意気に可愛く達観しちゃった僕僕と、若気の至りを絶賛続行中な王弁くんが、波乱万丈の二人旅へ再出発。

畠中恵著

しゃばけ

日本ファンタジーノベル大賞優秀賞受賞

大店の若だんな一太郎は、めっぽう体が弱い。なのに猟奇事件に巻き込まれ、仲間の妖怪と解決に乗り出すことに。大江戸人情捕物帖。

畠中恵著

ぬしさまへ

毒饅頭に泣く布団。おまけに手代の仁吉に恋人だって？ 病弱若だんな一太郎の周りは妖怪がいっぱい。ついでに難事件もめいっぱい。

畠中恵著

ねこのばば

あの一太郎が、お代わりだって?! 福の神のお陰か、それとも…。病弱若だんなと妖怪たちの「しゃばけ」シリーズ第三弾、全五篇。

畠中恵著

おまけのこ

孤独な妖怪の哀しみ(「こわい」)、滑稽な厚化粧をやめられない娘心(「畳紙」)……。シリーズ第4弾は〝じっくりしみじみ〟全5編。

畠中恵著

うそうそ

え、あの病弱な若だんなが旅に出た!? だが案の定、行く先々で不思議な災難に巻き込まれてしまい――。大人気シリーズ待望の長編。

畠中恵著

ちんぷんかん

長崎屋の火事で煙を吸った若だんな。気づけばそこは三途の川!? 兄・松之助の縁談や若き日の母の恋など、脇役も大活躍の全五編。

畠中恵著

いっちばん

病弱な若だんなが、大天狗に知恵比べを挑む! 妖たちも競い合ってお江戸の町を奔走。火花散らす五つの勝負を描くシリーズ第七弾。

新潮社
ストーリーセラー
編集部編

Story Seller

日本のエンターテインメント界を代表する7人が、中編小説で競演! これぞ小説のドリームチーム。新規開拓の入門書としても最適。

新潮社ストーリーセラー編集部編
Story Seller 2
日本を代表する7人が豪華競演。読み応え満点の作品が集結しました。物語との特別な出会いがあなたを待っています。好評第2弾。

新潮社ストーリーセラー編集部編
Story Seller 3
新執筆陣も加わり、パワーアップしたラインナップでお届けする好評アンソロジー第3弾。他では味わえない至福の体験を約束します。

小川洋子著
薬指の標本
標本室で働くわたしが、彼にプレゼントされた靴はあまりにもぴったりで……。恋愛の痛みと恍惚を透明感漂う文章で描く珠玉の二篇。

小川洋子著
まぶた
15歳のわたしが男の部屋で感じる奇妙な視線の持ち主は？ 現実と悪夢の間を揺れ動く不思議なリアリティで、読者の心をつかむ8編。

小川洋子著
博士の愛した数式
本屋大賞・読売文学賞受賞
80分しか記憶が続かない数学者と、家政婦とその息子――第1回本屋大賞に輝く、あまりに切なく暖かい奇跡の物語。待望の文庫化！

上橋菜穂子著
狐笛のかなた
野間児童文芸賞受賞
不思議な力を持つ少女・小夜と、霊狐・野火。森陰屋敷に閉じ込められた少年・小春丸をめぐり、孤独で健気な二人の愛が燃え上がる。

上橋菜穂子著

精霊の守り人

野間児童文芸新人賞受賞
産経児童出版文化賞受賞

精霊に卵を産み付けられた皇子チャグム。女用心棒バルサは、体を張って皇子を守る。数多くの受賞歴を誇る、痛快で新しい冒険物語。

上橋菜穂子著

闇の守り人

日本児童文学者協会賞・
路傍の石文学賞受賞

25年ぶりに生まれ故郷に戻った女用心棒バルサを、闇の底で迎えたものとは。壮大なスケールで語られる魂の物語。シリーズ第2弾。

上橋菜穂子著

夢の守り人

路傍の石文学賞・
巖谷小波文芸賞受賞

女用心棒バルサは、人鬼と化したタンダの魂を取り戻そうと命を懸ける。そして今明かされる、大呪術師トロガイの秘められた過去。

上橋菜穂子著

虚空の旅人

新王即位の儀に招かれ、隣国を訪れたチャグムたちを待つ陰謀。漂海民や国政を操る女たちが織り成す壮大なドラマ。シリーズ第4弾。

上橋菜穂子著

神の守り人

(上 来訪編・下 帰還編)
小学館児童出版文化賞受賞

バルサが市場で救った美少女は、〈畏ろしき神〉を招く力を持っていた。彼女は〈神の子〉か？　それとも〈災いの子〉なのか？

小野不由美著

魔性の子

同級生に〝祟る〟と恐れられている少年・高里は、幼い頃神隠しにあっていたのだった……。彼の本当の居場所は何処なのだろうか？

ぶらんこ乗り

いしいしんじ著

ぶらんこが得意な、声を失った男の子。動物と話ができる、作り話の天才。もういない、私の弟。古びたノートに残された真実の物語。

麦ふみクーツェ

坪田譲治文学賞受賞

いしいしんじ著

音楽にとりつかれた祖父と素数にとりつかれた父。少年の人生のでたらめな悲喜劇を貫く圧倒的祝福の音楽、そして麦ふみの音。

トリツカレ男

いしいしんじ著

いろんなものに、どうしようもなくとりつかれてしまうジュゼッペが、無口な少女に恋をした。ピュアでまぶしいラブストーリー。

東京夜話

いしいしんじ著

愛と沈黙、真実とホラに彩られた東京の夜。下北沢、谷中、神保町、田町、銀座……18の街を舞台にした、幻のデビュー短篇集！

ポーの話

いしいしんじ著

あまたの橋が架かる町。眠るように流れる泥の川。五百年ぶりの大雨は、少年ポーをどこへ運ぶのか。激しく胸をゆすぶる傑作長篇。

雪屋のロッスさん

いしいしんじ著

調律師、大泥棒、風呂屋、象使い、棟梁、サラリーマン、雪屋……。仕事の数だけお話がある。世界のふしぎがつまった小さな物語集。

Fantasy Seller《ファンタジーセラー》

新潮文庫　し－63－4

平成二十三年 六月 一日 発行

編者　新潮社《しんちょうしゃ》ファンタジーセラー編集部《へんしゅうぶ》

発行者　佐藤隆信

発行所　株式会社 新潮社

郵便番号 一六二―八七一一
東京都新宿区矢来町七一
電話 編集部(〇三)三二六六―五四四〇
読者係(〇三)三二六六―五一一一
http://www.shinchosha.co.jp

価格はカバーに表示してあります。

乱丁・落丁本は、ご面倒ですが小社読者係宛ご送付ください。送料小社負担にてお取替えいたします。

印刷・大日本印刷株式会社　製本・株式会社大進堂

ISBN978-4-10-136674-6　C0193